W0347362

comme un bruit d'abeilles

Mohammed Dib

comme un bruit d'abeilles

ROMAN

Albin Michel

© Éditions Albin Michel S.A., 2001
22, rue Huyghens, 75014 Paris

www.albin-michel.fr

ISBN 2-226-12253-3

« … et la vie, au moins,
ce n'est pas la morale qui l'a inventée… »

NIETZSCHE,
Humain, trop humain (Préface 1).

Le sourire de l'icône

1. Un jour à la fin des temps

Qu'est-ce que, qu'est-ce j'ai dit déjà ? J'aurais dit que, quoi ? J'aurais pensé, moi Rassek, qu'ils sont dans ma tête, ces gros *bang*, *bang*, ces braillements de mioches, ces rengaines de radio vomies par les fenêtres ? Fenêtres, autant d'yeux braqués. On voudrait s'en détourner mais essayez si vous pouvez ; en détourner son regard : mais essayez, essayez. Et ces salves de chasses d'eau qu'on voudrait ne plus entendre, tout ça qui traverse l'air, traverse les murs, essaims, vagues de bourdons brassés ensemble. Essayez, essayez donc. Tout ça qui grossit, prend l'autoroute, monte jusqu'ici avec le grondement de cette autoroute. On peut toujours essayer. L'autoroute, cette cataracte, le Niagara et sa machinerie placée là, face à l'immeuble, pour tourner jour et nuit. On ne peut pas. Tout ça qui vous passe, vous fend de part en part. Et on ne sait trop quoi encore qui tape, dong dong, vroum vroum, clip clap. On ne sait trop, on dirait que les bruits s'appellent entre eux, s'attirent, que certains en charrient d'autres dans le seul but d'échouer entre ces murs où, même échoués, ils n'en finissent pas de mener leur ronde, de vous harceler. Un épouvantable sabbat, où qu'on se mette, Nina et moi : dans cette pièce, dans la pièce voisine. Des essaims, des vagues, mais ils ne dérangent guère les portraits aux sourcils froncés, aux mâchoires serrées, à les voir sous leur verre, encadrés comme les dindes, les brebis, les vaches des chromos là où il y en a d'accroché, – y compris ce tapis de Boukhara et sa splendeur incongrue, au mur aussi. Accrocher, une manie de Nina, mais qui lui est passée maintenant. Nina qu'apparemment ça ne dérange pas non plus, que ne dérangent ni les affreux chérubins ni leurs affreuses mères s'égosillant de tous côtés. Ils ne la font pas même tiquer, ou ciller, ces voisines et leurs petits chéris, eux qui chialent, elles qui hurlent. Ni ces radios qui ne cessent pas. Pas plus qu'elle n'entend le silence, l'abîme de silence qu'une petite voix creuse à intervalles réguliers, réclamant, implorant : « Papa ! Papa ! »

Ce *Papa ! Papa !* recelant toute la douceur du monde, cette voix n'ayant pas sa pareille lorsqu'elle s'élève et y va de son *Papa ! Papa !* lorsque j'écoute crier, éternels avant l'âge, cet espoir et ce désespoir. Mais, Nina, un miaulement de chaton perdu la laisserait tout autant de glace.

Un' hirondelle n'fait pas le printemps
Mais un train d'banlieue, ça secoue,
Deux trains plus encore et pas moins.
Au printemps jusqu'aux Gorobiovy Gori
J'irai, j'irai pedibus m' promener...

Et de glace, l'icône aussi. Ramassée par moi dans une décharge sauvage : une raclure, une vieille chose, que j'ai fixée à l'un des angles de la pièce, avant. Fixée à l'époque, sous les regards sarcastiques de Nina, qui avait laissé faire ; avant qu'elle ne m'eût envoyé tâter du camp.

Au printemps jusqu'aux Gorobiovy Gori
J'irai, j'irai pedibus m' promener...

Voilà qu'il recommence, que ça le reprend. Pas un mot, il ne dit mot et quand il ouvre la bouche, qu'est-ce qu'il en sort ? Il en sort cette horreur de chanson, ces koliadki. Et ça va durer. Durer jusqu'à tant, on ne sait pas : des heures. Oui, des heures. Jusqu'à tant qu'on lui jette peut-être une andouillette, une miche de pain, un kopeck. Mais, par exemple, pas cette fois. Il a stoppé ça aussitôt après avoir commencé, et il reste comme il est. Comme il est tout le temps : les bras allongés sur les accoudoirs de son fauteuil, tout osseux et tout effondré dans ce fauteuil aussi effondré que lui, aussi osseux. Il reste là, tas de linge sale qui n'attend que d'aller au lavage. On ne sait pas ce qu'il veut, s'il gamberge ou quoi. Peut-être. On ne sait pas. Avec lui, on ne sait jamais à quoi s'en tenir, à quoi il faut s'attendre. Il doit se raconter des choses dans sa tête. Il s'y connaît, en histoires, un tas de linge sale qui me regarde, me regarde et, à des moments, lève un bras. Il fait ce geste du bras, ou il essaye. Mais il frime, incapable qu'il est d'aller jusqu'au bout. Il a tout le temps frimé. Puis, de ses doigts joints, il envoie tout de même une claque à l'accoudoir, sur l'extrême bord. Quand même, il ne fait que frimer. Ça n'a pas de sens. Il n'a que de ces gestes-là, qui n'ont aucun sens. Un vieux ramollo, comme il est revenu. Juste ce qu'il est devenu, ce qu'il est à présent. Et toujours bon à rien, lui qui n'a jamais été bon à grand-chose. Il l'avait cherché. Alors ce qu'il avait voulu, il l'a eu. Quinze ans après, il est de retour, coucou me revoilà, et c'est bonnement un mort-vivant. Après toutes ces années alors que tant d'autres y sont restés, y ont laissé leur peau. Et on l'a fait académicien après ça. De l'Académie des sciences. Pour ses capacités. Je me demande lesquelles. Il a beau être revenu, beau être académicien, je ne le reconnais pas. Avec ce faciès rongé, jaune dessous sa tignasse blanche, qu'on dirait maintenant une tête-de-loup, il n'a pas gagné en expression. Oh, là non ! Je ne le reconnais pas et je ne tiens pas à le reconnaître. J'en avais déjà fini avec lui. D'avant. Une ruine qui empuantit l'atmosphère autour d'elle. Il n'est peut-être même pas aussi vivant qu'il le paraît. A moitié, au quart vivant, et encore ! Dans ce fauteuil, où il n'y aurait que son fantôme. Un zombie. De ceux, même s'ils sont morts, qui reviennent parce qu'ils ne trouvent pas, dit-on, de repos aux endroits où ils doivent rester mais où ils ne peuvent pas rester. En tout cas où lui, s'il y a laissé ses chairs, n'a pas laissé finalement ses os comme le voilà revenu sans rien dessus que cette peau. N'ayant pas trouvé sa place parmi ceux qui ont crevé sur place, ayant toujours quelque chose à faire, à voir ailleurs, quelque chose qu'il lui faut trouver et qu'il ne trouve jamais, et pour se retrouver ici au lieu d'être là-bas d'où il n'aurait dû jamais revenir, et réchauffant cette place, et se racontant des choses dans sa tête. Se racontant comme je l'ai toujours vu faire. Comme je le vois en ce moment, quand il semble être ailleurs et ne semble pas pouvoir se rappeler ce qui lui manque et qu'il ne retrouve pas. Mais retrouver quoi ? Ce qu'il y a gagné, le faciès qu'il en a rapporté, mais n'y pensant pas, ce faciès couturé de coups de griffes qu'on croirait donnés par une bête sauvage ? Ce tic ridicule qui lui tiraille la joue gauche et je ne mens pas : on dirait que le diable

Bouroulbache choisit chaque fois le mauvais moment pour tendre le fil qui tant bien que mal lui tient la figure rafistolée ? Mais il n'y pense pas, s'il est capable de retrouver quelle chose, si ce n'est pas, et je veux être pendue, cette figure qui danse le gopak.

De mon plus for intérieur, je crie vers elle :

– Nina, Nina, par l'enfer, entends-moi ! Tu n'es pas du tout enfermée, nulle part enfermée ou abandonnée. Tu es ici, pas n'importe où. Aussi ouverts qu'ils soient, tes yeux n'ont l'air de voir que des murs ; d'un côté, de l'autre, que des murs. De ne voir qu'en arrière d'eux. Et pourquoi pas devant ? Tu es ici, ne regarde pas en arrière de toi mais devant, Nina, tu peux. Regarde, n'attends pas qu'il soit trop tard. Dis-toi que tu le peux, matiouchka. Avant qu'il ne soit trop tard. Regarde et, avec les mêmes yeux, écoute. Vois, écoute, non pas là-bas, tout là-bas, dans le passé. Tourne-toi vers le présent, ici où le présent ne passe pas si vite que tu ne puisses en attraper des poignées. Entends ce que je dis. Entends ne serait-ce qu'une phrase, un mot. Tu gardes peut-être les yeux fixés sur ce banquet tout là-bas dans le passé quand bien même tu ne te rappelles plus pourquoi, ni ce que tu vas y chercher. Quand bien même tu ne te souviens plus de ce que nous y fêtions et qu'un poète en était. Il ne faut pas, qu'est-ce à dire, retourner là-bas, dans cette maison de plaisance toute blanche, qu'est-ce qui te trotte dans la tête ? C'est sûr, tout en bardeaux, poutres et charpentes, dans sa blancheur éblouissante, plantée au beau milieu d'un lac, une ancienne résidence seigneuriale, si c'est à elle que tu penses : je l'ai pareillement devant les yeux, aussi sûr que je te vois. Mais qu'est-ce que tu vas y chercher et comptes y trouver ? Quoi de plus que ce qui s'y est passé, que ce banquet qui s'y est tenu. Une demeure aussi vaste que la halle d'un gros bourg, sauf qu'elle ne s'élevait pas au milieu d'un bourg mais au milieu de l'eau, et qu'elle occupait ou presque toute une île. Une île certes pas plus grande que ça, elle-même installée au milieu de ce lac, elle-même occupant presque entièrement cette eau. Une maison cernée d'eau, éclatante de blancheur, avec juste assez de terre autour pour s'offrir une ceinture de pins, de peupliers, de bouleaux et de fleurs. Ces fleurs, des roses buissonnantes, ivoire, t'en souviens-tu, Nina, elles montaient plus haut que l'appui des fenêtres, d'où elles embaumaient à donner le vertige tout en éclairant, à l'intérieur, de vastes salles. Comme si c'était à elles, ces roses, de le faire, comme si ce n'était pas de trop. Le repas qui nous réunissait parmi un tas de gens tirait sur sa fin, et les tables, quel spectacle elles présentaient : réduites à l'état de champs de bataille avec leurs reliefs plein les assiettes, leurs fonds de vin dans les verres, leurs bouteilles renversées. Le repas s'achevait ainsi et c'est à ce moment que, arpèges par-là, arpèges par-ci, on commence à percevoir de la musique. Mais qui l'a seulement remarqué ? Noté que quelqu'un du banquet, un homme d'âge mûr, nous tournant le dos, est assis devant un piano et qu'il en joue ? Personne, j'en aurais mis ma main au feu, personne, le brouhaha était tel que ces improvisations, ces sons qui préludaient, y sombraient. C'est bien simple, vous n'entendiez pas votre voisin pendant qu'il vous parlait, ni n'entendiez vos propres réponses s'il vous arrivait de lui répondre. C'était dans une aile, sur le flanc de notre salle, pas loin : selon toute vraisemblance la partie où danser, prévue pour ça, non moins spacieuse que celle où nous nous éternisions à table. Cette aile dégagée, vide à l'exception du piano devant lequel se trouvait depuis quelques instants cet homme qui en tirait ces notes clignotantes si maladroites à percer le vacarme ambiant. Mais s'en rendant bientôt compte, dirait-on, le musicien change de registre, s'avise de taper sur l'instrument pis qu'un sourd : avec une frénésie libératrice, triomphante sinon vengeresse, et déchaîne des sons qui très vite s'enchaînent en un air de valse, un air lui aussi endiablé. Assez vif en tout cas pour surprendre la foire attenante, la foire enfermée là-dedans et s'étourdissant de clabaudages. Comme alors le pianiste y va de tout son cœur, porté, soulevé maintenant par cette façon de jouer à coups de masse ! Là-dessus, je t'invite à danser, Antonina. Je ne t'appelais pas encore Nina dans ces premiers temps, je prononçais, courtois et intimidé, ton nom en entier. Guère davantage qu'aujourd'hui, je ne savais placer un pied devant l'autre, néanmoins j'ai eu le front de t'inviter pour cette valse. Je n'étais plus moi. Tes paroles et le vin bus ensemble ont coulé pour moi d'un calice. Un drôle de vin de messe, quoi ! Me répandant en gestes, je discourais et faisais le faraud plus que je ne t'écoutais. Oui, dans ma tête, tourbillonnait l'ivresse de ta présence dans cette ivresse de la fête, mon sang bouillonnait. Nous n'étions que cela encore : deux tourtereaux. Il fallait compter avec les démons de la jeunesse. Non, je n'étais pas moi, ce n'était pas moi. Et surtout, Nina, tu étais si belle ! Et tes yeux, noirs, encadrés par l'éclat de ton visage, tes yeux oh avec leur lumière comme ils me regardaient ! Plus profonds que souriants et pourtant souriant d'une manière qui ne pouvait s'exprimer, la manière insondable du lac dehors, tes yeux où je puisais ma propre lumière, comme ils me regardaient et ne regardaient que moi ! Tu ne l'ignorais pas, je parie. Je veux dire : tu n'ignorais pas que je n'ai jamais su danser, pas plus que tu n'ignorais combien tu étais belle. Tu t'es levée sans un mot, tout de suite, toute droite. Nous étions les premiers à le faire et tu ne cessais d'avoir pour moi, en silence toujours, ce sourire où moins les yeux que quelque chose de différent brillait et souriait, tu ne déliais pas ton regard du mien. Et j'ai dansé. J'ai pu danser. J'ai su danser. Je t'entourais la taille du bras, je te soutenais plutôt. Sans te porter, je n'avais pas besoin de le faire. Du moins était-ce mon impression, ou bien me le laissais-tu croire ? Naturellement ! Plutôt toi, tu me guidais : avec sûreté, cambrée, confiante en même temps qu'abandonnée. S'il y avait quelqu'un qui s'abandonnait, qui allait jusqu'à se quitter, c'était moi au bout du compte. De nous voir danser semble avoir décidé les autres à bouger, à se lever, et le plus vif d'entre eux a été le poète, un certain Ievgueni Guilvikov, court sur pattes, un vrai kobold à la barbe en collier, mais abritant sous cette barbe le génie de l'inspiration. La preuve de ce que j'avance ? Cette parole, rencontrée dans un de ses livres et que j'ai retenue : « La plus petite des fleurs, un myosotis, est un gage d'éternité pour l'homme. » Je ne puis expliquer, aujourd'hui encore, comment il s'y est pris avec *tous* les convives, sans exception, qui n'ont pas formé des couples, mais qu'il a entraînés donnant lui d'abord la main à quelqu'un, sa compagne je suppose, ou sa voisine de table, peut-être juste la première femme venue, puis encourageant celle-ci à tendre la main à l'un des festoyeurs, le partenaire le plus proche, inconnu d'elle sans doute, lequel en faisait déjà de même avec quelqu'un d'autre, – entraînés, alignés en une chaîne de cinquante à soixante personnes et, à la fin, disposés en cercle autour de nous. Seigneur, autour de nous, toi et moi, Nina ! A partir de ce moment a commencé un moment inimaginable. Ceinture de ferveur, la haie vivante tournait dans un sens et nous, au milieu, tournions en sens inverse, continuions à danser. Conduits par le poète, ils évoluaient, eux, et nous, enclos au milieu d'eux, toi dans ta robe flottante de mousseline, Nina, continuions seuls à danser.

Il ne manifeste, il ne rappelle sa présence que par les tapotements qu'il administre aux bras du fauteuil. Par moments aussi, une envie de parler, ça se voit, le prend à la gorge. Mais il la réingurgite et, tête baissée, il regarde, il continue, regarde au ras du sol, à quelques pas, jamais plus loin. Regarder, regarder, on ne sait pas quoi. Quelque chose qui va peut-être sortir du plancher et lui adresser la parole, et lui seul l'entendra et verra ce que c'est. Il finit tout de même par dire, il demande par-dessus la table, par-dessus le damier à carreaux blanc et rouge de la nappe ; mais qu'a-t-il demandé au juste ? Il suffit qu'il se mette à parler pour que je cesse de l'entendre. Mais il recommence déjà, remâche, il dit et, blanche, décharnée, embarrassée en même temps d'un enrouement, la voix avec laquelle il demande ça :

– Tu ne voudrais pas sortir un peu ?

Des mots, parce qu'ils lui raclent la gorge, il les répète lamentablement :

– Tu ne voudrais pas sortir un peu ?

Et soudain, qu'est-ce qu'il lui prend ? Soudain, il ajoute :

– Nous avons agi sur le monde comme un de ces phénomènes sidéraux appelés trous noirs et qui sont les sièges d'une dévoration à laquelle n'échappe pas même la lumière. Que dis-tu de ça ?

Que dire de ça ? Ce que je devrais lui dire s'il valait la peine d'une réponse ? « Toi, au moins, tu ouvres la bouche mais juste pour cracher en l'air. » S'il valait la peine d'une réponse. Avec cette barbe de trois jours qui lui givre la figure. Quelle réponse lui donner ? Il n'y a pas de réponse. A rien. La réponse, ces bruits la lui donneront, s'il y en a une à donner. Tous ces bruits ; pas moi. Tous ces bruits qui poursuivent leur invasion, et le papier des murs qui n'aura pas achevé de sitôt de gonfler ses cloques, et l'humidité qui le fait se soulever. Ces murs où des cadres de plastique tâchent d'imiter le bois. Je n'en sais rien. Mais pas moi. Parler. Parler. Pourquoi ? Il n'y a plus besoin de parler. Sinon comment oublier ? Oublier tout. Mais lui, il va patienter, je le connais, il va patienter une minute, ou deux, ou plus. Il n'avait pas cette patience, avant. Il a appris, là-bas. Je crois. Là-bas, où il était... Puis il n'y tient plus, il bavasse :

– Tu ne dis rien. Ah non, bien sûr, puisque nous ne sommes plus aujourd'hui qu'un trou noir mort...

Mais après un temps, il remet ça :

– Tu ne voudrais pas sortir un peu ?

Et je retrouve les mêmes choses après ces quinze ans de bagne majorés de quelques mois, un rabiot à ne pas tenir pour quantité négligeable. Mais elles ne me reconnaissent pas, elles s'interdisent de me reconnaître, dirais-je. Plutôt, elles m'ignorent. Simplement, elles m'ignorent, je ne figure plus sur leurs listes comme si je n'avais jamais existé pour elles. Pour les gens, amis et le reste, forts de leurs facultés d'entendement, passe encore, puisque j'avais fait le grand voyage, celui dont on ne revient pas. Tous le savaient d'ailleurs mieux que moi. Et je réapparais ! Il faut les comprendre. Le kopeck démonétisé dont vous avez réussi à vous débarrasser, qu'on vous refile au tournant. Une fois parti, prends-en ton parti, tourne la page. Si tu reviens, la place que tu occupes de nouveau, cette place, tu l'usurpes et ça : ça empoisonne le monde, qui en a plein le dos de ces histoires de personnes disparues. De toute façon, tu n'avais aucune chance de t'en sortir, vif ou mort, Rassek. Et la mort, tu l'as frôlée de près, tu l'as regardée les yeux dans les yeux, et pas qu'une fois, mais à la fin elle t'a fait une fleur ; au bout de ces quinze ans, plus quelques mois, passés en sa compagnie, il s'est trouvé qu'elle en a eu assez de te voir, elle t'a renvoyé dans tes foyers. Une manière à elle de t'enseigner que le pire n'est pas toujours sûr même si, dans certains cas, mieux vaut le pire. Mais qu'y pouvais-je ? Et depuis que je suis rentré, il y a de cela six semaines, elle n'a pas donné de ses nouvelles. Elle doit être occupée autre part. Car je l'ai vue à l'œuvre : ce n'en est pas une à flemmarder, à se payer du bon temps. Au bout du compte, je me demande si ce n'est pas mieux que les choses et les gens dédaignent de vous reconnaître. Davantage les gens, bonshommes et bonnes femmes, qui ne regardent à travers toi que cet air irrespirable dont, par manque d'automobiles en nombre suffisant dans nos rues jusqu'ici, nous avons trop longtemps tardé à remplir nos poumons. Avec certains, dans le quartier, on se connaissait bien plus que de vue. Aujourd'hui quand ils me croisent, ils passent, et rien ne se passe. Ou dans l'ascenseur, lorsqu'il s'agit de voisins d'immeuble : pas un signe, pas gênés, ils sont là, rien ne se passe non plus. A trop se fier à sa mémoire, on n'a que des mécomptes. Où sont les parties de vodka célébrées ensemble ? Le fait est que, les uns comme les autres, ils sont trop occupés, trop pris à rattraper le temps perdu, à tout dire sans risquer de se voir embarquer, à tout faire sans que ça leur retombe sur la couenne. Il n'y a plus d'autorité. Ce qu'on gardait sur le cœur, qu'on n'osait pas même penser tout bas, on le crache maintenant à chaque carrefour, l'étale sur les places des marchés. C'est facile à comprendre, nous renouons avec notre péché mignon : la confession publique. Et autant dire que les uns ni les autres ne s'en privent. Qu'on imagine ça : *sans avoir à le payer !* Prendre sa revanche sur un silence que, tapi telle une blatte dans son trou, on a observé plus longtemps qu'on n'a vécu, songez un peu ! Ils n'en reviennent pas, personne n'en revient alors que jusqu'à ces derniers temps, pour un mot que vous n'aviez pas encore prononcé, vous vous voyiez offrir une cure en Sibérie. Une cure qui pouvait durer un moment et, tant qu'elle durait, là-bas, parler n'avait pas plus d'importance que se taire, vivre que mourir, ou mourir, que vivre. Quant à savoir pourquoi : pourquoi vous viviez, pourquoi vous mouriez, c'était un secret des mieux gardés, un secret d'État. Je suis bien placé pour en dire deux ou trois mots. Mais à quoi bon, puisque je ne comprends pas moi-même ce que je fais, ici, aujourd'hui, ce que signifie *être chez soi, être soi, être Rassek*. Moi pour qui le rouble vaut toujours un rouble, soit deux dollars, et qui ne me fais pas à l'idée d'allonger soixante roubles pour un dollar. Qui n'oublie pas non plus la gloire qui a été. La gloire que nous incarnions aux yeux du monde, une gloire échangée du jour au lendemain contre les armiaks crasseux du bon vieux temps, vite réendossés, et avec quel délice ! La gloire qui a été, la gloire dont nous avons honoré l'Homme, ce rêve puis, au petit matin, ce réveil dans le caniveau, la plus grande catastrophe advenue à l'humanité. Qu'avons-nous à invoquer pour notre défense, après nous être engagés devant la planète entière, avoir juré ? Que nous nous sommes soûlés de trop de vodka frelatée, que nous avons bercé le monde de contes à dormir debout et que, trêve, excusez-nous, désormais l'heure est aux choses sérieuses ? Drôlement avisés au moins ont été les ténors les plus gueulards du système défunt ! D'une main, ils glissaient tout ça, dont ils chantaient les louanges, sous leurs fesses et, de l'autre main, ils faisaient argent comptant, naguère, de notre incurie, maintenant de notre misère, tout en découvrant que les poubelles de l'Histoire sont des mines d'or. Et aux autres, aux ânes bâtés, d'entretenir une foi qui a fait d'un mensonge une vérité, d'en sauvegarder le souvenir, d'en défendre le renom ! Les pauvres niquedouilles qui n'ont toujours pas conscience, eux, de ce qu'ils ont perdu, ne possèdent que cette foi pour tout bien et s'y cramponnent contre toute raison. Innocents aux mains vides, ne vous résignez pas à enterrer l'espoir qui fut ! Quelle explication donner aux millions d'hommes, de femmes qui, partout sur terre, ont cru en nous qui ne croyions pas en nous-mêmes ? Et quel visage leur présenter pour le leur dire, pour leur confesser que nous n'avons été que des Tchitchikov parcourant les cinq continents et réglant en monnaie de singe les âmes à vendre ? Sinon, leur dirons-nous, leur confesserons-nous, que, les premiers, nous avons payé de nos personnes, devenues espèces trébuchantes et dévaluées ? Dans notre déchéance, dont il nous faut bon gré mal gré toucher le fond, quel front lever pour implorer leur pardon ? Tiens, ils seront bien avancés ! Qui, parmi nous, se préoccupe de leur détresse, qui doit être à la mesure de notre misère ?... Les Karamzine ne sont plus là, ai-je appris à mon retour. Disparus, eux aussi, dissous dans la nature comme j'ai manqué de le faire. Ni une bonne âme ne se souvient d'eux, ni on n'entend prononcer leur nom. Les Kassaïev n'ont pas bougé en revanche. Toujours dans l'immeuble. Mais les Kassaïev, on n'a pas de rapports avec eux. On n'y tient pas. Avec les Karamzine, on en avait et ça a fait leur malheur. Nina était une responsable, et on sait ce qu'il arrivait aux familiers des responsables : ils trinquaient en priorité. Elle a gagné sa place dans le régime en l'acquittant avec la vie des Karamzine et de bien d'autres. Que va-t-elle faire à l'heure où il y a ces quantités de revenants autour d'elle, sous réserve qu'ils soient revenus jusqu'au dernier, ce qui est loin d'être prouvé ? Y pense-t-elle, avait-elle envisagé semblable éventualité ? Je parie que non. Je parie qu'elle y est moins préparée que le moins mauvais de ses anciens collègues. Tout lui est devenu si indifférent ! Et à supposer qu'elle y ait songé ? Qu'aurait-elle à déclarer pour sa décharge ? Qu'elle a fait ce qu'*on* attendait d'elle : assurer la sécurité de la Nation, de l'État et, tout ensemble, du socialisme ? Mais qui l'entendrait, comprendrait ce langage dès lors que la Nation, l'État, et le socialisme, lui déjà flambé, n'ont plus besoin qu'on assure leur sécurité ? Bien mieux : dès lors que tout le monde se sent en sécurité depuis qu'il n'y a plus de préposés à la sécurité ? On verra, si jamais cela se produit, si on lui demandera des comptes. Ou si au contraire chaque enfant du bon Dieu ne s'est pas fait une raison, comme elle-même a dû se faire une raison, et moi comme les autres. Peut-être aussi s'écorche-t-elle les pieds en ce moment sur les chemins rocailleux de sa conscience muée en Sibérie intime. Peut-être, arpentant ce cauchemar infini, use-t-elle ses jours et ses nuits à fuir l'œil maudit qu'on porte en soi. Qui sait ? Elle en reviendra, elle s'en remettra. Reste que la vérité... eh bien... que la vérité ne sera jamais chose surfaite. Dehors, une douceur automnale attendrit le ciel : la douceur dont passent pour être généreux les automnes de Kiev. Je ne connais pas Kiev, le désert dont j'étais l'hôte n'avait pas de ces prévenances, et j'enrage d'une affreuse envie de sortir. Sortir, marcher... Aller d'ici, de Rëutov, jusqu'à la maison de Tolstoï tant qu'à faire. Oui, à la maison de Tolstoï, quand ce serait dans mon état comme de vouloir partir à pied pour Jérusalem. Ce serait juste pour revoir trois choses : d'abord, la bicyclette à roue fixe du grand homme ; ensuite, la table de cordonnier qui lui a servi à façonner des souliers dont ses proches appréhendaient comme le feu éternel d'avoir à les porter ; en dernier lieu, son lit : dans son alcôve, un lit de garçonnet des moins augustes qui soit. J'avais à peine douze ans lorsque j'ai vu ce lit pour la première fois, pourtant je n'y serais pas rentré, il n'aurait pas été à ma taille. Est-ce qu'il était doué d'humour, le grand homme ? Je me le demande. Comparé à Gogol, à Leskov, sûrement pas. Qu'importe. Passer devant des objets, qui avaient vibré entre ses mains d'une vie secrète, aussi précieuse que chargée de sens, m'en remplir la vue, cette perspective me rendrait fin heureux durant tout un mois. Il y a certes Nina. Que ferait-elle pendant que j'y serais allé ? Nina encore moins que moi près de sortir, de circuler en ville, d'affronter la foule. Elle pense avoir perdu l'usage de ses jambes. C'est bizarre qu'elle le pense alors que ce n'est pas vrai. Elle s'est mis ça dans la tête et n'en démord pas. Assise, pesant sur sa chaise : inerte, elle demeure. Son visage affiche l'impassibilité péremptoire d'un masque avec, quelque part, cette expression méchamment hilare des masques dont les yeux béent sur du rien. L'événement inespéré se produit néanmoins, ce masque a l'air de se rappeler que la parole existe, qu'il peut émettre des sons. Et il ne s'en prive pas, Nina marmonne après un long parti pris de silence :

– Sortir maintenant.

Plus fantomale, atone, la voix, que précisément interrogative, ou affirmative ; et moi, lui faisant écho, je redis, réaffirme :

– Après, il sera trop tard, ma bonne. Oui, maintenant.

Il faut bien qu'elle prenne l'air, côtoie d'autres êtres, s'informe du mode de vie actuel. Et ça me manque aussi !

M'a-t-elle entendu ? Oui, elle a dû m'entendre. Elle desserre à nouveau les dents, mais se borne à répéter sur le même ton :

– Oui, maintenant.

Elle est à cent lieues de là.

– Parce qu'après, dis-je, il sera trop tard.

Puis, c'est tout le masque qui se fêle, craque ; une petite flamme se met à vaciller dans la fosse des orbites. Par le diable, si peu faite qu'elle soit pour éclairer le monde, la lueur incertaine ne s'éteint pas, qui flotte dans ces trous ! Hélas, Nina ne sait que contrefaire encore ma voix, et réitérer :

– Trop tard.
Machinalement, je l'imite :
– Oui. Trop tard.
Toutefois elle me surprend par sa question :
– Trop tard pour faire quoi ?
– Pour sortir !
– Ah.
Une exclamation entre haut et bas qui lui est venue sur les lèvres pour y mourir. Nina en reste là.

Insister de la sorte, c'est bien de lui ; c'est lui tout craché. Il ne peut faire autrement qu'insister, épuiser les gens. C'est son plaisir. Un jeu chez lui. Il s'inquiète, et c'est le même jeu qui se poursuit :

– Tu ne te sens pas bien ? *dit-il par-dessus le marché, dit-il par exemple.* Si par hasard tu ne te sentais pas bien...

C'est lui qui demande ça ! Lui si mal en point. Lui qui ne finit jamais ses phrases parce qu'il n'y a jamais assez d'air, où qu'il soit, et qui respire avec des râles à s'en fendre la poitrine mais n'est guère fichu d'aller jusqu'à rendre l'âme. Qu'il se prenne lui-même en pitié ! Il vous ferait rire, s'il y avait de quoi.

– Moi ? Non, *dis-je.*

Mais je le vois remuer les lèvres, remuer les mandibules et parler, parler, tout un sirop de mots coule entre ses chicots en clous de girofle.

– Bon sang, ça suffit ! *je m'écrie. Me suis-je écriée.*

Il ne m'a pas entendue, mes cris, mes mots finissent comme toujours par se perdre. Ils sont faits pour se perdre ; tant pis, qu'ils se perdent, si c'est pour retourner à leur source. Il en faut plus pour me décourager, je lui lance très fort, si fort que ça tonne dans ma tête :

– Cette bouche a bien assez répandu son sirop. Basta !

Il fait la sourde oreille et recommence, ou plutôt continue, jabote. Processions de paroles, chapelets de ténias, ça défile. Il ne se fatigue pas, lui, et moi, je n'ai plus qu'à m'embarricader à l'intérieur, m'enterrer en moi-même. Puis écouter ma voix, la seule qui sonne comme avant, mais pas la sienne par contre, cette voix catarrheuse dont il use et abuse, et il le sait. Sûr qu'il croit faire montre de gaieté ainsi, de cette horrible gaieté d'autrefois. Mais comment s'en délivrer, une voix avec ses ricanements, une bouche avec ses dents avariées qui se tord, disant ou essayant d'en dire plus qu'il n'est indispensable, et vous harcelant :

– Après tout, je n'y tiens pas tellement.

– A quoi ? *je demande.* Mais à quoi ?

– A sortir, *dit-il.* On est aussi bien ici.

Misère de misère, cette façon qu'il a de tourner casaque à la dernière minute ! La girouette qui donne de la tête dans tous les sens mais ne se coince pas, n'abandonne pas. C'est bien de lui. Bien de lui de vouloir une chose et ne jamais cesser de prétendre le contraire. Son entêtement, dans l'hésitation, n'a pas de limite. Mais, tout de suite, à court d'air, essoufflé, toussant, glaviotant, il n'a plus la force de poursuivre. Il faut être sacrément bête pour se figurer qu'il va quand même s'en tenir là. Parce que déjà, après un soupçon de pause, il repart, plutôt il se met à fredonner. Il chantonne comme à son habitude : en s'accompagnant de petits coups frappés de ses doigts joints sur les accoudoirs de son fauteuil. Ce fauteuil qu'il s'efforce de remplir et qu'il ne remplit pas à moitié. Une fois encore, plus c'est pareil, moins j'en crois mes oreilles. Ah, ces nom de nom d'accents qui lui reviennent du fond du passé, d'une jeunesse trépassée ! Les mêmes accents, avec sa voix toute rancie à présent, les mêmes qu'en ce temps-là. Elle ne dure sans doute pas, la chanson, mais je la reconnais. La même aussi. C'est aussi l'échappatoire. Il en est sans arrêt à inventer des échappatoires, et pourquoi ça : uniquement pour s'éviter l'ennui d'aller dans un sens ou dans l'autre, de s'engager à droite ou à gauche, de répondre carrément par oui ou carrément par non à une question. Affirmer jamais quelque chose, croire en quoi que ce soit, il ne faut pas attendre ça de lui. Il ne l'avouera pas mais, à sa manière, il l'avoue, il se trahit. Comment faire confiance à une marionnette ? On voulait précisément en terminer avec tous les Rassek du monde. Écraser le doute, l'écraser où qu'il se niche, dans l'œuf, et avec le doute, à l'occasion, écraser ceux qui doutent, hurluberlus, mauvais coucheurs, velléitaires. Jusqu'au dernier. Si je la connais, sa chanson, une abominable rengaine ! En serais-je débarrassée un jour ?

Peu s'en faut qu'elle ne pousse un hurlement. Elle proteste :

– Quoi, qu'est-ce que cette chanson ! Que tu n'en as pas assez ! Que tu la rabâches matin et soir !

– Pas fait exprès, pardon, dis-je. C'est elle toute seule. Elle me vient aux lèvres et, toute seule, elle se chante. Je me mets à penser à je ne sais, à n'importe quoi et, avant que je m'en aperçoive, c'est déjà parti. Que faire ? L'enfouir dans ma poche, puis mettre un mouchoir dessus ? Et moi-même m'étouffer, rentrer sous terre, tirer ma révérence à cette vie, laisser le champ libre à ces bruits qui rappliquent des quatre coins du globe, ne se gênent pas, ne se lassent pas de matraquer ? Et que le temps accumule ses cendres sur toute chose, ce temps énorme, ce temps fou d'être aussi énorme, si dingue qu'il ne peut tenir... ne peut... Attends, Rassek, du calme, réfléchis : tu commençais à trouver préférable en somme de rester à tailler une bavette entre soi, chez soi, – sauf que ce n'est plus le moment ! Le dos rond, s'arc-boutant à la table, déjà presque sur ses jambes enflées à en crever, Nina se lève. Se donnant un mal insensé pour quitter sa chaise : que s'est-elle donc mis dans l'idée de faire ? Où espère-t-elle aller ainsi ?

Elle s'explique bientôt, elle dit :

– On ne saurait supporter d'être longtemps comme ça. Supporter de passer des journées entières sans même remuer le petit doigt de pied...

Dans sa bouche, les mots se tamponnent, il en est qui lui font défaut ou qu'elle mange. Depuis que je suis rentré, elle ne parle pas autrement et, de toute façon, je ne lui ai pas entendu en débiter autant. Mais aussitôt elle donne l'impression d'être bloquée par le mur, arrêtée par la table, assiégée par les choses, et il y en a autour d'elle, on constate soudain combien de choses nous entourent et, comme elle s'est dressée, à la même place, elle reste plantée, ouvrant des yeux sans regard, rien derrière les pupilles. Et moi : « Elle ignore de quel côté se tourner, Rassek, tu es obligé de voler à son secours quelque peine qu'il t'en coûte. » J'y vais donc. Je contourne la table, glisse ma main sous son bras. Je la dégage doucement de l'impasse où elle croit s'être fourrée. Elle ne dit mot, se laisse manier. Dans la minute où je la tire de ce qui, à l'observer, témoignerait d'un traquenard, où je l'aide à poser le pied sur l'inabordable rive, par-delà, et ça ne peut être entrepris qu'en écartant une deuxième chaise, mais elle semble alors avoir tout oublié de son intention première, l'intention qui l'animait : à cette minute des secousses ébranlent la cage de l'escalier. L'ascenseur, on n'y prend plus garde, une vieille machine poussive, une haridelle. Il s'est arrêté dans un tintamarre de ferraille à notre étage, censément devant notre porte. Je le signale à Nina :

– C'est l'ascenseur. Quelqu'un est monté.

En manière de plaisanterie, je renchéris :

– Quelqu'un qui vient chez nous ? Nous n'allons pas pouvoir sortir.

Qui aujourd'hui aurait l'idée farfelue de nous rendre visite ? Je ne me représente pas la personne, homme ou femme, susceptible de le faire. Mais Nina, une étrange fébrilité s'empare d'elle. Le corps secoué de frissons, elle agite des mains de noyée cherchant à quoi se retenir. Hoquetante, elle grogne sans plus avancer :

– Des gens qui arrivent ? Non, non...

Qu'a-t-elle ? Puis cessent les tremblements. Elle arbore une expression... l'expression effarée de qui se prépare à voir surgir un fantôme ou la manifestation d'on n'ose imaginer quelle créature infernale. Elle en a la tête et, l'effroi peint sur les traits, elle attend, elle écoute, les yeux écarquillés, vacants. Par le fait, elle semble écouter la parole obscure, palingénésique, née de soi pour dire la terreur. Ses lèvres flétries et, rien qu'elles, frémissant dans la pierre égrisée du visage, en évacuent, en figurent le débit muet. Des lèvres qui se laisseraient saisir, voire déborder par un sanglot si d'ordinaire Nina n'y était rebelle, si elle ne s'y était toujours refusée. Statue inébranlable à l'extérieur, inébranlable à l'intérieur, à laquelle nulle force ne ferait faire un pas de plus, Nina écoute. Pour ma part, j'y renonce, je dis :

– Nina, pardon, je me suis trompé. Il n'y a personne. Pas un chat, aucun bruit ne vient du palier. Excuse-moi.

Non sans humeur, elle se libère de mon bras, pivote d'une pièce et avec cette lenteur où son corps s'engonce, ses mouvements s'enlisent l'instant d'après. Elle remet ses pas dans ses pas. S'entêtant à refuser mon aide, elle s'appuie de nouveau sur la table, s'appuie sur une chaise, s'appuie sur une autre, et regagne sa place à la fin. La même place. Réinstallée, elle retrouve son attitude, son immobilité de sphinx domestique. Dans une expansion de noirceur l'enfer logé dans sa tête lui sourd des yeux. Arpenteuse de cet enfer, celle qui ne sait rêver que d'enfer, est déjà loin. J'explose :

– Voyons, Nina, il n'y a plus la police politique ! Fini, tout ça ! Il n'y a plus d'URSS. Est-ce un nom, URSS, pour un pays qui se respecte ? Dans ce cas, comment s'appeler soi-même quand on est un habitant d'une invention qui se nommerait URSS : uèressessien ? C'est ridicule, voyons. La bonne vieille mère Russie, l'éternelle Russie, réémerge de ses décombres, elle est rendue à ses enfants, rendue au monde qui aura connu ainsi l'événement du siècle. Pour son salut, chargés de leurs chaînes d'ascètes, les fous-en-Dieu se sont remis à courir les monastères, les mendiants pérégrineurs à sillonner les routes. Et pour battre son plein, le marché Soukharev d'heureuse mémoire bat son plein, mêlant vendeurs et acheteurs, filous et baladins, prédicateurs et pigeons, clochards et... maquignons en autos d'occasion, rois de la débrouillardise et, il en faut, de la débrouillardise de nos jours pour survivre, et badauds baguenaudant le nez en l'air à la grande satisfaction des voleurs à la tire. C'est à présent, ma chère, qu'il faudrait aller au quartier Presnia déposer des fleurs à la mémoire des héros qui sont tombés pour le triomphe de la révolution.

Sans marquer par un signe ou par un mot son intérêt, Nina ferme les yeux. Mais entre ses paupières burinées comme dans du marbre, je lui vois bientôt filtrer une larme de chaque œil et qui roule, une sur les plis d'une joue, une sur les plis de l'autre joue.

– Oui, dis-je, n'insistant pas davantage. Semblables entre nos semblables en ce monde, nous ne sommes plus des êtres d'exception.

Et inspiré, je proclame, cela ne laissera pas de déplaire à Nina :

– Christ ressuscité !

La figure sous le voile noir

Elle est nue : sans un haïk qui la drape, s'entend, – de ces voiles que la tradition veut blancs et qui métamorphosent en spectres les femmes de chair qui s'en revêtent, s'y emmêlent, quand elles doivent sortir en ville. Les moins jeunes certes ; quant à la génération qui suit, elle ignore déjà superbement ces linceuls. Et les adolescentes, ce n'est plus pour elles qu'un objet de curiosité sinon de dérision, ne s'y voyant pas emballées comme fleur de farine en sac. Cependant, *être nue*, continue à se dire d'une femme, d'âge ou non, qui n'en porte pas un en public.

Superposées sur elle, deux ou trois robes-tuniques hors mode, celle-ci est nue, mais fixé, assujetti par le foulard plié en bandeau qui lui ceint le front, un carré d'étoffe noire est tendu sur sa figure. L'apercevant, j'ai pâli intérieurement.

Ce matin, un matin d'avril, déploie pourtant sur le monde le regard neuf d'un œil azuré tout de douceur humide, de fraîcheur, la voie semble ouverte, qui mène à l'été : finis les maux de gorge, les rhumes, les frilosités et autres misères. Il n'est de longtemps arrivé qu'un matin ait l'air aussi dispos et que vous ayez, pour votre part, le sentiment d'être tout aussi dispos en allant à votre étude, maître Hamad Celaadji, trente-quatre ans, avocat ; ce qui vous définit assez bien, non ?

Cela me résume assez bien en effet et correspond en outre à l'état de mon humeur, ou correspondait jusqu'à cette minute, c'est-à-dire tant que je véhiculais, oublieux de l'enfer en quoi l'existence s'est changée pour nous, l'exaltante certitude d'avoir pris aujourd'hui rendez-vous avec le bonheur. Me gorgeant de la griserie de cette matinée, j'allais comme si un coin du Jardin d'Éden m'était réservé à titre personnel, m'eût attendu en bout de parcours.

Inaugurant donc une si belle journée, je n'essayais que de partir du bon pied et, à cette fin, de me lester de la dose indispensable d'optimisme. La tête bouillonnant d'affaires à plaider par tous les temps et quel que soit le jour, il me faut marcher sans trop voir où je pose le pied, ni avoir à m'en préoccuper. Ainsi ne m'inquiétais-je pas, mon trajet, adopté de longue date, aboutissant de lui-même à la porte de mon bureau. N'empêche que me voilà contre toute attente assailli, absorbé comme j'étais, par une sensation... comment la qualifier : d'insolite ? Va pour insolite. Mais encore ? Ma foi, une sensation de présence entr'aperçue, guère à sa place là où elle se dressait et, cas de force majeure, qui me fait, après quelques pas, rebrousser chemin. Comme si je l'avais su déjà, à mon insu, j'identifie la présence en question. Je reconnais aussi la manière dont elle se campe devant les ruines d'un commissariat de police qu'une bombe a soufflé récemment. Une femme, et à laquelle je ne prête vraiment attention qu'à cette seconde, puis, maintenant que j'y songe, dont je ne doute pas qu'elle se soit trouvée à la même place tous ces derniers temps. La femme, nue, au visage recouvert d'un voile noir.

Je la contemple, médusé ; je ne réalise pas et, sous l'effet d'une brusque, d'une nauséeuse épouvante, je me terre en moi-même.

Quelle idée de se donner en spectacle de la sorte ! Les gens arrivent, lui jettent un regard en silence, passent. Un comportement auquel il n'y a rien à redire : il a été le mien à chacun de mes passages. Cela se comprend. En ce qui me concerne par exemple, j'ai mes plaidoiries à soutenir, le devoir exige de moi d'être à l'heure au tribunal. Routine quotidienne, dira-t-on, traintrain ordinaire où une vie s'enlise et où la bonne conscience fait son lit. L'indignation, l'horreur, je ne sais lequel de ces sentiments m'étreint avec le plus de violence.

Grande sans être forte dans ses robes-tuniques amples, à longs plis, de soie bleu perle comme le sont à une nuance près la pointe et le bandeau qui lui enserrent la tête, elle est là et je suis là.

Jamais vu une chose semblable. Elle doit avoir la trentaine, mon âge, ou presque. Une impulsion irraisonnée me pousse vers elle, ma profession m'ayant habitué à m'adresser sans cérémonies à tout un chacun.

De la voix et du geste, je l'interroge :

– Madame, de grâce, que faites-vous, qu'attendez-vous ici ?

J'allais ajouter : *dans cet accoutrement*, mais il me répugne de m'entendre proférer ces mots.

Ouverte dans sa direction, ma main reçoit aussitôt la sienne, qui s'y pose en confiance.

– Cher, j'attends le retour de mon fils. C'est mon unique enfant.

La voix, amortie par le voile noir comme elle me parvient, est grave, unie.

Je m'exclame :

– Quoi ! Avec ça sur les yeux, le visage ? Un masque ! Comment pourriez-vous le voir ? Et puis, était-ce convenable que...

La main qu'elle a mise dans la mienne, elle la retire pour la passer sur le voile qui cache ses traits.

– ... convenable de porter ça ?

Moi, sur le point de lui déclarer : *que vous vous exhibiez, non pas dans cet accoutrement, mais nue*, une forme de gêne me fait encore dire :

– ... convenable que vous l'attendiez en pleine rue !

Sans le moindre embarras, avec une spontanéité qui me met au contraire, moi Hamad Celaadji, dans l'embarras, elle s'explique :

– L'obscurité dans laquelle mes yeux sont plongés, et où j'erre, me permettra de mieux le voir au moment où il viendra vers moi. Il est, lui, ma lumière.

Je ne trouve rien à lui répondre. Ce discours me laisse néanmoins insatisfait, et je m'enquiers :

– Et où est-il ? D'où supposez-vous qu'il arrivera ?

– C'est... justement ma peine : je ne sais pas. J'attends. Je ne peux qu'attendre. Il doit passer par ici.

– Depuis quand l'attendez-vous ?

Les mêmes paroles me sont chuchotées cette fois sur un ton évasif :

– Je ne sais pas.

Le voile, qui a frémi faiblement, a respiré, soufflé ces mots pour elle.

Alors moi :

– Ne voulez-vous pas que je vous conduise... jusqu'où vous pensez avoir quelque chance de le récupérer ? Nous le chercherons ensemble. La ville n'est pas si grande que nous n'y parviendrions pas.

Et tout bas, je complète :

– Avec l'aide de Dieu.

Ou elle réfléchit à ma proposition, ou elle n'éprouve plus le besoin de poursuivre cet entretien, encore faut-il qu'elle ait pris garde à mon offre, son silence dure.

Après tout un temps, la voix protégée, assourdie, se rattrape, se ranime :

– C'est ma peine. Je ne sais pas justement.

– Il n'est pourtant pas possible que vous restiez, comme vous êtes là !

Je pense le lui avoir suggéré, ce coup-ci : *nue et avec ce sinistre chiffon sur la figure.*

Sa repartie m'atteint, simple, laconique :

– Je peux.

Là-dessus, mon interlocutrice se met à chantonner, doucement ; assez haut quoi qu'il en soit pour attirer sur elle l'attention de n'importe quel quidam de passant :

– Mon fils, mon fils, gens de bien, si vous voyez mon fils, dites-le-lui. J'en suis toujours à l'attendre. Ames charitables, dites-lui que sa mère le demande. Fils, tu peux revenir ; de ma bouche, tu n'entendras pas un reproche. Karim est son nom...

Je ne puis m'empêcher de marmonner là-dessus :

– *Allah karim.*

– Gens de bien, faites-le-lui savoir, le Seigneur vous aura en sa garde.

A-t-elle oublié jusqu'à ma présence ? J'en jurerais mais, comment savoir quand, pour vous tranquilliser, le regard manque ? La machine qui broie en nous commence à tourner. A entendre cette femme exhaler sa plainte, je me surprends à maudire la vie, à la maudire quand bien même je n'ai pas à m'en plaindre personnellement. Et la machine de broyer.

Sous son masque, isolée du monde comme à la minute où je l'ai abordée, l'inconnue se réfugie en plus dans un mutisme en apparence sans appel.

Et si elle le consacre à la prière ? En mon for intérieur, je l'encourage : *prie, prie, cela devrait te verser du baume dans le cœur...*

Puis les mêmes mots reviennent. Fredonnés sous le linge noir, les mêmes :

– Mon fils, mon fils, gens de bien, si vous voyez mon fils, dites-le-lui : j'en suis toujours, ici, à l'attendre.

Sur ces entrefaites, quelqu'un s'approche, sans doute un spécimen de ces gens de bien, de ces officieuses personnes nées pour édifier autrui, qui me glisse dans le creux de l'oreille :

– Elle est folle. Son fils a été tué dans un attentat à la bombe à l'endroit où elle se tient. Elle en a perdu la raison et vous, vous perdez votre temps à écouter ses élucubrations. On ne peut rien pour elle.

Je me retourne, toise l'individu. Pris de court, sans demander son reste, il se dépêche de filer.

Je dis à la femme :

– Venez, nous allons chercher Karim tous les deux. Qu'en pensez-vous ?

Ne soufflant mot, elle passe un bras sous le mien, se laisse guider. Elle n'est plus, avec un grand naturel, que l'aveugle qu'elle aurait, au fond d'elle, aimé être, se devait d'être.

Nous allons de front, avançant d'un pas dégagé, en silence et, à la vérité, sans but. Quels coups d'œil ahuris, choqués, n'essuyons-nous pas de la part de tous les descendants du singe que nous croisons ! Ils m'indiffèrent, eux et ce qu'ils pensent.

Au bout d'un moment, ma compagne s'arrête, me fait piler en même temps qu'elle. D'une voix chagrine, poignante de regret, elle proteste :

– Oh, cher, ce n'est pas de ce côté. Ce n'est pas la direction qu'il faut prendre.

Aveugle derrière sa tenture noire, elle n'en a pas moins perçu que nous n'allions nulle part.

Moi :

– Comment ça ? Quelle direction alors ?

– Nous ne le retrouverons jamais par là. Retournons sur nos pas. Pour l'amour de Dieu.

Sans rien ajouter, par une pression sur mon bras, elle me fait faire demi-tour. C'est à présent elle qui me guide.

Et je m'en rends bientôt compte, nous sommes revenus à notre point de départ.

Elle devine ma surprise. Elle a ce commentaire :

– C'est ici. Il faut que je cherche dans ces parages, que j'attende ici son retour. Il a disparu à l'instant où lui et moi avons atteint cet endroit.

Elle me libère le bras devant les mêmes fichues ruines calcinées de ce qui a été un commissariat de police.

La Bête. La Bête, de l'antre où elle se rencogne et d'où elle ne devrait jamais sortir, n'a plus qu'à se ruer sur le monde ; et bien accompli sera tout ce qu'elle aura accompli.

L'inconnue prononce, détaillant chaque mot :

– Celui qui a eu pitié, le Seigneur en aura pitié et le lui revaudra au centuple. Le Seigneur le conservera pour ceux dont l'existence lui est précieuse.

A sa manière, elle m'a signifié mon congé. Après une pause, dans un court halètement, elle m'intime :

– A présent, il faut me laisser. Je retrouverai mon fils.

Cette force de conviction ! La Bête, c'est moi : l'animal qui ne comprend que crotte aux fins dernières.

Avant qu'ébranlé je ne m'éloigne, j'enveloppe la dame d'un dernier regard : au plus fort du jour, elle me paraît immergée dans une noirceur de cave, séquestrée dans une cave qui se trouverait enterrée sous une autre cave, dans une autre ville, un autre pays, où ne règne et ne régnera jamais que la nuit, de toute éternité. Mais elle dans cette nuit, que fait-elle ? De quoi se punit-elle ? Du crime des autres ?

La rue n'a cessé de bruire, manifestant on n'imagine quel espoir : est-ce de rattraper la vie qui, dans sa course, va toujours plus vite, plus loin et, vraisemblablement, la vue barrée aussi d'un crêpe noir ? A distance, un cri s'élève, domine ce brouhaha :

– Menthe fraîche ! Menthe fraîche !

Un cri qui grandit, se fait plus proche.

– Menthe fraîche ! Menthe fraîche !

Survient alors une espèce d'avorton bossu, une grosse bourrée de touffes vertes balançant au bout d'un bras long à n'en plus finir.

Ils ont remonté la rue, lui et son cri, ils sont passés. Le nabot, que je suis du regard, ne tarde pas à disparaître dans la foule. Musical est déjà son cri dans le lointain, mélancolique :

– Menthe fraîche ! Menthe fraîche !

Des voitures et des voitures défilent, à ce qu'il me semble plus nombreuses qu'à l'ordinaire.

J'ai abandonné la mystérieuse vigie suspendue à son guet. Y avait-il quelque chose de plus à faire pour elle ? Les paroles de réconfort sorties de ma bouche n'ont assurément eu pour objet que d'apaiser mon propre émoi. Vaines, dérisoires paroles, qui me laissent un fade goût de solitude sur la langue.

– Hamad, Hamad ! Allons, qu'y a-t-il ?

Fracturant le rêve dans lequel, égaré, je vais, cette voix pénètre, me cherche, hèle à la cantonade. Elle veut, ne se décourageant pas, elle veut se faire entendre de moi. Et l'écho de mon nom, lancinant, s'adresse à lui-même la réponse :

– Hamad, Hamad, ce n'est rien ! Ce n'est qu'un rêve ! Allons, réveille-toi !

Une parole qui monte par-delà de hauts murs et, moi à l'écoute, me disant : « Une ère nouvelle commence, la vie repart, plus vraie de l'autre côté. Mais plus qu'obstinément bête, la Bête n'est pas décidée à franchir l'obstacle, renverser les murs. »

Et je reconnais la voix, c'est celle de Saliha. Oui, nous nous entr'appelons, elle et moi, par notre petit nom ; cela ne se fait pas dans nos familles ; nous, nous le faisons. Saliha est ma femme.

Maintenant présente dans mon rêve, elle déclame comme pour le plaisir, et l'espace paraît s'en réjouir aussi, qui résonne autour de nous à l'infini :

– Hamad, ce n'est rien ! Tu es juste en train de rêver !

Se dégageant de moi, un autre que moi ne cesse de prêter l'oreille, de surveiller son manège. Mais que fait-elle, cette main posée sur mon épaule qui me secoue sans ménagement :

– Réveille-toi !

Mon corps souffle le feu, se débat. Et j'écarquille les yeux sur ses yeux planant au-dessus de moi. Comme je sors de mon rêve, Saliha en sort aussi.

Dans ces yeux, où je me contemple, le regard donne, lumineux, souriant, autant sur l'univers visible que sur l'énigme intérieure. Je ne reconnais pas ma voix lorsque je lui demande :

– Mais que se passe-t-il ?

– Que se passe-t-il ! Tu as tout simplement poussé un cri de terreur à vous faire dresser les cheveux sur la tête, et tu t'es mis ensuite à gémir comme une âme en peine. De quoi rêvais-tu ?

Je dis vaguement :

– Ce n'était qu'un rêve. C'est fini à présent.

J'inhale de lentes, de profondes goulées d'air et, d'un coup de reins, je me redresse, ma lucidité recouvrée.

Je ne vois plus Saliha.

Puis je la vois revenir, un verre à la main.

– Tiens, me dit-elle. De l'eau fraîche. Bois, ça te fera du bien.

Je bois, attentif à la descente de cette fraîcheur dans mon corps et j'en fais la constatation émue : « La voix de Saliha, l'eau ; non moins rafraîchissantes l'une que l'autre. » Curieux effet des rêves. Cet arbitraire du rêve qui ne prévoit ni ne ménage d'issues quand il se referme sur vous. On peut chercher : on ne fait que tourner en rond. Pourtant une issue est à portée de main, il suffit de penser à se réveiller.

L'eau, je l'ai bue toute. Elle m'a fait du bien, Saliha avait raison. Tandis que je lui rends le verre, un rire inepte entrecoupé de hoquets s'empare de moi. Il suffit de se réveiller !

– Si j'ai rêvé ? Et comment !

– A ta façon de crier, c'était un cauchemar. Un de ces terribles cauchemars où tu te vois aux prises avec des *bouloulous*.

– Oui, oui, certainement.

– Et qu'était-ce, comme cauchemar ? Raconte.

– Eh bien, sans raison précise, je me hâtais vers mon bureau lorsque, dans une rue, je suis tombé sur une femme, dévoilée, mais un carré de tissu noir lui dissimulant la figure...

– C'est affreux ! m'interrompt Saliha.

– J'étais sûr qu'à travers ce voile elle me regardait pourtant. Je sentais que ses yeux me fixaient. Et puis, et puis... je ne sais plus... j'ai oublié le reste.

Saliha, n'insistant pas, j'arrête là mon récit. Nous nous recouchons. Peu à peu, monte la respiration d'une dormeuse. Respiration légère, confiante, propre à rasséréner l'homme étendu près d'elle et que le sommeil a fui. Car si, moi, je l'ai quitté, mon rêve ne m'a pas quitté. Tout à l'heure, je n'ai fait qu'en épargner l'horrifiant récit à Saliha. Le regard perdu dans les ténèbres de la pièce, je me revois encore aborder la femme à l'écran de suie tiré sur le visage, puis commencer à lui parler, à lui prodiguer avis et apaisements. Elle devait rentrer chez elle, l'adjurais-je, et y attendre le retour de son fils. Que s'exposer en pareille tenue n'était pas digne d'une femme qui se respecte. Que tout finirait par s'arranger. Etc. etc.

Sa réplique fut simple :

– Mais mon enfant reviendra ici, pas ailleurs, et qui trouvera-t-il ? Personne ? Pas sa mère ?

Mes conseils n'avaient pas entamé sa détermination. Suivit un long silence. Je songeai : « Quel silence ! Tout peut s'y produire. » Et de la même voix, une voix éteinte pourtant, elle m'apostropha :

– La mère d'un fils qui s'est perdu, peut-être voudras-tu voir à quoi elle ressemble ? Veux-tu voir, veux-tu savoir à quoi elle ressemble ?

Elle avançait son visage masqué vers moi et, même atonie de timbre, même taciturnité, elle continuait, tandis que je la considérais, la bouche sèche :

– Veux-tu ?

L'étrange personne fit tant et si bien que, la parole tout d'un coup me revint, et je vociférai :

– Oui, je veux !

D'un vif revers de la main, elle souleva le voile noir et le tint ainsi remonté. Il n'y avait rien dessous. Je veux dire : rien, un vide béant ; esquissés, les contours d'un visage, mais un trou obscur à la place, qui me narguait.

Ce qu'elle fit là, sans doute dans un esprit de concession quoique avec un air de défi, ne dura guère plus d'un quart, d'un dixième de seconde, mais cette ombre de temps s'incrusta dans la pure immutabilité avant que le voile ne fût retombé. Je me mis à hurler :

– A moi ! A moi !

Je ne réclamais pas qu'on me vînt en aide, j'ameutais quiconque, homme ou femme, passerait à proximité pour être témoin avec moi de cette abomination.

Telle a été la suite de mon rêve : monstrueuse. A quoi aurait-il servi de la raconter à Saliha ?

Me rendant à mon étude, ce matin, j'emprunte la même rue : puisqu'elle entre pour partie dans mon itinéraire. Mais aujourd'hui, je l'arpente avec la ferme intention de vérifier si une dame porteuse de masque y est présente, si je l'ai bien repérée, hier, sur mon chemin et n'ai pas été victime d'une hallucination : en un mot, si je n'ai pas eu la berlue, si, dans un rêve éveillé, cette apparition n'a eu pour objectif que d'annoncer mon cauchemar de la nuit. Armé de tous mes *si* et d'une curiosité circonspecte, quelque peu oppressante, je m'achemine vers le point de rencontre supposé, fatidique, me disant : « Après un pareil cauchemar. Il faut tirer ça au clair, il le faut. Je me le dois. »

En vue, les décombres du commissariat détruit par la bombe des terroristes ont l'air de fumer encore et, *elle*, sur le même trottoir, arrêtée, est en faction. Je la regarde, sans plus avancer, du trottoir opposé. Elle interrompt les lamentations que je lui avais déjà entendu élever le jour d'avant : elle m'a reconnu, j'en ai l'intime conviction, elle me fixe à travers son voile. Jusqu'au milieu d'une foule, et le dos tourné, vous le sentez, si un regard se pose sur vous, quand vous ne le sauriez d'où parti.

Nous nous examinons ainsi de part et d'autre de la rue, mais moi, je le fais à visage découvert et suis le seul des deux à le faire. Alors ? Et si mon regard n'est, là-bas, attiré, captivé, que par une absence de regard ? Absurde question, et plus absurde de la poser.

Me faisant violence, je m'arrache à ce triste spectacle et, baissant la tête, je poursuis mon chemin. Quelques pas, sans plus : je comprends que ma vie s'est repliée sur elle-même du dehors vers le dedans.

Néa

Il demanda lui-même à partir pour Prague cette fois, plutôt à y retourner. Rod ne fournit aucun argument à l'appui de sa requête et la direction de Satellite Info, sans exiger de lui un quelconque état raisonné de ses motifs, y déféra. C'est ce qu'elle avait de mieux à faire, Rod Runner, grand reporter, est (ou était ?) l'un des plus brillants éléments de notre équipe. On a dû aussi le penser en haut lieu et décider qu'on pouvait sans trop de risque faire confiance à celui qui venait de couvrir dans le style le plus professionnel et, en même temps, *le plus intelligent* de toute la presse internationale les récents événements survenus dans cette capitale. Que s'il jugeait en conséquence utile de s'y rendre à nouveau, on était assuré qu'il ne partait ni sur un coup de tête ni à l'invite d'hypothétiques sirènes. Il reçut la bénédiction des patrons.

Faut-il rappeler que son dernier coup de maître n'était pas le premier ? Apporter des preuves de ses capacités, ou de son sérieux, Rod n'en est plus là. Moi-même, à parler vrai, je le connais trop pour le croire homme à se faire payer un voyage de convenance personnelle aux frais d'autrui et, à plus forte raison, de Satellite Info. Lui, sa devise ?

Ne rien devoir à personne. Il ne se le permettait jamais. Avec ça, cool, franc de collier et de propos, un mec, quoi, du genre qu'on n'imaginerait pas jouant à l'esprit fort, au snob bien en cour promis aux traitements de faveur. Dans toute la hiérarchie du journal, des coursiers au directeur, nous ne le tenons pas moins les uns que les autres en grande estime.

Il avait peut-être ses idées. Il les gardait pour lui. Ni ses opinions ni ses humeurs ne transparaissaient dans ses articles, ou dans ses rapports avec nous. Je dis que c'était de la classe. Mais qu'est-ce que j'ai tout d'un coup à parler de lui au passé ?

Donc le comité directeur, pour ce que j'en sais, ne trouvant rien à y redire, n'élevant pas d'objections, ne discutant pas, lui donna sa bénédiction. Il lui octroya les accréditifs indispensables, Rod se vit nanti d'un compte de nabab pour ses défraiements.

Il partit. On n'eut plus de ses nouvelles. On n'en a toujours pas ; deux années ont passé. Deux années ! Il n'est toujours pas revenu.

Les responsables de Satellite Info n'ont pas l'air de tellement s'émouvoir, rapport à cette absence qui se prolonge d'une façon si anormale, de tellement s'empresser de faire la lumière sur le plongeon de Rod dans l'inconnu. Ils n'enquêtent pas, n'essaient pas, n'entreprennent rien. Bien plutôt, ils s'abritent derrière une foi exemplaire en Rod, – ou une curieuse discrétion ? Troublant.

Je n'approuve pas ce parti pris, pour ne pas dire ce mépris. Je peux penser ce que je veux, certes : je n'ai pas voix au chapitre. Mais le silence de notre collègue pourra-t-il être passé indéfiniment sous... silence ? Difficile. Il est trop connu pour ça. La nécessité d'une explication s'imposera un jour ou l'autre. Les patrons du journal seront forcés d'en fournir une, elle tarde même à venir. D'ores et déjà, on sait que les fonds tenus à la disposition de Rod dans une banque de Prague n'ont pas été entamés, qu'il n'y manque pas un centime.

Rod Runner. Pareil nom, assurément trop anglo-saxon par sa consonance, on s'étonnerait à juste titre de voir quelqu'un de chez nous le porter, et on n'aurait pas tort. En effet, c'en est un que mon ami – lui et moi sommes assez liés pour que je me permette de l'appeler ainsi – s'est donné lui-même. Il avait eu, au cours d'une série de reportages aux É.U., la révélation du grand oiseau invraisemblable, typiquement américain, le *road runner*, un volatile incapable de voler, qui ne fait que courir les routes. Mon ami en a adopté le nom après avoir fait sauter le *a* de *road*. Et depuis, il n'a plus signé ses papiers que de ce sacré nom d'oiseau et c'est inouï comme il lui a tout de suite collé à la peau. Rod Runner, un nom fabuleux, inventé pour lui ! Quant à celui qu'il a reçu à sa naissance, moi-même son intime, j'avoue avoir renoncé à l'utiliser. Et qu'il s'agisse de ses fréquentations habituelles ou de gens de rencontre, même chose : plus personne ne sait l'appeler autrement, consonance anglo-saxonne ou non.

Poussiéreux, chiffonné, haut sur pattes et se haussant du col, si vous avez l'heur de le croiser comme ça m'est arrivé aussi, l'oiseau *road runner* se présente à vous sous cet aspect immuable, l'oiseau trimardeur trop court vêtu d'un smoking pêché dans une décharge, le routard impénitent arpenteur de ces routes américaines qui n'ont pour limite que l'horizon où elles vont se perdre. Flegmatique, tout en jarrets, on ne le surprend qu'en déplacement, bec au vent, un bec qui serait un couteau bivalve. Proche parent du nandou, possible, mais alors en plus étique, en plus réduit. Et en plus solitaire. Pourrait-il en être différemment, si toute votre fichue vie d'oiseau se passe en de sempiternelles marches et contremarches ? Sans compagne, ou compagnon, le *road runner* va droit devant lui, toujours d'un pas égal, ne dit rien. A-t-il même une voix pour dire quoi que ce soit, ce n'est pas avéré. Le *tramp* à sa manière d'oiseau, Rod l'est à sa manière d'homme avec son dandysme entretenu à force de blue-jeans qu'il porte comme un milord son frac au derby d'Epsom : aussi digne et ne s'accordant pas moins avec sa gueule creusée de sillons de chaque côté du nez, nez lui-même en couteau bivalve ou solen. Ne cadrant pas moins avec cette tête de boucanier, tannée par les bourrasques de haute mer, à sa façon la tête toute crachée d'un *road runner*, on ne sait comment, mais le fait est.

Pourquoi ne rentre-t-il pas de son équipée praguoise ? Qu'est-il advenu de lui ? Ces questions, combien de fois je me les suis posées depuis deux ans qu'il est parti. Minute, je ne suis pas en train de préparer sa chronique nécrologique – c'est l'une des rubriques que j'assure au journal – mais dans un organe de presse, deux années, c'est long, très long, tout le monde semble avoir perdu son souvenir. Comme s'il n'avait jamais fait partie de notre rédaction. Davantage : comme s'il n'avait jamais existé. Gentil, hein ?

Arrive ce vendredi 13 avril, le Diable veut que je découvre dans mon courrier du matin une pochette kraft dont la vue me procure un choc. Elle était bien à mon nom, celui-ci libellé de même que mon adresse en caractères si serrés, si fins, qu'ils avaient l'air gravés. En haut, en travers de l'angle gauche, se lisait la mention, rédigée par la même main et soulignée : à ne pas ouvrir pour le moment. L'écriture de Rod ! Sans trop y avoir cru, je l'avais reconnue. Plus je l'étudiais, et plus je faisais des yeux ronds. Je retournai l'enveloppe. Vierge derrière, aucune suscription qui eût permis d'identifier l'expéditeur. Mais c'était lui, Rod, j'en aurais juré mes grands dieux. Je m'intéressai au cachet de la poste : estampillé dans un cercle, en plus d'une date, on déchiffrait *Praha*. La lettre venait de Rod, sans conteste.

Le sang cognant fort contre mes tempes et la vue brouillée, j'eus fichtrement peur que mon agitation ne dégénère en crise de nerfs ou de larmes, ou en quelque chose d'aussi absurde.

J'en suis revenu, de mes émotions, depuis ce matin. Je me sens encore chamboulé, mais je peux dire que par contrecoup l'événement m'a requinqué : il m'a insufflé tonus et optimisme, dont j'étais en manque.

Par ailleurs j'ai réfléchi et il en résulte qu'à présent je suis placé devant un dilemme. Quel dilemme ? Sapristi, ou je dois respecter la recommandation de Rod (*ne pas ouvrir pour le moment*) spécifiée en toutes lettres et garder l'enveloppe scellée comme elle m'est parvenue ; ou je mange la consigne, décachette et découvre... on ne sait quoi. A n'en pas douter, les raisons de son silence mais, par ailleurs, mais peut-être, *tout autre chose* ! Je ne puis croire à sa disparition de ce monde. Ce serait la pire injure à lui faire que d'envisager une hypothèse aussi farce. La question n'en est pas hélas réglée pour autant.

Quel parti prendre en définitive ? Ouvrir ? Ne pas ouvrir ? Je tergiverse, je m'interroge et atermoie de jour en jour. Si, à cette heure, Rod se trouvait enfoncé jusqu'au cou dans un bourbier, quel sens cela aurait de respecter sa volonté ? J'ergote, c'est évident, n'en finis pas de me décider. Ce faisant, je reprends la petite pochette, la palpe, la repalpe. La ouate qui la matelasse, à peine permet-elle de deviner ce qu'elle renferme. Sûrement pas un brimborion ayant du corps, plutôt un objet plat, souple, rectangulaire, d'une relative épaisseur et dont l'un des bords forme bourrelet. Un carnet ? Si cela se pouvait !

Fichue enveloppe qui me fait perdre la boule. Je ne me résoudrai pas, comme je me connais, à passer outre et à la déchirer. Si j'en brise le sceau, quand bien même je n'aurais plus à rencontrer Rod qu'au paradis, je redoute de devoir apprendre quelque chose de fâcheux sur son compte, de percer à jour de malencontreux secrets. Dans ce cas, j'aurais bonne mine, – celle d'un traître.

Je n'ai pas résisté. Dans un état fiévreux, à vous faire sauter les plombs, aujourd'hui j'ai lacéré l'enveloppe. Que je sois jugé sur mes intentions, non sur mon acte. Il fallait le faire. De renvoyer sans cesse au lendemain, qu'est-ce que cela y aurait changé ? L'annotation de Rod est formelle ? Mais deux ans se sont écoulés et il n'est pas de retour ! Combien d'années faudrait-il attendre encore ?

Elle contenait un simple carnet. Comme c'était prévisible. Un calepin ordinaire. Coins écornés, couverture noire en carton plastifié, dos armé d'un ressort en spirale, feuilles quadrillées. Le tout assez fatigué. Les pages en sont couvertes de la même écriture : celle, menue, précise, de l'adresse et de la mention *ne pas ouvrir pour le moment.* Cette écriture, si je la connais ! Le mystère livré par l'enveloppe est là sous mes yeux, se donnant à lire. Et je lis. Je lis pour porter jusqu'au bout la responsabilité de mon geste, de la violation. Mais elle seule, la parole de Rod, doit se faire entendre à partir de cette minute.

Sans coupures ni retouches, les notations dont Rod a rempli une page après l'autre, telles quelles.

Eux, ils m'identifient sitôt que j'accède au vaste hall. Je viens de passer le contrôle de police de l'aéroport et me dirige vers la sortie parmi les autres arrivants, mon sac accroché à l'épaule. C'est là. Ils se mettent à deux en travers de mon chemin. Ayant buté sur eux, je continuerai pourtant d'ignorer à qui j'ai affaire. Je m'attendais à découvrir Ivo et Jiri dans la foule venue au-devant des voyageurs. D'Ivo ou de Jiri, nix, zéro. Rien que ces deux individus en imper mastic.

« Nous voilà bien », me dis-je, et ils se présentent. Ils sont le comité d'accueil, à les en croire, avec la dégaine qu'ils ont. Une information qu'ils tentent de me communiquer, qui a du mal à passer : ils ne baragouinent que leur langue, pas même l'anglais, le basic de tout le monde. Ivo, Jiri m'avaient pourtant laissé entendre qu'ils y seraient, à ma descente d'avion.

Je jette un regard critique aux zèbres qui me font face. Deux prototypes de privés, blancs sur eux, tristes, les yeux comme des pièces de monnaie déposées au fond de leurs orbites. Avec leurs impers, le dernier des auteurs de polars aurait eu honte de les inventer. Ivo et Jiri les ont délégués faute d'être disponibles eux-mêmes ? OK !

Ensemble, du bras à demi levé, ils montrent à quelque distance, au-dessus d'une paroi en verre, l'inscription *Exit*. Nous y allons du même pas. Peu après, eux à l'avant, réservés, la nuque raide, moi derrière, nous sommes transbahutés dans une Skoda qui roule encore et lâche même de joyeuses pétarades. Les deux zigues sont censés me conduire à mon hôtel, mission d'importance qu'ils assument, très pénétrés, avec le sérieux qui sied : colloques réduits entre eux à des grognements, reparties sporadiques articulées à mi-voix. S'entourant de secret, des gens prêts à taire le nom de leur propre ville. L'ère socialiste n'en finit pas de passer.

Mais mon Prague, moi, je le connais et ce n'est pas celui que nous parcourons depuis un moment. Pas ces enfilades de rues grises, rectilignes. Non, pas ces ensembles de barres et de tours fonctionnelles pour prolétaires, unique innovation d'un siècle d'architecture. Nous louvoyons dans les arrière-cours de Prague. Toute une zone, et qui doit à une industrie lourde ayant fait son temps d'être ce monument de charbon plus ou moins fumant et pleurant misère.

Mais je me la boucle. J'attends de voir jusqu'où notre vieille et toujours vaillante Skoda compte aller.

Je n'aurai pas à beaucoup attendre. Elle s'arrête bientôt en plein cœur de cet enfer désaffecté. Terminus, tout le monde descend. Devant nous, se dresse un château de carton-pâte, agencement de coffrages récent mais déjà léprosé qui tire son prestige de vastes panneaux de vitrages bigles. Le même futurisme cafardeux de la pénurie. Un hôtel, ça ? J'ai connu mieux. A Prague. Mais où sommes-nous, au fait ? Pas à Prague, toujours. J'inspecte les parages. Où que ça puisse être, on est, on se sent loin de tout.

Dévisageant mes deux mousquetaires, je réprime mon souffle, me contiens, mais pas longtemps. Et je déborde, tape le sol du talon, fais du pétard :

– Praha ! Praha centre ! Pas ça !

Face, tant à mes gesticulations qu'à mes protestations, eux, ils soulèvent des sourcils clairsemés. Ternes, les pièces de monnaie qui leur servent de prunelles me considèrent. Puis elles brillent. Les deux zozos secouent la tête à l'unisson, répètent, l'un relayé par l'autre, comme pour réfuter de fausses accusations :

– Praha, niet hôtel, niet zimmer frei.

Pas d'hôtel ! Pas de chambre ! Voyez-vous ça ? Je commence à croire à un complot, que ce n'est pas de la plaisanterie. Un complot, et la raison qui a motivé mon retour à Prague soudain présente à mon esprit, je m'interroge. Qui aurait pu en avoir vent ? Je n'ai mis personne dans la confidence, pas même mon chat siamois *seal point.*

Avant que j'aie le temps de les habiller de noms d'oiseaux, qu'ils n'auraient pas compris de toute façon, spectres, leur mission accomplie, les deux compères s'évaporent dans les remugles de cette voiture qui brûle, dirait-on, de la tourbe, à quoi d'ailleurs par simple inhalation, les yeux fermés, on reconnaît un pays de l'Est.

Pour la banalité, l'intérieur de l'hôtel ne le cède en rien à l'extérieur. La sorte d'endroit dont on rêverait une fois mort. Comme de ma chambre, au premier, un lieu de tous les passages avec ses fatigues irréparables et qui le resterait irréparablement, devrait-on l'occuper un millénaire durant. Y compris par la composition, en trompe-l'œil à première vue, de son mobilier fonctionnel. Et l'ensemble, sans doute est-ce le pire, agencé, tenu en l'état sur ordre, mais sur quel ordre et dans quelle intention ; mystère.

Vous n'avez cependant pas été suivi dans ce sanctuaire par les gaz d'échappement les plus méphitiques qui aient jamais empoisonné l'atmosphère d'une ville. Autre luxe : l'édredon, énorme, poussant du ventre par-dessus chacun des deux lits. Pourquoi deux ! Mais, suffit avec les questions. Je me laisse tomber dans le plus proche après avoir laissé tomber mon sac de voyage sur le plancher. Cette joie de plonger dans un bain de duvet. Très relaxant. Un soir louche entreprend déjà le siège de la chambre. Au point où nous en sommes... Merde, je... je... Je m'assoupis.

Je ne m'en apercevrai qu'à la seconde où j'aurai l'impression que dieu sait quel diable me tire par le pouce du pied, puis m'installe sur mon séant, me montre, se passant sous mes yeux, ce que j'ai la plus grande difficulté à croire vraisemblable : un quidam, ni dieu ni diable par contre, en train d'emménager dans ma chambre. A peu près de mon âge, de ma taille mais, lui, en plus râblé, affligé surtout d'une calvitie prononcée, ce qui est encore loin d'être mon cas.

Il range pour l'instant ses impedimenta de toilette sur les bords du lavabo laissés libres par moi. Inconscient de ma présence. Inconscient et procédant tranquillement, par gestes précis. S'il n'y a pas là conspiration, alors qu'est-ce, comment expliquer ça ? Et j'y repense : les deux zigues de l'aéroport, ne m'ont-ils pas cueilli au vol dès que mon pied a foulé le macadam de leur chère ville ? M'ont-ils lâché ensuite d'une semelle avant de me mettre en conserve ici, autrement dit quelque part qui n'est nulle part ? Les méninges m'en chauffent.

Je me fais néanmoins la leçon : « Ce n'est qu'une combinaison de hasards. Tu divagues, Rod et, tes salades, tu les touilles de ta propre main. » De s'en prendre à soi-même, ce n'est pas assez pour vous mettre dans les meilleures dispositions. En conséquence, je m'obstine à poursuivre sur le même registre : « Au nom du Ciel, qui se doute des raisons de ta réapparition dans la cité de Jan Hus, et qui s'en soucie ? Personne, tu peux en donner ta tête à couper. »

Que m'arrive-t-il ? Est-ce le grain de folie qu'on attrape en débarquant à Prague ? A moitié immergé dans l'édredon, observant chaque mouvement de l'intrus, je gratte là où ce grain me démange.

Me mettant à sa place du coup, je me demande s'il ne serait pas, lui, plus en droit de trouver ma société incongrue. Après tout, de nous deux, qui est l'étranger ? Mais il a l'air de s'accommoder de notre cohabitation. Il doit l'estimer normale. Moi pas, de quelque manière qu'il le prenne. Est-on dans un asile de nuit ? Et si je le boutais hors de ma chambre ? C'est contre le taulier, qui l'a placé ici, que je devrais me retourner pour bien faire.

Je m'exhorte encore au calme. N'importe comment, on la passera, cette nuit, et, demain, on avisera, je tâcherai à la première heure de joindre Ivo et Jiri au téléphone. Ils me tireront de ce traquenard. Si j'ai des ennemis dans cette ville, à Rabbi Loew ne plaise, j'y ai aussi des amis.

Ayant fini de s'organiser dans son coin, mon roompartner, un autochtone à l'évidence, dévie la tête de mon côté pour la première fois. A moins que le sommeil n'ait commencé à me troubler la vue, comme je le vois campé en caleçon, et tricot de peau, les jambes, les épaules, les bras musculeux ainsi à l'air, il a doublé de carrure. La pâleur de ses yeux gris ou bleus m'effleure avant qu'il ne se glisse dans son lit. On se figure toujours être le point de mire de quelqu'un ; je t'en fiche, je n'affirmerais pas qu'il m'ait vu.

Cette nuit a été longue cependant.

Aujourd'hui, aux environs d'une heure, j'ai rendez-vous à l'Opéra Grill, sur le Divaldelni, avec les frères Brych.

Midi un quart. Il est encore un peu tôt. Mais j'y vais à pied. Pour la balade, pour l'amour de Prague. Même par ce temps enchifrené, bronchiteux, qui n'est pas pour me déplaire. L'automne déjà bien installé, la ville s'abîme, repliée sur soi, dans une rumination intérieure communicative. A votre tour, vous êtes en proie à un afflux de nostalgies, de ressassements...

Redescendre la Washingtonova, où je viens de prendre mes quartiers, jusqu'au Divaldelni, c'est faisable en trois quarts d'heure. Au téléphone, si matin que je l'aie appelé, je n'ai eu aucun mal à avoir Jiri, l'un des deux frères Brych. Avec lui, on joue gagnant à tout coup. Trente minutes plus tard, la voiture de l'hôtel Esplanade me faisait faire, depuis la périphérie et son modernisme coulé dans un béton anémique jusqu'aux très centrales gracieusetés du baroque habsbourgeois, un retour en arrière d'un siècle, au bas mot. Le magicien avait parlé, et finie la sinistrose institutionnalisée, finie la promiscuité !

Le goût de suie et de métal qui se dépose sur vos lèvres, les relents de benzène que vous recevez dans le nez, n'ont fait que croître par ici et s'ajouter aux fumigations du brouillard. On est à deux pas de la place Wenceslas et de sa circulation.

Le mobile qui a pesé jusqu'à la hantise sur ma décision de re-tenter ce voyage ? Il a un nom, du tout imaginaire ; Néa. Et même un visage, un corps, une allure. Hé hé, en pincer pour une femme à ce point ! Quoi ? Ça se trouve ! Sauf qu'à y regarder de près, en l'espèce, il n'y a rien de tel, j'en donne ma parole. Néa, qui détient de gentilles armes pour séduire, est juste une écolière montée en graine. Que lors de mon dernier séjour, un franc courant de sympathie se soit établi entre nous, à ce qu'il me semble, je ne nie pas, mais ça ne va pas plus loin. L'impulsion qui me fait de nouveau courir sur ses traces relève, comme l'urgence de mon engagement dans cette affaire, d'un autre ordre, d'une autre nature.

Mais c'est cela même, cet ordre ou cette nature, qui a commencé aussi à s'altérer, perdre de sa force, de son ascendant à mes yeux, depuis que j'ai débarqué à Prague, bizarrement. Arrivé en chasseur, je me rappelle de moins en moins quel gibier je suis venu chasser, de moins en moins pourquoi je me suis lancé dans une aussi folle aventure. C'est, d'une certaine manière, comme si, allant vers un but clairement indiqué, je le voyais se ruiner, s'effacer à mesure que je m'en approche. Ma position dans cette ville, tant elle me paraît improbable, grotesque pour tout dire, que je suis déjà prêt, comme un pauvre pedzouille, à replier bagage et à rentrer.

Me cherchant des justifications, je me cherche, mais la question se pose désormais : suis-je en possession de tout mon bon sens ?

Néa, c'est pour l'essentiel une qualité d'*innocence* qui

n'existe plus chez nous, humains. Peut-être encore chez quelques vieilles, très vieilles personnes, adorables tantes, bienveillantes grands-mères ; mais plus chez des gens comme moi dans la force de l'âge, plus surtout chez les jeunes, les mômes, les pucerons. Ces derniers seraient en fait les derniers à incarner ce comble de mystère qu'est l'innocence. Un mystère, avant de m'être aperçu qu'il a un visage, et un nom, que le hasard (?) a dressé sur mon chemin. Il ne m'avait toutefois pas atteint encore là où on ne sait jamais ce qui se passe, que j'avais fait serment de lui arracher le masque et, les yeux dans les yeux, de me mesurer avec lui. Certes il a mis mon cœur à genoux ; mais je suis résolu à jeter toutes mes forces dans ce duel. Entre Néa et moi, j'ignore quoi de fort, et de spécial, a pris naissance, bien que déjà le sens s'en corrompe, s'en obscurcisse avant de faire surface et que, l'âme pleine d'incertitude, l'homme que je suis s'effare.

Ma prière de ce jour.

Néa, Néa, toi dont la présence asservit et magnifie l'air ambiant, l'envahit pour se confondre avec lui, et nous, autour de toi, respirant, respirant... aussi longtemps que nous t'avons à portée de souffle et autant que faire se peut. Toi sans qui, en viendrais-tu à disparaître pour un petit tour d'horloge, et pfuit, plus d'air, nous en serions privés, serions travaillés, torturés par ce manque, et le temps de le comprendre, bonsoir ! Dépossession, déficit de la réalité, nuit de plomb seraient notre lot.

Sauf à vouloir en personne resurgir, et seulement t'approcher, Néa, sans qui ni le monde ne daignerait prouver sa droiture et sa loyauté, ne reprendrait la pleine conscience de lui-même, ni nous, ne serions à même de vivre en paix : tels sont les faits. Amen. *(Mais Rod, à quel jeu joues-tu ? Rod, enfin, ce n'est pas sérieux !)* Tels sont les faits. Amen.

Dans un obscur saisissement, dès l'entrée, je m'en avise : Néa placée entre, d'un côté, Ivo, de l'autre, Jiri, et comme sous leur protection, se trouve là aussi. Je ne l'aperçois que de dos à travers la chaude pénombre du restaurant. Mais je ne peux me tromper, c'est elle. Si je m'attendais à ça ! Qu'est-ce ? Le destin, les Dieux, quand ils veulent vous être favorables ? A ce point, c'en est un peu trop. Les frères Brych ont dû soudoyer le hasard et, je présume, pas mal insister auprès de la jeune fille, voire la circonvenir, pour qu'elle ait accepté d'être du rendez-vous.

Plus fins, plus intuitifs l'un que l'autre, ils n'avaient pas manqué, lors de mon précédent séjour à Prague, de noter l'attrait dont elle brillait, se parait, supposaient-ils, à mes yeux, et donc ils ont estimé de leur devoir de la convier aujourd'hui à cette rencontre. Que croient-ils en vérité ? Mais on verra ça plus tard. Chaque chose en son temps.

Un restaurant-cathédrale comme ce pays les aime. Démesuré. Il vous en impose. Est-il trop tard, ou trop tôt, pour que l'Opéra Grill ne soit qu'au quart plein ? J'ai repéré mes amis au premier coup d'œil. Ils ont choisi de s'installer au fond de la salle mais droit dans l'axe de la double porte d'entrée. Les deux garçons et la donzelle sont là un peu perdus. Singulièrement, les tables occupées forment pourtant des îlots d'intimité. Une sorte même de collusion fond le trio en un corps unique autour de l'une d'elles. Au premier coup d'œil aussi, j'ai remarqué comme ils conversent : têtes rapprochées, à mi-voix bien sûr. Qui, dans cette pénombre liturgique entretenue par des sources de lumière voilées et par une envoûtante profusion de boiseries dont, en particulier, de hauts et sombres lambris sculptés, qui aurait pris sur lui de hausser le ton ?

Alors que, la main posée sur l'épaule de Jiri, je contourne le petit groupe pour aller occuper, en face de Néa, la chaise encore libre, tous les trois se lèvent d'un même mouvement. Je les calme du geste, les engage à se rasseoir. Ce qu'ils font à l'exception de Jiri, l'homme aux initiatives. Lui, debout et sans ignorer que Néa ni moi ne sommes des inconnus l'un pour l'autre, se lançant dans des présentations guère de mise, me cloue le bec avant que je n'articule un mot, n'aie le temps de me composer la tête qu'on arbore en pareil cas. Et il continue au mépris de tout sens commun, me fixe d'un regard alarmant, sévère, dissuasif.

– Une amie, Lëyi, a-t-il annoncé.

Moi, muet : « Non, je rêve. Que lui arrive-t-il ? »

Il se réinstalle posément sur sa chaise. Je ne me gêne pas et m'affale sur la mienne. Néa, ainsi, a changé de nom. Et depuis quand ? Après mon dernier passage à Prague ? Ou de quoi s'agit-il ? D'un canular ?

Elle, et c'est le meilleur, du diable si elle a cillé ou élevé une objection. Les yeux dont elle me mange, tranquilles, sont de ceux qu'une collégienne braque sur un homme mûr. Acré nom d'un chien, que s'est-il produit, le temps que je revienne dans ce pays ?

Elle et moi, nous n'omettons de nous jauger, étudier à coups d'œil en tapinois. Jiri, ce qui n'a jamais été dans sa manière, monopolise la parole, persiste à faire barrage à toute interruption ou intervention où je me serais lancé. Il me mitraille de demandes et lui-même, sans attendre la réponse, en fournit une, parfois plusieurs, et passe. Une fameuse logorrhée verbiagère à travers laquelle je l'entends s'informer aussi de mon déménagement et, concernant cet autre hôtel que lui m'a trouvé, s'inquiéter de mon bien-être. Cela me donne à penser que les déboires dont j'ai fait les frais, hier, l'ont affecté. Il ne s'en console pas, c'est vrai et il le répète.

Moi, protestant :

– Si je m'y trouve bien ? Un palace ! Je n'en demandais pas tant.

Satisfait, il opine du bonnet, ajoute qu'avec la marée de touristes – il ne dit pas, les hordes ; moi, je le dirais – qui déferle sur Prague, il n'est pas toujours facile de... Et encore avec du regret dans sa voix, il revient sur le malencontreux accueil dont j'ai eu les honneurs à ma descente d'avion, enchaîne sur l'imbroglio de mon transfert à l'auberge de banlieue où j'ai été conduit ensuite. Il s'étend là-dessus. Nous en avions pourtant assez parlé au téléphone, ce matin.

Alors moi, de renchérir in petto : « Ouais ! Une fourrière ! Telle qu'un chien galeux n'en voudrait pas. »

Et du coup, je reprends tout haut en riant :

– Une fourrière telle qu'un chien galeux n'en aurait pas voulu. C'est là qu'on m'a jeté.

Cette expression, « un chien galeux », je la lui avais déjà servie au téléphone. Il a pouffé à son tour ainsi qu'il l'avait fait au bout du fil : nul doute qu'elle l'ait frappé, il ne l'a pas oubliée. Moi non plus, je n'ai rien oublié, il s'en faut. Ainsi mis en joie, s'excusant derechef, il déclare qu'il assume l'entière responsabilité de mes malheurs.

Moi :

– Maintenant, bah, qu'importe !

Pour l'essentiel, je ne lui réponds que par onomatopées ou par d'anodines et plates répliques.

Ce que je retire de cet échange à deux, moins une personne (moi) : une impression mortifiante de censure. Que je ne profère surtout pas le nom de Néa, ne m'adresse pas à elle comme à une vieille connaissance. Et elle est là, assise devant moi.

Soit. Ce déjeuner, tant qu'il dure, je le passe dans un état second. Et Jiri, lui, sur son mode enjoué, drôle, n'a cure que d'amuser l'ectoplasme d'élection assis à ma place, que de le méduser par un feu roulant de bons mots, d'anecdotes, – les Praguois, ces Parisiens de l'Est ! – Jiri, lancé, refusant de percevoir qu'à l'aplomb de notre table d'aucunes oies du Capitole s'égosillent et que pend une alerte au danger. Plane pour le moins l'ombre d'une gêne point métaphorique, elle, encore que point si pesante ni si importune, qu'on doive en perdre le boire et le manger, ou la parole.

Arrosées d'une glorieuse slivovice, nos retrouvailles, les apparences sauves, sans doute nous sommes-nous quittés, tout émoustillés, dans la foi d'une sympathie déclinée sur tous les tons, après trois heures d'agapes, trois heures, montre en main. Et c'est là qu'est survenu, a éclaté un léger incident : comme l'aurait fait une gamine, Lëyi m'a bondi au cou et embrassé. Un crasseux journaliste au cœur de soudard s'est senti fichtrement remué, à cette seconde.

Mais, témoins de la scène, les deux garçons n'ont pas pipé. Puis, sans commentaires, ils sont partis du même rire ambigu, complice.

Moins de vingt pas, ou à vingt pas, je n'aurai fait que ces vingt pas seul pour me rendre compte à part ça du lamentable gâchis qu'a été ce déjeuner. Conséquence du tour qu'il a pris par l'implication d'un élément aussi imprévu que cette Lëyi ? Coup de théâtre prémédité à mon bénéfice et pour ma gouverne ? Un fiasco, sous quelque angle qu'on l'envisage. J'avais trop espéré de cette première entrevue. Je m'étais cru assez fort pour, sitôt arrivé, soutirer aux frères Brych certains éclaircissements... Ces éclaircissements qui me valent d'être de retour, qui expliquent ma présence ici.

J'ai mérité la monnaie de singe que je viens d'empocher. Si au moins j'avais pu placer un mot à l'adresse de Néa, ou de Lëyi, ou quelque nom que Jiri lui ait donné. Moi aussi, je m'étais montré nul. Pas plus que je n'avais réussi à lui demander de ses nouvelles, tous mes effets coupés, je n'étais parvenu à l'assurer du plaisir que j'avais à la revoir ou, galanterie oblige, à lui tourner un compliment. Mais pourquoi Jiri tenait-il tellement, le salaud, à l'appeler de ce nom de Lëyi, quand à l'évidence notre charmante compagne de table se trouvait être Néa ? Pourquoi ?

Il faut que je saisisse l'occasion d'un tête-à-tête et en discute avec lui. Et jouer serré. J'ai tout mon temps. Avant d'atterrir à Prague, je me doutais déjà que ce serait une affaire à donner du fil à retordre à plus malin que moi encore. Mais j'ai pris des dispositions en conséquence. J'y mettrai le temps nécessaire. Je serai aussi patient que le bon Dieu.

L'opportunité s'en offrira, qui sait, demain soir au rendez-vous que nous nous sommes donné à la taverne U Kalicha.

Sauves, les apparences, il se peut. Y compris d'avoir, quant à moi, avalé la conversion de Néa en une soi-disant Lëyi au point d'en oublier si j'avais avalé quelque chose à table. Résultat ni envisagé ni prévu, me voici placé devant une double énigme à élucider, voulant dire : comment peut-on à la fois être Lëyi, si Lëyi il y a, et Néa ? Auquel cas, des deux créatures, qui est Néa ? Bien qu'il ne l'ait pas spécifié en propres termes, selon Jiri l'une n'est pas l'autre. Mais le soin mis à proscrire le nom de Néa de la conversation, un tour de force, la nommait. J'en jurerais, rien n'est autant l'une, que l'autre, Néa que Lëyi.

Je me retourne sur la triade qui s'éloigne, Lëyi, s'il faut l'appeler ainsi, encadrée par les deux garçons et toujours comme sous leur protection. Elle fait encore plus objet de prix emprunté à des fins d'exhibition, et on le rapporte maintenant à son heureux propriétaire. J'en demeure planté sur place d'admiration. Elle aussi, fantôme parmi d'autres, se dissout à travers les embruns qui enfument la ville.

Parties de leur côté d'elles-mêmes, mes jambes m'entraînent le long de la Vltava. J'en suis à peine conscient, ma tête me balade loin ailleurs, je pense à ces deux filles. Et je phantasme : « Si elles sont deux. Mais encore, laquelle est Néa, et laquelle Lëyi ? Et si elles n'en font qu'une ! »

Ces raisonnements dénués de raison, ces divagations me portant en avant, je ne discerne que comme un murmure la vocifération du fleuve acharné sur les pilotis qui contrarient sa course. Je vois et ne revois qu'une coupe de cheveux à la garçonne reculant à mesure, qu'une frange sur un front et, rebiquant en pointes sous les oreilles, des bandeaux d'un noir éblouissant entre lesquels s'enchâsse, triangulaire, une figure au teint lilial, aux méplats obombrés ; tout un air rétro, mais comme l'éclat de l'adolescence peut vous l'irradier. On me racontera ce qu'on voudra : dans cette enveloppe de féminité, il y avait Néa. Pas de Lëyi qui tienne. Les traits mêmes, incisifs à en paraître émaciés, leur mortelle pureté nette de maquillage, de Néa. Les yeux sous le front défendu par sa barre de cheveux, des yeux de mercure, captivés jusqu'à l'effarement par le spectacle de la vie, de Néa. Ce que ça portait : pantalon-fuseau noir, cardigan et, enfilé à la sortie, caban de même couleur, de Néa.

Alors je ne comprends pas. D'intelligence avec son frère, le gars Jiri, me donnant le change, s'est-il diverti à mes dépens ? Dans quelle intention ? Ou était-ce plus sérieux que ça ? Quitte à débusquer une licorne, je soulèverai ce lièvre, quand Prague et ses démons s'en mêleraient.

Mais je ne renoncerai jamais à croire en la bonne volonté des deux Brych, en leur amitié, et pour cause ! J'y ai tout à gagner. Que n'avouerai-je d'ailleurs m'être en partie, et avec la même certitude d'y gagner, laissé faire, mener en bateau sciemment. N'intervenant pas dans la conversation, Lëyi se bornait à répandre, avec d'étranges réserves, son regard effervescent et glacé de gemme, enseigne lumineuse de Néa, enseigne exclusive. Et à sourire. C'est cela, sourire. Elle ne le dédiait, ce sourire, à personne ou peut-être alors à son double : Néa, en retrait, celle-ci, retranchée, hors champ et que Lëyi, étrangère à nos papotages, gardant ses distances, entrevoyait, pouvait nommer à la rigueur.

Troublante créature. Si elle n'est pas Néa, qui est-elle ? Sa jumelle ? Jiri ne me l'aurait pas caché. Elle appartiendrait à une autre espèce que nous.

(Eh, l'ami Rod, pourquoi pas à une race nouvelle, tant que tu y es ? Mais dans quel bestiaire irais-tu la dénicher ? Allez, assez divagué, ce n'était qu'un tour de Jiri et d'Ivo, une provocation de pince-sans-rire. Rien de plus. Rod, prends-le du bon côté. Après avoir traîné tes guêtres par toutes les latitudes, il ne t'est pas arrivé encore de tomber sur d'aussi braves zigs.)

Mais le rôle, dans cette conspiration, de leur protégée ? Sous ses dehors si distraits et attentifs à faire peur, quel emploi, dans la comédie, tenait la primate fermée à toute approche mais au sourire obsédant ? En avait-elle la moindre idée, elle, la première ? Par choix ou par indifférence, elle ne prononçait mot. Une attitude qu'elle avait eu rudement raison d'observer tout au long de cet interminable repas. Que serait-il sorti de sa ravissante bouche, sinon ? Je n'ose l'imaginer.

Hanterais-je une ville différente, ailleurs, au fil d'une rue, puis d'une autre, en somnambule, ce serait tout comme : mon aventure s'y assignerait de même son but et ses limites. Il n'est pas encore cinq heures de l'après-midi.

Un crépuscule de bruine, de turbulences, de fumerolles étreint déjà Prague, tente de l'anéantir. Brûlantes éruptions d'urticaire, des lumières y ont éclos, bourgeonné. Elles ont déjà commencé à y tourner, y mouliner l'humidité fuligineuse.

Cheminant devant moi, une silhouette entrevue, soudain, m'arrache à mes ruminations. Clopin-clopant, elle va. Le manteau godaille aux épaules dont les pans lui battent les côtes tandis qu'au ras du sol les basques lui entravent les chevilles. Une sombre apparition, trapue, erratique : ainsi se découpe-t-elle, auréolée par la furie d'un projecteur qu'elle intercepte. « Tragique, me dis-je. D'un autre âge ou de dix pas en avance sur le temps. » De cette démarche incertaine, elle file néanmoins. Et je pressens qui, avec une telle énergie, arpente les venelles où je découvre aussi que je me suis égaré. Bien qu'intimement convaincu d'avoir identifié l'homme, je balance. Puis, sans hésiter, je pars sur ses talons, le rejoins. M'agrippant à sa manche, j'obtiens de lui qu'il se retourne ; il me fait face, manœuvre qu'il accomplit tout d'une pièce : enfer et damnation, ce n'est pas le personnage que je croyais ! L'indigne, l'indécente méprise, ce n'est pas le grand Beethoven ! Mes yeux s'ouvrant, hébétés, reconnaissent le *Maltétzské namesti* où Beethoven avait élu domicile quelque deux siècles auparavant. Fantômes, fantômes de Prague, à duper les gens avec cette malignité, jusqu'où iriez-vous ? Que le Golem, un soir comme celui-ci, au détour d'un boyau comme celui-ci, se dresse alors sur mon chemin.

Je ne sais plus sur quoi, sur qui, faire fond. J'ai sauté à pieds joints dans un cauchemar et depuis, volontiers, je penserais qu'un démon sans visage, sardonique, me poursuit, ne me lâchant pas d'une semelle. (Mon bon vieux Rod, ne penses-tu pas plutôt que ce ne sont là que piteuses dérobades et que, dès maintenant, à ton gré : ou tu te démerdes mieux que ça, sur l'heure, ou tu es marron et tu n'as qu'à plier bagage ?)

Cette ville, n'empêche, est une sacrée ville. Experte en séductions, en l'art de vous attirer pour mieux vous repousser, avec *toutes les choses qui s'y mijotent*, une dinguerie. C'est dans l'air, et l'air en crève ; des relents que si tu les humes, tu as droit à des visions, maléfiques ou béatifiques, comme ça vient.

Mais je ne suis pas du genre à se faire soûler de visions, – béatifiques, à midi, au restaurant par exemple. Je suis contrariant et porté à remuer les eaux qui ne dorment que d'un œil. Et grand bien vous fasse de ce qu'il en sort. Entre Prague et moi se joue une partie de poker. Qui de nous deux emportera la mise ? Question absurde. D'abord attendre la fin, et se frapper ensuite, si besoin est. Quelle mise d'ailleurs ? Qui est assez idiot pour prétendre le savoir ? Ce n'est pas ça, mon truc. Je suis journaliste, en opération, ça c'est mon truc. Mon job : fouiner. Une enquête, c'est toujours plonger la main jusqu'au coude dans de la mélasse, une expérience parce que mille fois sur mille tu en ramènes une poignée de gadoue dégoulinante, laquelle te fuit aussitôt entre les doigts. Mais si par chance tu tiens quelque chose, fais comme je fais : avant de t'exciter, demande-toi si ce n'est pas encore un flop.

Impliqué dans ses pires conjurations, il n'y a tout de même guère à craindre que cette ville ne vous saute au nez à la façon d'une boîte de Pandore. Le vrai Prague, j'en suis trop instruit, ne porte des coups que fourrés, feutrés. Il ne se livre qu'à mots couverts, par allusions. En chuchotant. Ses délires les plus mortifères empruntent la voix charmeresse de la Sibylle. Peut-être est-ce exactement ce qu'il faut redouter ?

Mais à moi, elle acceptera de se fier, voire de se confier. Pour mes beaux yeux. J'obtiendrai qu'elle réponde à mes questions.

A moins que par une entourloupette de son invention, elle ne me mette au pied du mur comme un cul d'animal bon à dévorer, les paris sont ouverts. Dans ce cas, faisant face, à mon tour, que je me montre capable d'attaquer. On ne verra jamais le *road runner* donner dans un piège. Pas né d'hier.

Tours, clochers, flèches, effigies de rois et de saints, tout cela qui hérisse Prague s'est évanoui sans rémission dans les enfaîtements d'un ciel bourré de ténèbres et de gros temps. Quant aux violences grondeuses de la Vltava, elles s'épuisent, aux confins de l'audible, en une déperdition intarissable. A peine plus consistantes que l'obscurité qui les vomit, des formes, des essences d'êtres accourent, semblent accourir, pour aussitôt, furtives, s'égailler par un effet d'antinomie magnétique, non sans laisser virevolter à leur place, chacune, un tourbillon d'effroi et de sortilège, un *poltergeist*.

Chargée de miasmes, plus intense, l'humidité qu'exhale la Vltava monte à présent, dirait-on aussi, des fondements de la ville. De ses langes trempés, elle aveugle de proche en proche des alignements d'édifices et finit par les effacer. A l'exception des réverbères, dont les feux, s'irisant sous le crachin, s'aiguisent. Je rentre à l'hôtel.

Serai-je capable de retrouver mon chemin ? Le Prague familier mort en même temps que le jour, je ne m'oriente qu'au pif. Le repas pris en compagnie de mes amis n'a cessé de me peser sur l'estomac de tout ce temps. Ce soir, je me ferai servir, dans ma chambre, devant la télé, un sandwich accompagné de bière, sans plus.

Oh, la télé... au diable ! J'ai mieux à faire : me pieuter, récupérer. Si fort la tête me pèse aussi qu'elle me dégringolerait des épaules si je n'y prenais garde. A cause du macaque qu'on m'a collé, hier. Je n'ai pas fermé l'œil de la nuit. Vous ne connaissez un bonhomme ni d'Ève ni d'Adam, et vous êtes bouclés ensemble dans la même piaule. Ce n'est pas pour inciter à la confiance. Non que cet oiseau ait fait preuve de sans-gêne ou quoi que ce soit. Au contraire, il s'est bien tenu, il a bien dormi. Lui, c'est simple, il n'a plus bougé dès l'instant où il a posé son pompon sur l'oreiller. C'était sa respiration. Soudain, crac, elle se bloquait et, avec des halètements désordonnés, à bout de souffle, il étouffait, rêvant qu'il se noyait peut-être, ou peut-être que, quoi ? Et puis rien, et c'était pire, il ne revenait pas à la surface. J'attendais, écoutais, il ne revenait pas. Je me disais : « C'en est fait de lui. » Puis, dans sa poitrine, le ventilateur redémarrait sur un rythme égal. Quelle paix durant un moment, ce répit ! Avant qu'il ne remette ça, il s'accordait ce répit mais, moi, je n'en profitais pas. Sa crise passée, je guettais la suivante, j'attendais que ça recommence. Minuté, à intervalles réguliers, un accès de suffocation en appelait un autre ; et j'attendais.

Me mettant au lit de bonne heure, j'aurai tout loisir de me repasser le film de cette journée, et de faire le point. De me faire aussi une opinion au sujet de cette fille affublée du nom de Lëyi. Elle avait été l'événement : ah, comme les deux frères l'avaient sortie de leur poche ! J'en suis resté comme deux ronds de flan, me disant : « C'est pourtant Néa que je vois. »

Bon sang, quel culot, ces Brych ! Éberlué, je n'osais par respect pour eux élever la voix, protester, m'insurger là contre. Un fait à intégrer dans ma stratégie.

L'âme de Prague afflue de minute en minute à travers le bain révélateur de la nuit. L'éclairage des rues n'y fait rien, la souveraine reprend possession d'un royaume quitté à l'aube. La Vltava la salue de sa grogne. D'une berge à l'autre. Les hauteurs qui s'étagent, bravant le ciel, en masses opaques jusqu'au Hradchin, renvoient au fleuve l'écho de ses litanies sans fin. Que dit-il qu'un étranger soit à même d'*entendre*, et pas les seuls natifs ?

Je n'arrive qu'au plus fort de la nuit à mon hôtel.

C'est au lit où, allongé depuis un moment, je vogue entre veille et sommeil qu'une idée me remet sur mon séant, une révélation crevant sa gangue d'horreur. Désaveu muet aux propos qu'il me débitait à l'Opéra Grill, Jiri me donnait à voir ce qu'il me fallait savoir. Mais qu'aurais-je dû voir, que je ne voyais pas ?

Cette question !... Où trouverait-elle sa réponse ? De quel côté chercher ? S'il y a une réponse.

S'il y a une réponse ? Indubitablement. Elle existe. Quelque chose me le dit, ce sens en nous qui appréhende le devenir en passe d'advenir, surprend l'imprévisible sur le point de se muer en certitude. Que nous y soyons préparés, que nous nous en souciions ou non, et si étrange que se révélerait la réponse.

Ce genre de pensées à la suite. A en perdre le sommeil. J'ai tenu à me coucher tôt, ce soir, et j'en suis pour mes frais, j'en suis à carburer du crâne. Qu'est-ce que les heures peinent à défiler, le luxueux lit n'est pas le dernier à se faire lit de torture. Et ce confort ! Je transpire sous ma couette comme sous une montgolfière échouée. Je me vois bien dans le noir avec mes pensées, leur prolifération, pensées à la suite, sans suite, et moi sans défense contre elles, moi me tournant, retournant dans une touffeur d'alcôve.

N'en pouvant plus à la fin, je saute à bas de mon grilloir. Le supplice n'a que trop duré. Je décide de sortir et me rhabille. Il est une heure et quelque du matin.

Sortir.

Les mêmes rues. Désertes aussi loin qu'elles s'engouffrent dans la nuit. Méconnaissables. Et la même bruine, mais pulvérisée en une neige diffuse sous les tentes de sulfure plantées de place en place par les lampadaires. L'air est humide, épais, doux. Trop doux.

L'idée m'en traverse alors l'esprit, pas très originale mais vu l'heure, comment attendre davantage de soi ? L'idée en question ? Aller vers le pont Charles, noter la mine qu'il offre avant que les touristes ne se réveillent et ne recommencent leur travail de termites. Avant qu'ils n'achèvent de le ronger, comme de ronger, d'évider de sa substance tout Prague.

Et il est là, mon Karluv Most, toujours debout, tel qu'en lui-même, tel que je l'ai connu en d'autres temps. Plutôt son ombre me reçoit. Avec son double alignement d'obscures statues, il s'étend, se dresse, intact, monumental. La solitude en majesté.

Comme dans un rêve éveillé, j'avance, attiré par l'arche colossale, je vais, serein, vers un monde silencieux, en suspens où, peut-être, ne faut-il s'aventurer qu'en y regardant à deux fois. Ma progression se poursuivant, j'atteins, après être passé de foyer en foyer de lumière, l'extrémité du tablier, laquelle repose ses dernières piles sur la terre ferme. D'en dessous, monte une phosphorescence coruscante. La place Na Kampa. Elle est éclairée a giorno.

Cramponné des deux mains au vieux parapet, je me penche. En bas, ce rayonnement boréal, et rien d'autre. L'enfer.

Après des tergiversations, je ne puis nier l'incongruité d'une évidence : quelqu'un est là, faisant corps avec la hampe d'un des lampadaires qui poussent sur la place Na Kampa. Au centre de la blanche catalepsie, dont la bruine qui la saupoudre accuse la férocité. Pas un passant, pas un de ces chiens errants, découcheurs, de mon espèce. Deux volées de marches, non loin, je le sais, s'abîment dans ces hypogées.

Je m'y engage, et c'est pour me retrouver en présence de... Néa ! Nom de nom, Néa !

Que fiche-t-elle, ici, à cette heure ?

Une toquée !

Et quelle allure, mes aïeux ! Emmitouflée dans une chose qui s'apparente à un manteau d'homme, une espèce de redingote qui ballonne sur elle, les pieds croisés, elle soutient le lampadaire d'une épaule. Du regard, sans ciller, impassible, elle soutient aussi mon regard. Elle n'a pas l'air de me reconnaître.

Tout mon vocabulaire tchèque, mâtiné d'un salmigondis de termes étrangers, appelé à la rescousse, je baragouine ceci qui me paraît très spirituel :

– Vous essayez d'éviter à ce lampadaire de tomber, Néa ?

Je pense, ou tente de me persuader qu'un appel subliminal m'est parvenu et m'a guidé jusqu'en ces lieux. Mais, ne semble-t-elle pas me prendre pour le Grand Inquisiteur ? Du tout. Au lieu de cela, secouant la tête de haut en bas, elle fait non à la manière du pays. Elle ne va pas se borner à cette mimique, elle détaille ses mots de vive voix, l'innocente, une voix de clair de lune, et m'avertit :

– Ce n'est pas mon nom, Néa.

– Pas possible, voyons ! Dans ce cas, vous êtes Lëyi.

– Mon nom, c'est Oriane ; pas Néa, pas Lëyi.

J'ignore quoi dire après ça. Puis je dis :

– Quel endroit est-ce quand même, pour que vous y soyez de garde à cette heure de la nuit ? Si vous me permettez, qu'espérez-vous qu'il se produise ?

Sa réponse. Oiseau déployant ses ailes, elle écarte les pans de sa redingote, exhibe une nudité d'avant le port de la feuille de vigne. J'en prends plein la vue. Elle m'accorde juste le temps d'absorber cette image adamique ; elle a déjà rabattu sa défroque sur elle.

Était-ce un défi ? Une invite ? L'un ou l'autre, je l'ignore, et qu'est-ce que cela y change ? L'important, l'essentiel réside ailleurs, en ce corps. Mazette, quelle beauté de formes ! Comme on la rencontrerait au Jardin d'Éden. Et quel prétexte à rêver ! Ces jambes, lianes qui s'élèvent pour s'enlacer ensemble, se modeler en torse et former, avec ses deux tétons naissants, le buste le plus adorable jamais exposé sous les feux de la nuit. Et piquée par là-dessus, la fleur du visage... Si quelqu'un d'autre venait me décrire comme tout cela est coulé sans un pli dans une chair illuminée de l'intérieur, chair qui, pour être juvénile ne vous en éberlue pas moins, je ne suis pas sûr que je le croirais. Mais, qu'à première vue elle ne porte pas un fil sur la peau, c'est oublier, et c'est naturel, les bas noirs qui lui remontent au-dessus du genou et vont à la rencontre de l'autre oiseau, de la huppe nichée à la jointure de ses cuisses.

Pourtant pas plus vicelard, dirais-je, que même fripon, son geste, à la fille. Il lui a été dicté par son impatience à m'envoyer promener. Évidemment.

Le scandale, le vrai, c'est pourquoi elle est là clouée en sentinelle, une gamine, et pas au dodo alors que le couvre-feu des bébés a sonné depuis longtemps. Quoi, pour l'unique plaisir d'étaler son académie et de pousser au crime un improbable noctambule ? Elle n'a pas froid aux yeux, ni autre part.

Attifée en clown comme elle est, nullement démontée, elle reste à m'observer. Juste m'observer. Elle a prétendu ne pas être Néa, pas Lëyi et elle a décliné son nom : Oriane,

– soi-disant. Alors moi, je m'appelle Jeannot Lapin et bientôt on va courir à quatre pattes dans la belle ville de Prague.

Je ne la tiens pas moins sous mon regard intérieur que sous mon regard extérieur, le double regard que j'ai plongé il y a cinq minutes dans son, j'avoue, captivant dénuement, ces secrètes parties d'une réalité défiant les mots. Cependant j'éprouve moins un trouble des sens qu'un trouble du sens. Je suis en train de prendre conscience que Néa ne souffrira sans doute à m'apparaître dorénavant que sous un nom et un déguisement d'emprunt, qu'elle sera partout présente et de partout absente. Cela ne fera pas de bien à mon enquête, certes.

Je contemple Oriane, vois en elle au-delà de ce qui se voit tandis qu'une sourde émotion me vide de mon sang, de moi-même. Et, idem, je ne cesse de me dire : « Cela ne fera pas de bien à mon enquête. » Elle doit, c'est singulier, sentir mon désarroi et, avec un demi-sourire peiné, a l'air d'attendre qu'il me vienne à l'esprit d'ébaucher un mouvement dans sa direction, de la gratifier à nouveau, – de quels mots ?

D'une démarche chaloupée, casquette de casseur d'assiettes sur l'oreille, cigare brandi et agité en l'air au bout de son poing, à ce moment précis, un mâtin de clochard magnifique viole l'enceinte de lumière sèche où, jusqu'à présent, j'ai cru être retranché du monde avec Oriane. Gesticulant, grimaçant, exécutant des pirouettes aussi précaires que narquoises, il ne se prive pas de grommeler, à notre intention, bien sûr :

– Hou ! Hou ! Ehm ! Youpi !

Mais tant bien que mal, il passe. Tout simplement, il passe, disparaît dans les ténèbres qui l'ont craché.

Là-dessus, comme pour me tirer d'embarras, Oriane se détache de son lampadaire, s'avance et, n'ayant cure de ramener sur elle son manteau bâillant tout grand, fait ce que Lëyi a déjà fait dans la journée : elle me serre dans ses bras. A travers cet élan, plus fort qu'un désir de s'attacher à moi, je la sens traduire celui de me libérer. Je l'embrasse avec reconnaissance.

Mais qui ai-je étreint ? Une sirène, une sphinge ? La parole n'a plus passé entre nous et alors, bien, je m'enfonce dans la nuit ainsi que, tantôt, le drôle de pistolet au cigare. Je m'en vais errer encore.

Quel argument aurais-je pu servir à Oriane pour lui prouver qu'en fait elle était Néa, ou Lëyi au pis-aller ? Non, pas Lëyi car, pour moi, Lëyi ne sera personne d'autre que Néa. Leur ressemblance à toutes les trois : ça, un argument ? Saisissante, inquiétante ressemblance, impossible sinon avec soi-même, j'en conviens, mais de là à... Ce n'est pas sur la place Na Kampa que j'aurais découvert le fin mot de cette triple quadrature du cercle.

J'ai abandonné le terrain à Oriane, laquelle ne m'a pas rappelé, ne m'a pas hélé, ni ne m'a jeté à la tête un de ces brocards dont les filles de petite vertu ont le chic. Mais en est-elle une ? Je n'en jurerais pas.

Il faut que j'en parle à Jiri. Et si Oriane savait l'existence de Lëyi, Néa ? Ce serait dingue. Il faut que je pose la question à Jiri. Il n'y aurait qu'un destin borné pour les tenir dans l'ignorance de leur extravagant apanage. Mais quid alors des sentiments que chacune porterait à sa réplique en pied, des connivences supposées les lier ? Et quels propos échangeraient-elles avec leur propre image ! Des années de ma foutue vie je donnerais, pour être dans la confidence.

Arpentant des rues mortes où, toutefois raidis dans un terrible effort d'écoute, les édifices donnent l'impression de tendre l'oreille au moindre bruit, je m'interroge. Pas un chat ; cependant la ville n'est pas qu'à moi, elle appartient aussi à Oriane, cet être commis par un Démiurge farceur. Mais pourquoi elle seule en serait l'âme et pas Néa, pas Lëyi ? Oriane, Oriane, et Néa, et Lëyi, me leurrant peu sur la nature de vos feintes éclipses, de vos effacements trompeurs : un pas, un de plus accompli dans la vacuité de cette nuit et, me semble-t-il, je vous verrais vous matérialiser, triade de circés, et m'empresserais de vous présenter mes hommages.

Fol espoir, et encore des pas au cœur de cet immense lunapark qui dort, muet, obscur. Je divague et le sais : je suis sous le coup de l'illusion qui vous fait, dans un double miroir, apparaître et se réfléchir la même image à l'infini. Mais moi, où est ma place là-dedans ? Comment accéder à ce champ, à ce théâtre de la série sans faille ? M'y introduire par effraction ? Autre illusion, n'y compte pas, Rod.

Et voilà, ce faisant, le faisan que je suis s'est laissé perdre dans un lacis de ruelles tout en voûtes, en méandres, éclairées tragiquement. Catacombes dont je me demande si j'en sortirai vif. De la hargne tenace de la Vltava, aucun écho.

Et puis... de nouveau je m'y retrouve. Et de nouveau sur le pont Charles. Les sermons du fleuve se refont tonitruants. J'arrive au-dessus de la Mala Strana et de nouveau m'arrête, cette fois non pour reprendre l'escalier que j'ai dévalé tout à l'heure ; plutôt pour jeter un regard du haut du parapet.

En bas, pétrifiant, l'éclairage au mercure parodie à présent une neige dont la fine litière avait, lors d'un certain hiver, sous mes yeux radié ce pavé. Et jusqu'à la bruine, elle est sassée en fibrilles de givre.

Rêve envolé, la fille n'y est plus. Blanc, abstrait, le vide occupe la place.

Je m'attarde à scruter la chute de la fausse neige et me sens gagné, attiré moi-même par la lenteur, la douceur de cette chute. Sur le pont Charles, ne rougeoie plus aucun de ces braseros vers lesquels, dans le temps, les naufragés de la nuit mettaient le cap dès les premiers frimas. A quoi donc pensent les saints montant la garde à l'entour ?

Je les attends comme convenu à la taverne U Kalicha, et pas l'ombre de Jiri Brych ou de son frère. Cela fait déjà quoi, une heure que je lorgne la porte d'entrée ? Ils ne sont jamais en retard à un rendez-vous, ça ne leur ressemble pas. J'ai commandé pour tromper mon impatience, et consommé, une portion de thon à l'oignon cru haché, spécialité de la maison ; et bien sûr une maîtresse chope de Pils. Je n'ai pas dîné exprès, sachant par avance ce que j'allais trouver ici et, en plus, aimant ça. Jiri et Ivo n'étaient pas présents, comme ils auraient dû, à ta descente d'avion, rappelle-toi, Rod. Non, mais en déduire qu'ils manquent de parole serait excessif.

Le temps qu'il faut. Je vais tranquillement attendre le temps qu'il faut et commander d'autre thon et d'autre bière. Cela me surprend quand même un peu de leur part.

Un coup d'œil à ma tocante. Il n'y a pas lieu de s'affoler ! Il est à peine neuf heures du soir, encore que l'endroit soit bondé et qu'on y mitonne depuis un bon moment dans des remugles de tabac, de bière, voire de pisse, mais ça doit être de la bière renversée qui embaume ainsi, – et dans une nébuleuse de conversations plus propre que le reste à murer le solitaire dans son isolement. On n'est qu'aux parages de la nuit.

U Kalicha serait en vérité un gros chaudron dont un diable nommé Hasek aurait longtemps entretenu le feu avant d'aller rejoindre ses suppôts. Mais comme il a commencé, le chaudron, selon toute apparence, continue à bouillir, et chaque Pragois qui se respecte à venir y mijoter avec ses semblables.

De la façon dont il brouillasse dehors, on est bien aise d'y être acagnardé, parole d'homme de nulle part. Outre que je m'y trouve mieux qu'à mon hôtel grand standing, j'y goûte l'espèce de volupté que le clochard tire, je suppose, de son solide amarrage sur un soupirail de métro. Surtout que, m'étant levé vers quatre heures de l'après-midi, je me sens on ne peut plus en forme pour affronter une longue soirée. Mais la nuit d'hier, quelle nuit !

Une nuit toute passée en errances et où, croyant voir, arrêtée à chaque coin de rue, soit Oriane, soit Lëyi, soit Néa, j'étais entraîné vers l'une que je confondais avec l'autre, qui partait aussitôt en fumée à l'angle de la rue suivante. Et j'avançais, avançais, leur disant comme au-delà de la parole, au-delà du sommeil : « Qu'importe, Oriane, Lëyi, Néa, nous finirons par nous retrouver demain, ou après-demain, ou quelque jour qui ne manquera pas d'arriver. Rien ne presse. »

Je me remémore ces tableaux nocturnes sans avoir conscience que j'ai aussi les yeux braqués sur un autre tableau, un portrait suspendu derrière le bar. Et soudain, je m'en rends compte : « Je connais ça ! » Dans des tons sépia, lisse comme celle d'une rampe d'escalier, la boule du crâne, puis l'apathique visage qu'elle chapeaute tout en bajoues et favoris buissonneux entre lesquels une grosse moustache jette un pont non moins chenu. Je connais ça : l'empereur François-Joseph. Une antiquaille, mais un objet remarquable que cette tête qui se morfond sous son verre criblé de chiures de mouches. Nul ne lui fait l'aumône d'un regard. Pourtant, que la relique, et ça je le tiens de mes amis Brych, en vienne à disparaître de cette place, sa place consacrée : à tous dans cette taverne, et dans Prague, il manquera quelque chose. L'explication ? Ben voyons, les précieuses chiures ! Jamais nettoyées, déjà sous la domination austro-hongroise, ni après, c'est un témoignage signé de l'esprit frondeur du Tchèque. Le sourire féroce des deux frères me racontant cette vieille histoire quand, pour la première fois, avec eux, j'ai mis les pieds ici. Mais après la chute des Habsbourg, il y a beau temps de ça ?

– Dans le doublé François-Joseph, n'y avait-il pas Joseph ?

– Ah, et l'histoire reviendra vêtue du plus beau noir de deuil.

Jiri Brych me surprend en plein dévergondage mental. Et pas d'Ivo. Je tombe des nues. Depuis des années que je les fréquente. Je m'étonne : ce ne sont donc pas des frères siamois ?

– Et Ivo ? dis-je.

– Il n'a pas pu venir, répond-il sans plus de précision.

Après avoir balayé ma question en quelque sorte d'un revers de la main, il s'assoit tout en se tournant et adressant à l'un des serveurs le signe de l'habitué dont on connaît les goûts.

Sa main est encore dans la mienne quand, sans s'embarrasser de préliminaires, il m'entreprend d'une voix fébrile. Comme on vous travaillerait au corps. L'entretien aurait débuté avant son irruption dans le troquet, avant que nous ne nous soyons jamais trouvés face à face, que ça n'aurait pas eu l'air moins naturel, vraisemblable.

– Elle est : mort de moi, elles sont, partout ! Et on les verra chaque jour un peu plus partout ! La même, oui. La même autant qu'il est possible de l'être. La même et aussi nombreuse qu'on risque de la croiser jour après jour. Unique mais duplicatée en série, en grande série, en d'aussi grandes séries qu'on le souhaiterait.

Contre qui en a-t-il ? J'ai peur de comprendre. Serait-il déjà informé de ma rencontre de la veille ? Le renard ! Comment se pourrait-il ? Il sait de quoi il parle, et il sait que je sais sans explications superflues. Il n'ignore rien d'Oriane. Impatient, il semble traqué par des chiens infernaux et ne me laisse pas placer un mot. Aucune importance. Je le regarde, moi, dans ces yeux dont les bluettes azur, pâles à force de brûler, papillotent pendant qu'un flot de paroles s'échappe de sa bouche. Je suis devant un inconnu. Il ne se préoccupe pas de baisser la voix, mais qui va l'entendre dans le pandémonium tabagique en quoi la taverne U Kalicha s'est métamorphosée ?

Et maintenant il tremble comme lorsqu'on évoque un crime, et comme si ce crime adoptait le visage, identifiable, des multiples doublures de Néa, même et unique visage qui rôderait de jour, de nuit, à travers la cité de Jan Hus et ses replis.

Allons, quelque chose ne va pas, là. Mais lui, s'acharne :

– Essences de Femme ? (Son ton signale la majuscule décernée au mot Femme.) Essences d'une Femme ? Pour l'instant, une originalité secrète. Mais ça finira par se remarquer, on la notera sur toutes. Bientôt ! Le jour où elles se dévoileront toutes, sur tous les terrains, se découvriront là même où vous pensez qu'il n'y a aucun danger qu'elles se montreraient jamais. Au point où, enchanté de la rencontre, vous direz : « Tiens, Néa, comment va ? », quand c'est à quelqu'un d'autre, à une inconnue, que vous aurez dit ce tiens, Néa, comment va. Mais Néa, que fait-elle, où est-elle alors ? La véritable Néa. Mais existe-t-il une véritable Néa ? Et parmi toutes les autres, y en a-t-il une de véritable ? Vous ne vous poserez pas la question naturellement, pour la bonne raison que vous n'aurez aucune raison de la poser : ne vous trouvez-vous pas toujours devant Néa ainsi que vous en êtes persuadé, et non devant quelque poupée dont vous ne savez qui elle est, non devant un être doué du don d'ubiquité qui n'est elle qu'en étant une autre, seule et unique ? Certes oui. Et certes non. En l'Unique, vous avez accosté l'ensemble de ses réincarnations, réelles et vivantes, tandis qu'elle déborde pour vous de grâces, de risettes, ces mômeries-là et que, de votre côté, dans un élan innocent, vous déposez vos hommages à ses pieds, hommages que, vous méprenant, vous déposez bel et bien, de confiance, aux pieds de toutes à la fois, la seule à qui vous ayez affaire réunissant, concentrant, résumant et épuisant en elle, avec la force dévastatrice d'une entité, d'une monade, d'une évidence, toutes ses reproductions égaillées dans la nature.

Ce poids qui m'écrase la poitrine, devrais-je en rendre

responsable le discours que Jiri me distille quasiment dans le tuyau de l'oreille, et dont je redoute que les sous-entendus, les mises en garde, ne soient fondés ? Je ne cesse de l'admirer, cela étant : le Jiri a envoyé son paquet dans ma langue, ayant abandonné le rituel anglais. Question langues, ils nous dament le pion, ces gens d'Europe centrale. Et quel satané dialecticien ! Non, mis à part un certain malaise, je ne puis m'empêcher de l'adorer. D'autant qu'un esprit frappeur me suggère de faire miennes ses conjectures et ses craintes. Si seulement, à force d'être engrossée de fumigations, l'atmosphère de cette baraque, avec ses bouillons, son hourvari, explosait pour nous retomber dessus en quintaux de silence, et qu'au moins il soit possible de réfléchir ! Mais à l'affût de la déflagration, je guette. Hélas. Hélas.

Et cette voix, est-ce encore la voix de Jiri ? Elle lui appartiendrait à peine au cas fort improbable où elle lui appartient toujours. Elle ne s'exprime que pour son compte, pour dénoncer des entourloupes, des frimes, et allez savoir lesquelles. Pour dire aussi que comme andouilles nous sommes les champions, vu l'art que nous avons de jongler avec les faits, de ruser avec la réalité. De réjouissantes andouilles !

Et de rappeler que, pas une seconde, la réalité ne ferme les yeux, ne se voile la face, ne nous tient quittes de quoi que ce soit dont nous nous figurons qu'elle nous passerait. Exemple ? Les animaux. En connaît-on un qui pactise d'instinct avec nous hormis les quelques très rares spécimens asservis, dégénérés ? Malgré ça, nous croyons dur comme fer qu'ils ne sont au monde que pour nous aimer, n'ayant, nous, pour tout souci que de nous mêler de leurs affaires, de leur empoisonner la vie. Si, un beau matin, ils se mettaient à parler et nous disaient ce qu'ils pensent de nous, hein ? C'est ça qui serait drôle. Mais prévoyants et sages, ils ont dû refuser dès l'origine qu'elle leur fût accordée, cette parole.

Je m'en avise à cette seconde : où est le problème ? Je n'ai pas encore songé à me le demander. Pareille agitation signifie bien qu'il y a un problème. L'absence d'Ivo – témoin, ange gardien et alter ego – n'aurait-elle pas fait perdre les pédales à Jiri ?

Muet soudain, pensif, d'un geste machinal, celui-ci empoigne son demi de Pils, sur le bord duquel la mousse a eu le temps de sécher, pour le porter à ses lèvres aussi sèches. Il observe sans doute une pause et, après s'être rafraîchi le gosier, il donnera de nouveau libre cours à ses... à son déballage. Une rupture de digues, je pense, quand on ne peut plus supporter ce qu'on garde sur le cœur. Au nez et à la barbe de François-Joseph, empereur, sous les bourgeonnantes, les méphitiques nébulosités de tabac et leur dais orageux, immobile, protecteur, il s'en faut que le chambard ait décru.

Sans avoir l'air de le surveiller, j'attends la suite. Sa confusion, ses inextricables confidences, – ou aveux ? – me désolent. Et sa difficulté à trouver une issue à ce qui le tourmente. Il m'émeut et, pourtant, je reste à l'écoute, j'ai la certitude que j'en tirerai quelque profit. C'est pourquoi je suis ici, après tout.

Très bas en effet, s'adressant plus à lui-même qu'à moi, fulminant en solitaire, il a remis ça. Pour le suivre à présent, il me faut bien tendre l'oreille. Il me donne l'impression d'avoir oublié jusqu'à ma présence.

– Prouver que le génie de l'homme ignore les limites.

Qu'il récuse l'idée même de limites. Que les limites sont faites pour être transgressées. La science ivre de son pouvoir, mégalomane. Est-ce encore de la folie aujourd'hui ? Non, c'est une opinion qui n'est plus de mise, il n'y a pas de folie aujourd'hui à faire violence à la nature. Tout ça désormais, nous l'envisageons de sang-froid. Foutaises ! La question urge au contraire que nous nous la posions ! La question de savoir si, faisant un pas de plus dans cette direction, l'homme restera un être humain. Il ne serait pas ridicule, je vous assure, de se demander, sans trop tarder : qu'est-ce, qu'être humain ? On serait fichtrement bien inspiré de répondre à cette question sans lanterner.

De la même voix secrète, rêche, après un bref silence, il profère :

– Hier, la nécessité ne s'en imposait pas. On était humain de droit divin en quelque sorte. Mais ça n'est plus vrai.

Des spéculations, qu'il ne s'obstine à pousser, dirait-on, aussi loin que pour garder, détenir la parole le plus longtemps possible. Et quelle parole : s'assourdissant, déclinant, le jargon d'une misère, lequel finit par s'éteindre dans un râle.

Ce n'est plus l'ami de longue date. Pas le gaillard blagueur à la tête près du bonnet. Devant moi, il n'y a, sans nom, sans face, qu'un pauvre hère de savant aux prises avec le cauchemar et les terreurs propres à sa caste. Un pauvre hère de savant qui voudrait partager son angoisse avec quelqu'un parce qu'il n'a pas appris à compter avec elle, et qu'il y a un prix à payer, même pour des titans. Si Jiri m'a choisi au nom de notre amitié pour entendre son appel. Qu'à cela ne tienne.

Mais, tel qu'il est assis, la tête avancée par-dessus la table qui nous sépare, il semble résolu à lancer des avertissements :

– Il n'y aura plus personne ; mais pléthore de fac-similés. Traduisez : rien n'interdira à chaque exemplaire de se faire passer avec une impudique assurance pour un autre et pour le même. Il ne sortira des éprouvettes en toute impunité qu'une dépersonnalisation élargie à la terre entière, et la perte du modèle humain dans la redondance, son extinction dans un fractionnement infini.

J'écoute avec un serrement de cœur. Se rend-il compte de ce qu'il avance, dégoise ?

– L'unique uniquement dans la manifestation de ses copies, ça vous dit quelque chose : Néa, Lëyi, Oriane, l'une, miroir et reflet, de l'autre ! Et pourquoi pas tant qu'à faire un dieu unique et multiple obtenu à partir de notre image ? Et qu'il en soit, de ce dieu chassant de race, aux traits identiques aux nôtres trait pour trait, et de son règne parmi nous...

Le silence, le vertige où sombre toute pensée à la limite de l'inconcevable. Une espèce de Jugement dernier. Et moi, comme anéanti.

Jiri se rapproche encore au point où nos fronts se touchent et, presque sans voix, me livre un nom.

– Mon maître, ajoute-t-il du même ton de gorge étouffé. A Dobris. Au château de Dobris.

Dobris, à une dizaine de lieues de Prague. Je connais. Et aussi son château.

Il m'a déjà quitté. Avec une curieuse hâte, il s'est éclipsé sans avoir daigné prendre congé.

Je me retrouve le cul vissé sur une chaise de bistrot. Pas même soucieux de savoir quelle réaction je devrais avoir, mais sacrant. Ou de me demander par quelle chose commencer, et sacrant encore plus. Je me fais la promesse de rester. Pour le moment. Non dans cette taverne, à coup sûr. Mais ici, dans cette ville, puis de continuer à enquêter quoi qu'il arrive.

Je me lève et décanille à mon tour.

Quatre jours. J'ai passé quatre grands jours à espérer un signe de Jiri. Qu'il rétablisse le contact, renoue ; lui ou, sinon, Ivo. Quatre grands jours à souhaiter voir se produire... peu importe quoi ! Mais rien. D'aucun des frères. Parce que je les ai appelés : le matin, le soir, aux heures des repas. Durant tout ce temps, le téléphone a sonné dans un désert. J'ignore où ils habitent, et si tous deux logent à la même adresse. Les Tchèques vous reçoivent volontiers au restaurant, jamais chez eux.

Le matin du cinquième jour. A mon hôtel.

Me dirigeant vers la salle où l'on sert le petit déjeuner, je m'empare au passage d'un des journaux mis à la disposition des clients. Mon tchèque est approximatif mais, pas d'erreur, je déchiffre en première page : « Disparition mystérieuse de l'un de nos plus brillants généticiens, spécialiste en biologie moléculaire. » Le nom révélé dans le chapeau de l'article, Jiri Brych. Puis ceci, dans le même préambule : « Une disparition d'autant plus insolite qu'elle a suivi de près celle du frère, également généticien. »

Jiri était donc sérieux, l'autre soir, à la taverne U Kalicha ! Les coquettes tables du petit déjeuner, leurs nappes immaculées, leurs bouquets de fleurs, je les regarde sans les voir. Qu'est-ce que ces choses foutaient là où elles ne sont plus et, à présent, là où elles se sont clapies ? Il disait vrai, bougre d'âne de Rod.

Bougre d'âne... Les notes de Rod Runner s'arrêtent là. Ce fier compliment dont il s'habille au propre et au figuré clôt son carnet. Un carnet qui me tombe des mains. Et, tel qu'il est tombé, je le laisse. Le temps de m'y retrouver, de souffler, d'inhaler un air devenu rare. Ce temps ; avant de secouer le saladier qui me tient lieu de tête. C'est le black-out. Peu flatteur pour moi. Mais y a-t-il le quart du cinquième d'un fait avéré à tirer de ce fatras ? Quelle littérature : du roman-feuilleton ! J'essaye encore. Tous feux éteints, ma tête reste de bois.

Je trimbale dans ma poche ce maudit carnet et un tas d'interrogations. Je ne sais qu'en faire, du carnet comme des interrogations. Mais, pour me travailler, ça me travaille.

Aujourd'hui, au bout de trois semaines, dépliant l'exemplaire de Satellite Info déposé comme chaque matin sur mon bureau : pfuit, fini les questions ! En lettres écarlates, sur cinq colonnes, le titre qui me saute à la figure : « Des clones humains parmi nous ? » Moi, je ne suis qu'un agent du service commercial, ça me fait l'effet, n'étant pas au courant, de ces fers à repasser que les cardiologues appliquent aux défaillants du cœur. Je ne suis jamais passé par là, je l'ai vu à la télé, une série américaine. La manchette de Satellite Info m'a porté le même coup.

Après en avoir été arraché, je me suis reçu dans mon corps, puis dans mon fauteuil. Je reprends ma lecture cependant : « Un scoop de notre envoyé spécial. » Même si ça n'est pas la fin du monde, ça y ressemble, et ce n'est pas tout. En romain plutôt qu'en italique, et remplissant toute une colonne, ceci encore en lettres énormes : DES CLONES, MAIS OÙ, QUAND, COMMENT ? NOS LECTEURS LE SAURONT DANS LA PREMIÈRE ÉDITION DE NOTRE JOURNAL DE DEMAIN. DES CLONES, POUR QUOI FAIRE ? QUESTION REDOUTABLE S'IL EN EST ! NOUS Y RÉPONDRONS AUSSI.

Je dépose mon numéro de Satellite Info et, appuyé sur le dossier, repousse mon siège en arrière. Je tâche de réfléchir avec du recul. Échec total, j'ai l'entendement pété. Je reprends le journal, m'échine à venir à bout de l'aberrant, l'indigne texte : NOUS AVONS RÉUNI DES EMBRYOLOGISTES CONNUS. ENTRE AUTRES THÈSES, ILS PENCHENT POUR CELLE-CI, SANS LA PRENDRE À LEUR COMPTE MAIS SANS LA REJETER NON PLUS, ET QUE NOUS RÉSUMERONS DE LA SORTE EN ATTENDANT QUE CES SPÉCIALISTES LA DÉVELOPPENT POUR NOUS : DEPUIS CINQUANTE ANS, EN OCCIDENT, LE TAUX DE SPERMATOZOÏDES CHEZ L'INDIVIDU MOYEN A BAISSÉ DE 50 %, ET LES MÊMES SAVANTS PENSENT QUE CE TAUX CONTINUERA DE BAISSER AVEC LE TEMPS ET QUE, D'ORES ET DÉJÀ, LES SPERMATOZOÏDES DU PATRIMOINE GÉNÉTIQUE HUMAIN ONT, DE TOUTE FAÇON, PERDU UNE PARTIE DE LEUR POUVOIR FÉCONDANT. DES CLONES : UNE SOLUTION POUR COMBLER LE DÉFICIT DES POPULATIONS MENACÉES PAR DES PERTES DE NATALITÉ ?

Sa prose, toute crachée, délirante. J'émets cette pensée vers mon ami : « Je n'aimerais pas être à ta place, Rod. Non, je n'aimerais pas. Je suis si triste que ça m'est un déchirement. Ce truc, le clonage, ne conduirait qu'à produire des filles de joie, des cobayes, de la chair à canon, ou des esclaves ! Le trompe-l'œil triompherait de l'humanité surtout. »

Le sourire de l'icône

2. Un jour avant la fin des temps

Marchant près de Nina mais rarement du même pas, donc à une foulée, parfois à deux en avant, ou autant en arrière, Rassek en était toujours à lui rebattre les oreilles :

– Le monde, à le regarder, te paraît plein. Plein comme un œuf. Rond. Complet. Plein à craquer. Tu te dis, il n'y a rien à y ajouter dont on puisse encore avoir besoin, pas une rognure d'ongle. Y a plus place pour un moucheron, pas même pour une idée de moucheron. Bien. Puis la chose imprévisible qui serait simplement cette rognure d'ongle ou ce moucheron, ou cette idée de moucheron, enfin n'importe quoi, se présente et ça trouve à se loger dans un monde à l'extrême limite, au comble de ses capacités. N'importe quoi. Ce monde aux dernières nouvelles guère prêt à rien accueillir, rien tolérer de plus. Ce n'est pas drôle, ça ? On devrait en être étonné. Pourtant on ne l'est pas. C'est qu'on a déjà recommencé à se dire : fini, pas un moucheron de plus, pas une épingle, pas une ombre d'idée. Et le bousier, sa boule, il la roule et, à mesure qu'il la roule, elle grossit. A quoi elle va lui servir cette espèce de boule faite que de crottin ? Lui seul le sait et il ne s'arrêtera pas pour se poser la question, y réfléchir et vous répondre. Je présume du moins. Présume. Pour ce faire il n'y a que l'homme. Pas le bousier, surtout pas lui, qui en crèvera, de pousser et encore pousser.

Nina elle, ni oui ni non, gravait la forme de ses souliers dans la fine poussière d'une chaussée qui attendait depuis trop longtemps d'être asphaltée pour l'être jamais. Enjambée après enjambée, elle y marquait son pas ferme, égal, régulier, un pas de promenade. Ensemble ils cheminaient en cette fin de jour. Ils allaient, une fin de jour des plus paisibles. Deux silhouettes pour ainsi dire inévitables, ce n'était pas encore le crépuscule, mais inévitables et Rassek jusque dans cette façon à lui, occupé à pérorer, de rester plus souvent à la traîne qu'à son tour.

Lui qui, tenant le crachoir pourtant, se disait : purée de merdouille, qu'est-ce qu'il m'arrive ? Je redégueule aujourd'hui ce que j'ai déjà dégueulé hier, idem. C'est quoi, c'est comme on fait le même rêve ? On ne sait pas qu'on rêve lorsqu'on rêve, mais si c'est un rêve qu'on refait, oui. En attendant, je n'en sors pas, j'ai beau me dire : il faut que j'en sorte ; ça ne va pas la tête.

Ils avançaient au coude à coude pour l'instant. Justement, pensa Rassek. Ce qui laisse à entendre ? Eh bien, qu'on avance au coude à coude. C'est tout.

Épaules et buste perchés haut, petit ventre, et le reste tout en jambes. Sans les talons, elle aurait été encore aussi grande que lui, pour grand qu'il fût. Avec les talons, elle gagnait sur lui deux ou trois centimètres. La différence de taille qui en résultait avait l'air énorme cependant, lui le tronc d'arbre branchu et elle, une plante montée en graine pour ainsi dire, ou plutôt en fleur. Couverte d'une plumaille noire comme le péché, décorée d'intenses yeux bleus, une bombe en fait de bonne femme mais une bombe, on voudrait être damné si on n'avait pas compris qu'elle exploserait au premier regard jeté sur elle.

Ce dont, se tournant souvent de son côté, Rassek essayait de se persuader. Mais à l'évidence, il s'en fallait qu'il eût un regard de boutefeu. Par moments cependant, il se passait une chose extraordinaire : le monde autour de Nina donnait soudain l'impression de s'abîmer dans des geysers de lave. Ce n'était qu'une impression, ou qu'une fausse alerte, mais tout de même.

En fait, davantage le turlupinait cette conscience d'être empêtré dans un rêve, et de surcroît le même rêve. Les nerfs en boule, ni il ne comprenait pareille aberration, ni il ne voyait comment en sortir.

Et elle, maintenant :

– Tu veux qu'on rentre, ou pas ?

Elle, le regard en avant, sans un mouvement de tête vers lui, elle comme s'il était à cent mètres de là :

– Tu veux qu'on rentre, ou pas !

Mais c'était le timbre de la voix plus que les mots. Il vous désemparait. Un timbre clair pourtant ; mais sombre, en dessous.

Lui, Rassek :

– Rien n'y trouverait une faille où se glisser parce que rien n'y manque. Pas même ce moucheron ou cette épingle ou cette ombre d'idée. Rien, que dalle, à ce qu'il semble.

Et, machinalement, il ajouta :

– On peut se balader encore, que diable !

Ce disant, sa propre voix lui percuta le tympan et il dut admettre que, en comparaison avec celle de Nina, elle ne cassait rien. Banale, feignasse.

Elle sans s'expliquer plus que ça :

– Faut qu'on rentre.

Il répondit :

– Ouais. Ouais. T'en fais pas. T'en fais un foin pour pas grand-chose.

Elle devenait nerveuse. Parole, il l'avait senti, et pas de ce moment et, comme à son habitude, il s'était mis à débloquer. Une sale habitude. Pornographique. Laïusser pour ne rien dire, glavioter.

Mais elle, c'était la transe, quand ça la prenait, la bête ne cherchait plus que comment rompre ses chaînes et aller en quête de ses proies.

Sans jeter des regards à droite ou à gauche, sans vraiment le faire, elle épiait, si tant est que l'approche de la nuit laissait quelque chose à épier, elle surveillait.

Et lui, Rassek :

– Le monde, chaque fois que tu le regardes. Le monde tel que tu crois qu'il est.

Un soir si plausible pourtant avec, s'éloignant ou s'approchant, les figurines humaines qui s'y profilaient, y ouvraient leur route, nos deux promeneurs compris. Deux mais, se déployant déjà devant eux, pas mal d'ombre aussi, d'espace tandis que, non pas lui, elle Nina, toujours énervée quoique réprimant son exaspération comme elle le pouvait, soutenait :

– C'est toi qui cries pour un rien. T'es pas dans ton assiette, mon bonhomme.

T'es pas dans ton assiette, mon bonhomme. Dire ça de lui ?

– Moi ? s'exclama-t-il, tombant des nues.

C'était à se demander si elle le connaissait depuis toutes ces années ! C'était franchement à se demander.

– Toi oui. Un pet, tu ferais pas sans discuter des heures.

– Qu'est-ce que ça fait, si on se promenait encore un instant ?

A bien voir, plutôt elle, Nina, parlait à côté.

Le temps de lui glisser sa phrase à l'oreille, il s'était tenu tout contre elle, la jaugeant du regard – mais que pouvait-on tirer de cette mort du jour sauf un vague aperçu des choses ?

Avec ses curieuses modulations de gorge, sombres sous leur éclat, l'ayant repoussé, elle lui envoya :

– On a assez traîné dans ces rues.

– Te fâche pas, voyons.

– J'attendrai pas jusqu'à ce que monsieur veuille rentrer.

Il se serra de nouveau contre elle, lui prit le bras.

– Oooh, un petit tour.

– Ta voix ne sonne pas comme celle d'un homme.

Elle dégagea son bras. Rassek :

– Ta, ta, ta. Qu'est-ce que tu vas inventer ?

Pivotant sur ses talons, du coup, ce fut elle qui l'agrippa d'une main par le revers de la veste et s'efforça de déceler quelque chose sur lui, de lire sur son visage.

Qu'avait-elle découvert ? Le lâchant, elle dit :

– Tu te méfies.

– Tu te fais des idées, ma bonne. De quoi, je t'en prie ? Y a pas de raison.

– Alors pourquoi que tu ne veux pas qu'on rentre ?

Avec cet accent dépourvu de joie, l'accent du pire, lui demander ça ? Seigneur !

Tout haut, il dit :

– Parce qu'il fait beau... Parce que... Est-ce que je sais ?

Tous ces sous-entendus, malentendus, soupçons, misère de misère !

A balayer, s'indigna-t-il. S'en battre l'œil, se placer au-dessus de ça, ou tenter de le faire, ou le laisser croire.

Puis il s'insoucia de savoir où il devait se placer, au-dessus de quoi. L'œil perdu dans le crépuscule, il se figura sa compagne oubliant sa question, cessant de le bassiner.

Et ça ne manqua pas, elle lui intima :

– Suffit. Faut qu'on rentre.

Des ordres, des ordres, elle ne savait plus parler autrement.

– Vise un peu notre fenêtre, répliqua-t-il. T'arrives à la retrouver, toi, parmi les autres, toutes ces fenêtres ? Pas de lumière chez nous, personne ne nous attend.

– Pourquoi veux-tu qu'on nous y attende, hein ?

Il rit tout bas. Une envie comme ça ; c'était idiot.

– Je ne sais pas, moi. Quelqu'un pourrait nous y attendre.

Elle lui conseilla, et le fond enténébré de sa voix avait encore foncé :

– Dis pas de bêtises. Allez ! On y va.

La nuit était pratiquement tombée, entre-temps. Mais lui, plaisantait :

– Des fois que ça se produirait, que ça arriverait ?

– Quoi, qu'est-ce qui arriverait ?

– Qu'on nous attende là-haut, chez nous.

– Dis pas de bêtises.

– M'engueule pas. T'as été pressée toute ta vie.

– Non, mais rends-toi compte un peu. Pourquoi que tu ne veux pas rentrer ?

Il la conjura :

– Crie pas si fort. Peut-être qu'on nous entend. Peut-être qu'il y a quelqu'un dans l'ombre et qu'il nous écoute.

– Oh, toi mon bonhomme, tu ne m'auras pas avec tes boniments.

– Mais si. Mais si. Crie pas. Il y en a des... L'autre soir, ils sont venus chez les Kaffer, et les Kaffer, ils n'y sont plus.

Il n'avait pas fini de lâcher ces mots, qu'il pilait sur place : comme si brusquement un cadavre se fût allongé en travers de leur chemin. Et il y eut ce silence, et il pensa au silence de ces amis qui levaient le pied ; au silence qu'ils laissaient derrière eux et que personne ne voulait entendre. Il se pouvait qu'à cette heure dans un rayon de plusieurs kilomètres de silence il fût le dernier homme restant.

Elle arriva, dédaigneuse, la repartie qu'il méritait :

– Les Kaffer ? Ils sont toujours là, bien chez eux. Qu'est-ce qui te prend à raconter des histoires ?

Des histoires. Il allait relever. Puis il renonça, que gagnait-on à creuser ces questions, quel besoin avait le Diable d'un coup de main ?

Réflexion faite, il y revint ; avec ce correctif :

– Sans doute que je confonds. C'est, alors, les Rakazine ?

– Les Rakazine. Ils ont déménagé.

Déménagé ? Les Rakazine ? Déménagé au jour d'aujourd'hui ? C'était fort de café. Il courut le risque, cette fois :

– T'en es bien certaine ?

Aucune réponse.

Il le savait. Il n'y en aurait pas. Pour qui s'inquiétait-il à la fin, les Rakazine n'étaient que des voisins, et pas du même palier. Il se contenta donc de proposer :

– Encore un petit tour. Il n'est pas si tard que ça.

Et dans un élan, il s'enflamma :
– Si tous les logements à tous les étages étaient à nous, nous camperions aujourd'hui dans l'un ; tiens, celui-ci...
Il montra où, du doigt.
– ... demain dans l'autre, à côté. Et ainsi de suite.
Le nez en l'air, il considérait les bâtiments.
– A raison de quatre par palier et d'une moyenne, pour les trois entrées principales, de deux cents logements, nous aurions la possibilité d'en changer chaque jour pendant six à sept mois. Six à sept mois avant de revenir à notre point de départ !
De nouveau un rire le saisit, vite étouffé, qui dégénéra en gloussements.
– Les Rakazine, je te dis qu'ils ont déménagé, en était encore à déclarer Nina.
– Je veux bien ; ça ne me dérange pas. T'arrives à retrouver, toi, notre fenêtre parmi toutes les autres ?
Et avant qu'elle n'eût ouvert la bouche, Rassek s'empressa de poursuivre :
– Regarde, c'en est une qu'a pas de lumière. Tu vois bien. Personne ne nous attend.
Elle, du ton de qui prend sur soi, ton pas moins lourd de menace, elle proféra :
– S'il n'y a personne qui nous attend, pourquoi rester dehors ?
– Justement.
– Justement quoi ?
– On peut rester encore un moment.
Et l'air de rien, allure dégagée, il se remit en marche. Sans hâte, flemmardant de-ci de-là, la tête levée, l'attention suspendue aux nombreux étages et à leurs incrustations de

dominos, noirs pour certains, mais pour la plupart illuminés, brillants, à présent. Il débordait, face à une frontalité aussi exaltante, d'éloquence.

– Six à sept mois. Cela ne te plairait pas, toi ? Moi, si.

L'insondable voix l'enveloppa d'un souffle mortel, la nuit se fit opaque du coup :

– Ça ne va pas mieux. Non, ça ne va pas mieux.

Il articula non sans peine ce qu'il put concocter, lui, comme réponse :

– On ne s'embête pas par ici. Avec tout ce qu'il y a à voir !

– Avec tout ce qu'il y a à voir ?

– Oui, toutes ces façades de bâtiments avec leurs fenêtres éclairées les unes, les autres non. Tu ne trouves pas ça beau ?

Une horrible oppression. Il respirait à fond, s'attendant à ce qu'elle passe. Elle persistait, une physale blanche, pesant sur lui. Il levait les yeux, contemplait plus haut que les immeubles le ciel dont les portes allaient peut-être s'entrouvrir.

Elles n'en firent rien mais de l'une des bâtisses – laquelle : il n'importait – s'échappa une espèce de cantilène qui, ni juste ni fausse, fila, monotone, entre déploration et ravissement, puis forte de sa seule faiblesse, s'appropria la nuit. Une chanson de malade, songea Rassek.

Qui avait dit : « Il est parfaitement concevable que la splendeur de la vie se tienne auprès de chaque être, voilée, invisible, enfouie dans les profondeurs et néanmoins toujours dans l'éclat de sa gloire » ? Rassek cherchait et ne trouvait pas qui. Là, sur le moment, cette splendeur demeurait invisible, voilée, mais du tout lointaine. Elle forçait le malheur du monde, faisait reculer l'adversité.

En arrêt, il écoutait. Puis, aucune préparation ne l'ayant laissé prévoir, la chanson s'interrompit, comme décapitée. Mais il sut. Sans plainte, sans colère, quelque chose avait été exprimé. Puis quelque chose avait été comblé. Lui-même, ne pesait plus sur lui l'oppression blanche, elle lui avait fait grâce, l'avait gratifié d'une remise de peine.

Il aurait encore longtemps stationné, béant face à des fenêtres qui entretenaient un paradis de lumière dans l'enfer de la nuit.

Et médité : ce monde pareillement, si quelqu'un, un objet quelconque, ce qu'on n'imagine jamais, venait à s'en extraire et filer, s'évanouir. Pareillement les eaux de la vie se ressoudant lui referaient un visage lisse, et de nouveau ce serait un monde auquel rien ne manquerait ; il aurait avant longtemps repris sa plénitude, sa rondeur d'œuf.

Sans aménité, Nina fit observer :

– Il n'y a personne.

– Je trouve ça encore plus beau sans personne. On est plus tranquille.

Une réponse qui lui échappa dans la sorte d'inspiration propre à vous hisser au-dessus de vous-même et... des senteurs d'égout de ces rues. Ce lui fut aussi une nouvelle occasion de s'emballer : et s'ils en ont tous réchappé ? Tous jusqu'au dernier et laissé toutes leurs lumières brûler ? Tous, à une exception près : moi. Moi ! Ce serait un magnifique mot de la fin s'il y avait une fin à quoi que ce soit à un moment ou à un autre. Mais moi non plus je ne vais pas m'attarder, faire de vieux os sur ces rivages, comme il est dit dans ? Dans quoi au juste ? Fabriquons un titre de grimoire, le plus impressionnant, le plus ronflant possible des titres : *L'Aédologue* ! Comme il est dit dans *L'Aédologue*.

La voix obérante lui chut encore dessus. Péremptoire. Étendant son ombre.

– Faut qu'on rentre, nous aussi.

Cette parole et, inséparable d'elle, cette ombre.

Rassek résista :

– Quoi ? Tu ne te sens pas heureuse au milieu de tous ces bâtiments avec toutes leurs fenêtres qui veillent sur toi ?

– Il s'agit bien de ça !

Il se voulait conciliant, il aurait voulu tant l'être. Mais, avec une nuance de doute dans la voix, il fit observer :

– Tu le connais bien, toi, notre quartier de Rëutov, et même notre rue ? De bout en bout ? Je suis sûr que non. On devrait profiter de ce qu'il n'y a personne, pour en faire l'aller-retour. Mais alors l'aller-retour.

Ressortant sa vieille rengaine, il se mit à fredonner entre haut et bas, avec la nonchalance du flâneur sans souci :

Une hirondelle ne fait pas le printemps
Mais deux trains de banlieue qu'est-ce
Que ça vous secoue, ça vous secoue !

Une femme-tronc, ça ne vous dit rien
Mais deux salons de coiffure qu'est-ce
Que ça vous frise, ça vous frise !

Un assassin du dimanche c'est méchant
Mais deux bouteilles de whisky qu'est-ce
Que ça vous bottle, ça vous bottle !

De whisky ou de vodka, ou de vodka...

Continuant à chanter, il soliloquait in petto tout du long : le monde, vous le regardez, il vous paraît plein à... Puis la chose insensée qui n'est pas censée se produire, pas censée y trouver place, est là. Du genre catastrophe. Et le temps d'y prendre garde, vous voyez ce monde jonché de morts. Puis, dans une rage rétrospective, avec un siècle de retard, vous vous reconnaissez dans l'un d'eux. Mais la guerre a déjà été livrée, l'extermination a déjà eu lieu. Et nous : Nina, moi, de quoi nous occupons-nous durant ce temps ?

Elle ne se gêna pas pour lui briser les ailes en plein vol, à la maudite chanson. Et les ailes à la valse dans laquelle, les bras arrondis, il s'était lancé avec un fantôme.

– Toi !

– Oui, moi.

– Arrête cette sérénade. Une comédie stupide. Faut rentrer maintenant.

– Je te demande...

– A quoi ça t'avance, toutes ces simagrées ?

– Toutes ces simagrées ?

– La comédie que tu joues.

– Je n'ai vraiment pas le cœur à ça.

– Alors explique pourquoi.

– Y a rien à expliquer, ma bonne ! C'est toi qui t'imagines des choses. Ça me rappelle quand nous nous sommes mariés, tu ne faisais pas tant de chichis pour rigoler un coup.

Sur-le-champ, lui-même se paya une pinte de bon sang, une modeste pinte parce que, affligé, il pensait : l'idée de cette gaieté ancienne, dire que ce temps a existé, qu'il y a eu ça... et le reste.

Ils en étaient là lorsque dans un grondement chtonien la nuit fut soulevée, puis retournée. Une nuit pleine, rompue en son médian et sa profondeur. Et ils apparurent, leur groin en avant, monstres exterminateurs, les chars d'assaut. La rue Stroïteleï trembla sur ses bases. Les immeubles tinrent bon néanmoins, l'affreuse armada ne dévasta qu'une paix des cimetières. Aux fenêtres, mini-aurores boréales, des clignements cathodiques ; pas une tête. (Et Rassek : oh belle paix des cimetières, combien tu es préférable à ce tumulte qui vous tord les boyaux au risque qu'ils vous lâchent !)

Haussant la voix pour dominer le chahut et, comme elle aurait crié *Au feu*, Nina glapissait :

– Vaut mieux pas ! C'est exactement ce qu'il ne faut pas !

– Quoi ! Faut pas quoi ? se récria Rassek, renchérissant sur elle en clameurs, Rassek, soudain excédé, qui laissa éclater son indignation tandis que, quasiment sous leurs pieds, les chars qui se filaient le train broyaient le sol des chenilles. Tu me connais ? C'est un honneur ! Dans ce cas, pas la peine de discuter davantage !

Et elle, s'écorchant le gosier :

– Vaut mieux pas ! Vaut mieux pas !

Alors que le mal est fait, et qu'on n'a rien fait pour y remédier, et qu'on vous dit, vous ajoute par-dessus le marché et le charivari :

– Tu as les foies !

– Moi j'ai...

Sa phrase, à Rassek, les tanks l'écrasèrent, laminèrent. Nina ne perdit pas cette occasion pour en placer deux :

– T'as mal au ventre. Avoue que t'as mal au ventre !

– Moi, mal au ventre ? Et quoi d'autre ?

– Ben alors, viens qu'on rentre.

Il ne s'ennuya pas à lui répondre, un jeu qui ne l'amusait plus, ce jeu. Après le passage des chars, il apparaissait à l'évidence que le temps en était révolu, qu'il y a un temps pour se marrer, et un temps pour... Il écoutait. Roulant déjà loin, portée par une vitesse dont on n'avait pas idée, hures et crocs, la crue de fer ravageait d'obscurs espaces et ne plantait pour tout bruit qu'une frémissante écharde dans les œuvres vives de la nuit.

Rétablis, revenus, le calme, le silence. Calme, silence : un beau néant de no man's land. A vous donner la nausée ! Que faire, Seigneur, à part lever la tête, pointer le nez au ciel ? Et lui, Rassek : la vie n'est plus qu'états atmosphériques, menées de l'air ; on se croirait en automne. Il remplit ses poumons. A fond. Attendit. Mais les lumières publiques toujours à l'heure d'été ne s'allumaient pas, les lampadaires faisaient le pied de grue. Et lui, Rassek : l'automne ? Alors je sais qui je suis et ne suis pas. Un certain Œdipe, mais je dois me conduire comme si je ne le savais pas. Œdipe, ayant trouvé les portes de Thèbes, n'ayant plus à les chercher, et toutefois tenu de les considérer comme les banales entrées et sorties d'une ville ouverte à tout venant. Justement, où la Sphinge qui a mission de garder la grande porte, la porte d'honneur, où est-elle ? Il s'en faut qu'elle soit à son poste. Et si c'était Nina... Si c'était elle ! Ce serait à se taper le derrière au bord d'un trottoir ! Nina, la fille du chien Orthros et de la Chimère arrivée par les airs du fond de l'Éthiopie ? La Sphinge qu'on ne peut se dispenser d'affronter, aux questions de laquelle on va s'exposer, et *répondre* ? Non, ça serait cocasse. Et même ce monstre, cette pauvre chose, serait la dernière chose d'importance.

L'énigme se dresse au-delà. C'est le porche au-delà plus qu'entrebâillé : dégagé en hauteur, en largeur. Le sphinx, chien ou chienne, ne pose à l'entrée que pour répondre à vos attentes et pour aussitôt les décevoir. Un chien pas debout mais couché, la queue ramenée sous ses flancs, couché, ensablé. Énigme, porte royale, le porche assure lui-même sa défense…

Et les mots d'exploser, acrimonieuse pyrotechnie. Tous les mots ayant renoncé pour un temps à se faire ouïr ; et de pétarader entre les monuments de néons érigés dans le no man's land de Rëutov. Bouquets, gerbes, rafales de mots. C'était Nina. Elle jamais à court d'arguments ou fatiguée de vous les assener.

Lui, aussi bien pour s'en inquiéter que pour s'en garantir, sa première réplique fut :

– Tu veux me faire passer par la porte noire ? Hein, c'est ce que tu veux ?

Sa voix, s'embarrassant, s'engoua sur les dernières syllabes. De terreur ? Nina lui avait déjà coupé le sifflet :

– La porte noire ? Qu'est-ce que cette porte encore ? Tiens, tu ne sais même plus ce que tu dis.

Paix, paix, Rassek. Après s'être exhorté de la sorte, riotant, il ne fit que réitérer :

– La porte noire ? La porte noire ?

Il n'en serait point à mouiller son froc tout de même ? Le porche, la porte noire : comment être certain, de quoi ? Et s'il n'avait élevé là qu'une prière ? Sans y penser. Œdipe ne pense pas, il ne sait qu'aller de l'avant, quand il en mourrait.

Le verbe haut, Nina enfonçait le clou, en enfonçait deux douzaines :

– Toutes ces questions ! Tu poses trop de questions. Tu cherches tout le temps à savoir, une sorte de démangeaison chez toi. Et pour n'en faire qu'à ta tête en fin de compte. Tu es une mauvaise, une forte tête.

La porte noire. Elle ne devait pas être loin. A Rassek, de ce moment, il sembla que l'air s'empêchât et l'empêchât de respirer, que l'air se fût fait muet, se fût fait sourd. Qu'il s'indurât au point où une balle dum-dum s'exténuerait à le crever et que, marrie de sa déconfiture, elle capitulerait.

La parole ne circulant plus. Interdite entre Nina et lui. Les yeux, se dit-il. Tu as encore des yeux. Si tel est ton désir, d'un regard tu défonceras la compacité de cette porte, de son noir, de sa nuit, tu feras fondre la gueuse, fer, teck et feu mêlés, mettras sa férocité en pièces.

La voix de Nina ne planant plus, avec ses plongeons dans les basses tragiques, sur la vacuité de Rëutov, le quartier flambant neuf. Le silence empilant mille couches de béton. Le cœur prisonnier de ce béton, et cognant.

Rassek réussit à prononcer :

– Il ne saurait donc être question de permettre, de tolérer que les mauvaises têtes se promènent librement. C'est ça ou je me trompe ?

Ce mutisme, ce quant-à-soi affectés par Nina. C'était si peu son genre : ça ne durerait pas, ou ne durerait qu'aussi longtemps qu'elle supposerait avoir à observer des formes, quelques ultimes formes, avec lui.

Il joua au provocateur :

– Les morts reviennent, n'oublie pas. Ils ne manquent jamais de revenir. Et plus facilement, ceux qui auront survécu.

Et tant qu'il y était, que ne pousserait-il son avantage :

– Ils prendront leur revanche, tu verras. Les uns et les autres, morts ou vifs.

L'ingénuité, en personne, daigna lui répondre :

– On veut nettoyer ce qui est inutile. Sabrer le bois mort. C'est du nettoyage qu'on fait.

Rassek trouva sa voix bon enfant, celle de ses bons jours :

– Ah, du nettoyage... Et quand vous aurez tout nettoyé, que restera-t-il, de grâce ?

– Que restera-t-il ?

La question n'ayant jamais dû beaucoup la tracasser, on le sentit, il en coûta un moment de concentration à Nina avant qu'elle n'eût laissé tomber :

– Un monde propre. Ce qui restera ? Un monde propre !

– Je t'en fous. Ce qu'il y aura après, tu n'y as jamais pensé. Pas plus que tes collègues. La pire des malédictions, voilà ce qu'il y aura. Sois-en sûre.

– Un monde propre. Des hommes et des femmes bien. Et qui auront la même pensée, une seule pensée : le bien.

Les jolis accents ! Comme elle serinait ça !

Il ricana :

– Un monde propre ? Avec des gens comme toi ? Mon œil !

– Comme moi ?

Du tout feinte, une fois de plus, l'expression de l'ingénuité fit écho au sarcasme de l'homme :

– Comme moi ?

– La plus grande des malédictions, que ça sera ! Et son nom en deux mots se révélera : Peste Noire. Vous n'y couperez pas !

Nina ne paraissait capable que de hoqueter :

– Comme moi ?

Puis, Sphinge ébranlée, elle resta coite. Et lui Rassek : en oublier qu'on est Œdipe, serait une erreur fatale à présent. Sinon à quoi sert d'avoir convolé avec sa mère ? Moi son enfant et moi son mari qu'elle ne songe, la criminelle, qu'à faire passer par la porte noire ? Moi qui n'ignore rien. Moi qui me vois déjà errer, les yeux arrachés. Et la victime sera d'accord avec son bourreau. Mais le malheur aura projeté son ombre avant que, masqué, il n'ait commencé à chercher la direction de Thèbes puis, pour les habitants de Thèbes, à emprunter le visage d'Œdipe. Bien avant : à l'heure où Œdipe a tué son père et où, pour Thèbes, l'heure sera venue de découvrir ses crimes ; régicide, parricide et, abomination, coupable d'inceste pour couronner le tout. Ce ne sera certes pas le moment de chanter *La vie pour le Tsar*. Mais pour la Tsarine, qui sait ?

Et de nouveau, Nina se fit entendre, un demi-ton au-dessous de son ton habituel. Elle marmonnait presque à part soi :

– Je le fais pour ceux qui le méritent, pour ceux qui viendront après. Je le fais en camarade se devant de donner l'exemple.

– Tu le fais beaucoup pour les autres, mais aussi un peu pour toi !

– Il faut qu'il y en ait qui le fassent. Tu ne comprends pas ça, toi. Il faut qu'il y en ait qui leur dégagent la route, enlèvent ce qui est bon à déblayer, ce qui est malsain, les déchets. Nous devons y veiller, nous sommes leur sécurité. Et pour ce qui est d'en tirer, moi, parti, tu n'y es pas.

Et tout à trac, intriguée, elle produisit cette remarque :

– Mais qu'as-tu à dodiner des guibolles ?

– Pied-bot, grogna Rassek.

– Cette comédie ! Pied-bot ! Toi ? Voyez-vous ça ! Et depuis quand ? Raskol, kolotouchka !

Et lui Rassek : être qualifié de *vieux-croyant*, de *cloche de bois*, ça ne me dérange pas, Nina, au contraire j'adore. Œdipe, le pied-bot. Mais c'est sans importance. Je voulais te rappeler le poète. Il était là, t'en souviens-tu : bouille écarlate et barbe de troll ? Et maintenant où est-il ? Par le diable, où est-il ? Souviens-toi, à peine nous avait-il vus danser et, alors que nous virevoltions, lui, mine de rien avait entraîné les autres dans l'euphorie d'une ronde. Tous autour de nous. La Voie lactée *ô sœur lumineuse* enveloppant de ses bras le soleil et la lune. Ainsi avait-il scellé notre union : à sa manière de poète. Et moi, poète en herbe mais dans l'âme comme je l'étais, comme on devrait l'être à cet âge, j'en fus braque. Jeune et ne comprenant pas ce que c'est que d'être jeune, ni que ça compensait à ses yeux et qu'il m'élevait à sa hauteur. Et, à mon tour, je t'avais tirée à la même hauteur. Rappelle-toi : il se donnait pour notre égal, me parlait de pair à pair, te traitait en barinya. Où est-il à présent ? Tu sais ce qu'il est advenu de lui peut-être. Nous étions comme cul et chemise. N'aviez-vous pas, avec tes amis, pour tâche de veiller sur lui aussi, d'être sa sécurité ? Ou était-il de ses planches pourries à ne pas avancer dessus dès lors qu'on s'achemine vers le bonheur de tous ?

– C'est bien toi qui as dénoncé les Kaffer, dit-il.

– C'est moi.

– Et ils n'y sont plus. Les Rakazine aussi ?

– Les Rakazine aussi.

– Et ils n'y sont plus. Il en faut du cran pour faire ce que tu fais. Chapeau, je te reconnais bien là.

S'il n'y avait plus place pour deux sous d'espoir : pour

une trêve, sans aucun doute oui, un pacte de paix s'était de soi conclu entre eux. Et à supposer même qu'ils eussent accompli dans l'irréparable le pas décisif après lequel il est rare qu'on revienne en arrière, il s'en fallait qu'ils eussent fait des cadavres, au moins en paroles.

Un ange passa. L'ayant laissé filer, Nina répliqua :

– Je n'attends pas après tes compliments. Tout ce que je cherche, c'est à me rendre utile.

Quand, après un temps, Rassek se décida à lui répondre, il le fit avec le détachement de celui qui vient d'être atteint par un projectile perdu :

– En retirant de la circulation ceux qui, selon toi, ne sont pas utiles ?

Pour le coup, le registre de Nina remonta :

– Des nuisibles qu'ils sont, ceux-là ! Il faut les détruire ! Il faut un monde propre !

Éclat passager, elle eut tôt fait de recouvrer son égalité d'humeur. Nina la foi incarnée, inaltérable. Rassek craignit à ce moment-là d'avoir droit à un discours en règle. Il y échappa. Sans plus de conviction, il remonta au créneau :

– Le monde propre en vue duquel tu travailles te devra une fière chandelle, et tu l'auras méritée. Il faut que tu y croies dur comme fer pour te donner tellement de mal.

Être payée d'un grain d'humour ? Pari stupide. Mise perdue : elle avait vécu, l'espérance. En toute femme dort un juge doublé d'un justicier, Nina conserverait toujours cet avantage sur lui. Qu'ils ne fussent pas longs à faire face à la porte noire, il en eut soudain la prescience. La porte qui n'attend qu'une chose : que vous la franchissiez.

– On ne demande pas tant, dit-elle.

– Pourquoi pas ?

– Tais-toi, ça vaut mieux.

Qu'avait-il encore à perdre s'il lui portait un nouveau coup d'estoc ? Il la prévint :

– Cela pourrait changer, tu sais.

Elle ne se jeta pas sur lui, Nina ne pensa qu'à s'informer avec les accents dont un oiseau de nuit interroge les ténèbres :

– Changer ?... Qu'est-ce qui pourrait changer ?

– S'ils vous accusent un jour. Si les mêmes vous jugent pour complot, turpitudes, lèse-humanité. Un de ces jours. C'est ça qui serait drôle !

– S'ils nous accusent ? Mais qui ?

Elle ne saisissait pas. Cela faisait des années. Et pas mal d'années en plus qu'elle n'avait cure de ce qui sortait de la bouche de cet homme.

Distraitement, parce qu'elle avait commencé, elle disait :

– Mais qui ?

– Les gens bien. Les gens pour lesquels, toi et d'autres avec toi, vous vous dévouez, je suppose, consentez à faire ce que vous faites. Que sais-je ? Ceux qui ne vous en demandent pas tant, et même peut-être ceux qui vous soutiennent, vous poussent par-derrière !

Pour la première fois au cours de leur balade, Nina partit d'un rire qui, traversant l'espace captif entre les immeubles, sema l'épouvante dans le cœur de Rassek. Le même cri aux assonances claires d'oiseau de nuit.

– Eux ? railla-t-elle. Ils sont toi, moi, nous tous ! Et les autres, ceux qui nous y poussent comme tu dis, connais pas, ou c'est encore le voisin de palier, le mécanicien devant sa machine-outil, le bûcheron dans la forêt, la petite dactylo.

Le rire redéferla. Sans y mettre fin, elle redit :

– Toi, moi, nous tous. Ce qui compte, c'est d'accomplir son devoir.

– Vous avez votre conscience pour vous.

– Ne t'en déplaise.

– Et ça ne compte pour rien, à côté de ça, qu'on soit mari et femme.

– C'est le point de vue individualiste !

– Pas neuve, la chanson. Y as-tu réfléchi une seule fois depuis que tu me la chantes ?

Et lui Rassek, boitillant encore à son pied défendant : mais le privilège d'Œdipe, – les Dieux se sont intéressés à lui.

Le ciel sur la tête

– Finalement, Bab'Ammar, nous ne sommes algériens que depuis peu. Jusqu'à hier, nous étions encore français. Et demain, que serons-nous ? Est-ce notre destin de n'en pas finir d'être chair après avoir été poisson ? Qu'en pensez-vous ?

– Je pense que jamais rien n'a changé pour nous.

– Rien n'a changé pour nous ?

– Quoi que nous soyons, nous l'avons été déjà hier, nous le sommes aujourd'hui et le serons demain.

– Mais après-demain ? Peut-être chinois ? Peut-être grecs ? Peut-être papous ?

– Tout ce que vous voudrez ! Tout cela n'est que...

Bab'Ammar semble soudain excédé par cette conversation, à tout le moins saisi d'un doute quant à son intérêt.

Mais celui qui l'a engagée, apparemment non. Il a l'air d'en attendre plus, d'espérer en tirer de telles lumières qu'il ne saurait assez approfondir le débat, assez l'élargir, tant qu'ils y sont. Un homme jeune, la trentaine, portant beau, répondant au nom de Fodeïl.

Et de relancer Bab'Ammar :

– Tout cela n'est que ?...

– Que vaine fumée.
– Ah. Vaine fumée.
– Vaine fumée.
– Diable !

Interloqué, Fodeïl se prend à méditer, puis demande :

– J'aimerais tout de même que vous me disiez combien de temps cette fumée mettra d'abord à nous manger les yeux. Et quand, dissipée ensuite, elle nous révélera, si je peux me permettre, ce qui s'appelle être soi, être ce qu'on est, ou pense être qu'on est.

En posture d'attente, il a l'air tout ce qu'il y a de plus armé de patience. Avec Bab'Ammar, il en faut, de la patience. Bab'Ammar vit déjà un pied dans l'éternité. Ses obligations ? La marche de ses affaires ? Le négoce de l'imposant fouillis d'articles dont grouille sa boutique, sous lesquels les murs croulent ? Pour le vieil homme, ça n'est au sens strict du terme qu'un passe-temps. Fodeïl n'en est plus à le découvrir, lui qui, notons-le, dispose aussi de sa personne à son gré, que rien n'appelle ailleurs. N'appelle nulle part.

Il s'empresse d'ajouter, comptant bien recevoir une réponse mais la devançant :

– Et ce que ça fait de le savoir.

Le vieil ami :

– Ah, ce que ça fait ! A quoi ça ressemble ? On peut toujours courir après son ombre.

– Son ombre ? Pourtant j'existe, vous pouvez me voir, me toucher.

– Et ça devrait suffire à chacun. A tous. Seulement, nous ne sommes que viande creuse.

On ignore sur quoi Bab'Ammar étaie sa conviction. Sur

quoi aussi il garde l'œil. S'il s'est exprimé avec humeur, c'est d'un ton pince-sans-rire. Fodeïl n'a jamais su lire en lui, mais il reconnaît là son vieil ami, qui revient sur le sujet :

– On est soi sans avoir à s'en inquiéter, à se dilacérer le cœur, en se contentant d'être.

Il juge encore utile de préciser :

– On est soi en se fichant de ce qu'on est.

– Et c'est tout ? En se fichant de...

Le regard toujours perdu dans l'espace sidéral, Bab'-Ammar confirme :

– Tout est là, toute la réponse.

Mais la réflexion qui assaille Fodeïl : *En vérité, je fais l'âne pour avoir le foin. Qu'est-ce qui m'y pousse, quel démon cornu ?*

Et, comme en désespoir de cause, il lance :

– Ami respecté, à quoi riment ces niaiseries de questions plus stupides les unes que les autres avec lesquelles je m'entête à vous bassiner ? J'abuse de votre bienveillance.

A quoi riment plutôt ces gracieusetés, ces politesses ! Qu'ai-je à tant dire et à si peu croire en ce que je dis ? Semer des interrogations à tous vents. Comme ça, une manie. Et jamais de bonne foi. Une masse d'élucubrations, pas une idée sensée. Ce que je suis : soit un champ d'oisiveté, soit un champ de bataille, soit les deux à la fois. Des spectres qui me harcèlent, des échos du passé assourdissant le présent. Morts qui désertent leurs tombes pour venir jouer avec nous, les vivants, nous sodomiser, puis s'évaporer, ne laisser que néant, silence ; néant, silence que je remplis de cris à les réveiller de nouveau, morts d'entre les morts, et les rameuter, les mêmes morts, tous mes morts. Je n'attends pas plus d'un Bab'Ammar que d'un autre des réponses. En recevrais-je de... peu importe qui, d'un bon apôtre, que je m'assiérais dessus. Parce que, depuis ce passé moins révolu qu'il n'y paraît, mes spectres m'en donnent une. Eux, me répondent. *N'en suis-je pas un moi-même, transfuge qui hante le monde ? Ma relative jeunesse ? Soyons sérieux, que change-t-elle à l'affaire ?*

Il a dit cela, Fodeïl, ce n'est pas ce qu'il aurait voulu dire, mais il l'a dit. Du coup, il peine à s'y retrouver, à renouer le fil, ses pensées en sont maintenant à se chercher, à le chercher. Il quête l'attention de son vis-à-vis. Il le sait avare de mots, jamais en veine d'étalage, ces espèces de démonstrations.

Un peu trop haut à son gré, il exhale :

– Ami...

Mais l'appel reste en l'air, perché, en suspens. Fodeïl se sent presque honteux. Peut-être lâche. Possible que Bab'Ammar ait oublié sa présence. Le vieil homme n'a d'yeux que pour le perpétuel va-et-vient, la parade, les miroitements de kaléidoscope débités à travers l'oculaire de la porte. Une de ces rues qui dévalent en direction du Mawkaf, avec ses cafés, ses fondouks, ses échoppes, ses artisans, ses marchands ambulants et hurleurs, une des plus animées. Installée à demeure, une excitation d'émeute même par des jours sans attentats. Il n'y a jamais régné que ce sauve-qui-peut sous le tranchant d'une lumière mortelle. Bab'Ammar y tient de son père, qui le tenait de son père, un commerce de laine brute, de nattes en alfa, de marmites de Nédromah, de corde, de ghassoul, de plats à couscous en vrai bois de micocoulier, de peignes, de ces peignes carrés, taillés à la main dans de la corne, que nos femmes apprécient plus que tous autres. Une bonne partie de ce bazar déborde sur le trottoir comme d'une corne d'abondance.

Il n'a pas bougé, droit sur sa banquette doublée de feutre, attitude vigilante, Bab'Ammar. Craint-il pour sa camelote déployée, répandue à même le sol au risque d'être foulée aux pieds ? « Erreur ; me volerait-on quelque chose, confie-t-il quand on lui en fait la remarque, que ça ne serait qu'une bagatelle. »

Fodeïl, qui l'observe du coin de l'œil : *Bon, il ne surveille pas plus son fatras que la rue. Mais alors sur quoi se porte son intérêt ?*

Assis dans l'antre tout en profondeur de la boutique, lui aussi est captivé par les éclats que la pétaudière insolée envoie, décoche par la porte. Un éblouissement météorique, éberluant jusqu'à la suffocation, meurtrier.

Meurtrier, se dit Fodeïl.

Comprimée en travers de sa gorge soudain sèche, la plainte se fraie un passage, ah... Flot de passants, flot de pensées. Même flot. Et de nouveau submergé : *Il n'y a pas de force à barrer la route aux morts que nous traînons à nos trousses, si ce n'est... notre mort. Mais, nous morts, tous les morts auront vécu, depuis le premier, et à nous les beaux jours. Alors que, nous vivants, ils nous filent le train, mettent leurs pas dans nos pas, un chemin tout tracé. Moi vivant, mon géniteur, je le porte sur mes épaules. Il est loin d'être dit qu'il ait, dans son état sursitaire, fragile, irrésolu de mort, proféré son dernier mot. La preuve ?*

Il est là, Fodeïl, cerné par ses divagations, les yeux sur la porte, sur le délire de la rue. La preuve... Il a oublié quelle preuve. *Je suis devenu un autre. L'autre, cet autre qui transporte la connaissance de sa mort inévitable.*

Tout un temps naufragé durant lequel le vieil homme, lui, n'a émis un son. A le considérer, on peut se demander si, abîmé dans sa vision autant que Fodeïl l'est dans la sienne, il ne prête que l'oreille et à quelles voix, quels bruits ; ou à quelles assignations au-delà.

Fodeïl, la pensée repartie la bride au cou : *Mais pour le moment, c'est la guerre. Quelle guerre ? Celle que les nôtres se livrent à eux-mêmes ! Les images de cirque qui défilent devant cette porte, la danse histrionesque, macabre qu'un dur soleil chauffe à blanc. Elle est là. Là, présente sous toutes sortes de masques. Présente, imprévisible et civile. Agressions. Attentats. A la voiture piégée. A la hache. Au couteau de boucher. A tire-d'aile-tire-de-balle. Une fête. Et populaire comme il se doit pour une fête nationale. Point d'invitations lancées, nous y sommes tous conviés, c'est annoncé à son de trompe. Fête avec, pour première diva à se produire, s'exhiber : la mort ; et dernière à tomber le masque et frapper, saigner, effacer. Carnage contre excès de vie. La même se charge de convoquer les caméras.*

On ne sait qui tient le couteau, la hache, la kalachnikov. *Je ne sais pas. Le neveu ? Il frappe, saigne, efface l'oncle ? Non ? Le beau-frère ? Il frappe, saigne, efface le beau-frère ? Non ? Le voisin ? Il frappe, saigne, efface le moutard du voisin ? Tous. Frais, et toutes choses égales, les nouveaux morts remplacent les morts de la veille. La noria tourne, abreuvée de sang, il n'est de jour qui se suffise de sa peine.*

Fodeïl, l'œil envahi par la rue : *Sur cette terre, la lumière déjà, saharienne à sa façon, nous désincarne.* Il se secoue : dans le cadre de la porte, le présent dure, inchangé. On lorgne vers le vieil homme raide et probe sur son siège. On ne résiste pas à l'envie de le provoquer :

– Chez nous, une jeunesse, bien montée en graine d'ailleurs, croit pouvoir trouver une réponse à la question *qui sommes-nous ?* en égorgeant à tour de bras hommes, femmes, enfants, sans oublier les nourrissons. Diriez-vous, ami, que le résultat est à la hauteur de leurs desseins, qu'ils ont obtenu, ou qu'ils obtiendront cette réponse ?

Aucun signe n'indique que ces propos aient atteint l'interpellé. Il n'a en quoi que ce soit changé d'attitude, d'expression. Sous la bourre de la barbe, ses oreilles restent sourdes. Vigie en haut de ses mâts, les yeux visant loin au large : comme il se tient, sa contention le laisserait croire. Et pense Fodeïl : *On ne saurait mieux souligner l'inanité dérisoire de ce débat.*

Une main reposant dans l'autre, le vieil homme, planté sur son banc, tous sens tendus, se hausse donc du col. Non qu'il guette l'arrivée d'un hypothétique client ; le moindre de ses soucis. *Il attend,* se dit Fodeïl, *ce que nous attendons quand il n'y a plus rien à attendre.* Puis, par jeu, se citant lui-même : *Et si Dieu est la réponse aux questions sans réponse ? Cette réponse à laquelle ne prépare nulle question ?*

Sans être parti, il revient, ce que fait Bab'Ammar, qui articule :

– Pour ma part, j'en doute.

– Je suis de votre avis. Est-ce indispensable même de l'obtenir, cette réponse ? Quel prix devrions-nous y mettre ?

Le bon jeune homme a droit à un discours :

– Il n'y a pas de réponse, irions-nous la chercher aux Indes. Et supposons que nous en rapportions une, il n'y aurait guère lieu de penser que nous serions plus édifiés. Dire : *on est,* serait déjà trop dire, trop s'avancer.

Ils chantent sur deux portées différentes. Mais alors, quelle malicieuse alacrité trousse les yeux et chaque trait de Bab'Ammar ; la portion de ses traits, nez, pommettes, front, que ne dévore pas la toison givrée qui lui sert de barbe !

Par le fait, vous ne m'apprenez rien, ami, pense Fodeïl. Cette confirmation, cette eau apportée à son moulin, n'empêche : elle le réjouit. Il s'en réjouirait davantage. *Si ce contentieux avait crucifié la génération des Bab'Ammar comme il nous crucifie. S'il avait peu ou prou tracassé nos parents. Eux dont la mission prioritaire, considéraient-ils, était de nous mener, enfants, à la schlague, et nous inculquer le respect, leur marotte. Un sacré respect dû d'abord à leurs personnes. C'était leur réponse. Ils n'auraient pas toléré qu'il y en eût d'autres. Une loi en tout cas sur laquelle mon père se fondait et, lui, fort de son bon droit, renchérissait. Sans avoir à entrer dans une de ces colères barbaresques que nous lui connaissions, son inflexibilité hautaine suffisait à nous faire, nous, courber l'échine. Il était de la trempe des hommes dont on ne discute pas les ordres. Il incarnait la Loi. Moïse taillé dans le marbre. Ce regard que, ne disant mot, vingt dieux, il arrêtait sur nous ! Nous serions rentrés sous terre et ça n'aurait pas été assez. Le pire, c'était quand ses yeux se chargeaient d'ironie. De nous voir nous prosterner à ses pieds ? Je lui aurais sauté à la gorge. Mais sous l'abri de sourcils hirsutes, ces mêmes yeux, d'ambre à la lumière, d'obsidienne à l'ombre, me tenaient à distance, cloué sur place. J'étais un loup blessé prêt à lui sauter à la gorge, et je ne sautais ni ne hurlais : au fond de moi, je trouvais naturel son comportement. Eût-il été différent, j'aurais refusé de l'admettre, de m'y résigner. Mis à part le poids de nos existences, ce père portait sur ses épaules, sans plier, celui de notre passé, de nos traditions. Sa dureté nous paraissait légitime. Nous y survivions. Et avec toutes les raisons que nous avions de maudire notre sort, nous n'étions pas les derniers à tenir en grand mépris les hommes qui ne lui ressemblaient pas. Toujours est-il que, de ma propre faiblesse, j'avais fait vertu, quant à moi. Concentré, embusqué en mon for intérieur, j'avais élaboré une stratégie : je lui abandonnais ma dépouille, ce que je n'étais pas, et le narguais. A ma façon, je prétendais à autant de volonté que lui. Je n'étais pas pour rien son fils. Et tandis que les mauvais traitements que je le voyais m'infliger ne me portaient à céder qu'en apparence, je m'investissais de plus en plus dans mes tranchées. Et de plus en plus, je lui échappais. Durant ce temps, lui, continuait sur sa lancée, ni pire ni meilleur, fidèle à ses habitudes, fastidieusement tyrannique, partagé entre sa passion invétérée de l'autocratie et sa passion non moins invétérée du travail. Mes grands-parents lui avaient laissé en héritage nombre de propriétés qu'il faisait fructifier et, comme eux, il ne dépensait un sou qu'il n'eût commencé par gagner. Une éducation d'un autre âge, dont il ne s'avouait pas qu'il était l'un des rares adeptes encore. Ces biens, en tant que son héritier, j'en dispose à mon tour. Je n'ai à m'en occuper ni de près ni de loin, ils prospèrent d'eux-mêmes. Je n'imagine jamais mon père avoir été jeune. De pareils souvenirs, – ils me sont un crève-cœur. L'insistance avec laquelle ils me poursuivent aussi. Mon secret dépit est de n'avoir point osé lui montrer combien je l'aimais, l'approuvais. C'est l'échec de ma vie.*

Avant qu'ils ne s'en soient aperçus, elle s'est trouvée là, présence indubitable, péremptoire, en blue-jean et petite veste sur un tee-shirt blanc, une quantité de cheveux sur la tête, une quantité lui dégringolant par-dessus les épaules en cascades, en boucles plus ou moins serrées. Le visage. On ne lui voit pas de visage, comme elle se campe, le dos tourné à l'embrasement soufflé par la porte. Si ce n'est que, par instants, le blanc de ses yeux ou de ses dents lance une escarbille.

Le bras tendu, elle montre le peigne qu'elle tient dans la main ; elle raconte d'une voix rigolarde, nullement intimidée par les deux hommes, Bab'Ammar si vieux qu'il paraisse, Fodeïl, lui, n'en parlons pas, elle dit :

– Fichtre si je pensais que ça se trouve encore !

Fichtre ! ainsi s'est-elle exprimée. Elle a poursuivi :

– Ma grand-mère en possédait un pareil, je m'en souviens, juste comme celui-ci. Mais on ne sait pas ce qu'il est devenu. Il m'en faut un aussi, le même. Avec moi, les peignes qu'on vous vend aujourd'hui, tout longs et en plastique, ne durent pas. Ils ne tiennent pas le coup, si vous voyez ce que je veux dire. Deux, trois fois je les utilise et, crac, ils cassent, adieu. Combien ?

– Cent, dit Bab'Ammar.

Il a donné ce prix, cent. Fodeïl n'aurait pas été surpris de l'entendre inventer n'importe quel autre chiffre.

Des vocalises en forme de cris d'orfraie accueillent sa réponse :

– Cent ! Ouh, ouh, tant que ça, oncle !

– C'est de la corne. Tes enfants et petits-enfants s'en serviront encore.

– Me parlez pas de petits-enfants ! Et pour les enfants, je ne suis pas pressée. Cinquante. C'est tout ce que j'ai. Je vous signale que j'aurais pu vous le chiper et vous n'auriez vu que du feu.

Là-dessus, elle part à nouveau de son rire flûté.

– Dans ce cas, emporte-le en cadeau, propose Bab' Ammar.

– C'est pas vrai ?

Le vieux marchand opine du bonnet et de la voix :

– Que si. Puisque tu as tenu quand même à le payer.

– Merci, grand-père ! Ciao !

Du bout des doigts porté à ses lèvres, elle adresse un baiser à Bab'Ammar et tout en rires s'éclipse comme elle est apparue, alcyone engendrée par les torchères de ce jour, puis dévorée par elles. Avant qu'on ne s'en soit aperçu, elle n'y est plus. Volatilisée, partie dans les flammes de la rue, abstraction faite du carillon attardé de sa voix.

Les filles d'aujourd'hui, se dit Fodeïl. *C'est ça, qu'on le veuille ou non.*

Mais le vieil homme :

– Si elle se retrouve assassinée à quelques pas d'ici, son peigne ne lui servira pas à grand-chose.

Fodeïl, sa respiration s'arrête : *Dieu bon, détourne d'elle le couteau saigneur.*

Suit entre les deux hommes le silence des grandes implorations.

Et dit à la fin Bab'Ammar :

– Parce que c'est une fille.

– Et les hommes, eux, alors pourquoi ?

– Parce qu'ils sont des hommes.

– Et les enfants ?

– Parce qu'ils sont ce qu'ils sont : des enfants.

Et maintenant on attend que ça se produise, ça ou un prodige, ou quoi que ce soit d'autre. On attend, même quand il n'y a rien à attendre. A la dernière minute, à bout de patience, on se dira encore, c'est sûr : pas aujourd'hui, ça sera pour demain... Et on remet l'attente au lendemain.

C'était hier, et aujourd'hui, eh bien, c'est un autre jour – peut-être de bon augure ? Quatre heures de l'après-midi sonnant aux horloges de la cité, Fodeïl arrive, ponctuel. Sur un *salam aleïkoum*, il entre, prend possession de son siège, la place toute désignée, immuable.

Il laisse passer un moment.

– Quelles nouvelles, Bab'Ammar ? Vous ne dites rien.

Le vieux bonhomme ne descelle pas les lèvres. Parce que, quelle réponse donner à ce genre de questions ? Il garde sinon les yeux braqués sur l'embrasure de la porte et sur les pantins qui s'y profilent, ces derniers vite remplacés par des copies conformes saisies des mêmes convulsions cloniques ; aussi pandiculantes, aussi phantasmatiques... A moins qu'il ne soit en prière, Bab'Ammar ? Il en a l'air.

Puis sans changer d'attitude mais néanmoins présent à ce qui se passe autour de lui, il prononce :

– C'est tout ça.

– Tout ça ?

– Oui ! Toutes ces tueries chaque jour plus hideuses que celles de la veille !

– Rapport à ce qui s'est passé cette nuit ? Vous avez pensé à la petite jeune fille d'hier...

– Comment ne pas y penser ?

– Évidemment. Comment ne pas y penser ?

Malgré ça, Fodeïl s'étonne un peu. L'homme s'est battu pour l'indépendance du pays : en fait d'horreurs, en son temps, il a dû en voir. Le garçon l'observe. *Il est vrai qu'aujourd'hui nous nous exterminons entre nous.*

Il observe le vieil ami retombé dans son silence. *De quoi vais-je me formaliser ? Oh, Bab'Ammar, que seriez-vous sans vos silences ? Protégez-les, si précieux sont-ils. Protégez-vous.*

Comme vous êtes, je vous prends et vous dois le respect. Saurait-on mieux faire ?

Le modeste sage continue d'afficher un mutisme en passe de devenir chez lui un moyen de tenir tête au monde, de le toiser de haut en bas et recommencer de bas en haut. Un moyen, une manière en rien sombre, Bab'Ammar serait plutôt un luminaire vivant. S'il a fait jadis ce que l'Histoire lui avait dicté de faire : brandir une arme, il est pour l'heure le dernier homme à le refaire alors que tout vous y invite. Il a dû comprendre qu'à user d'armes, on use son pécule d'humanité comme à dévider le quotidien chapelet de meurtres la langue s'use et, à l'entendre, les oreilles s'usent, et la colère aussi en fin de compte. Ne se renouvellent pas les larmes au contraire de l'inépuisable, l'inépongeable marée noire qui poisse mouettes et hauts voiliers du cœur.

La parole revient chez Bab'Ammar, égale, les mots se détachent, d'une belle frappe :

– Que fait Dieu quand il veut perdre la fourmi ?

Il lui donne des ailes, pense Fodeïl.

N'attendant pas la réponse, le vieil homme dit :

– Il lui donne des ailes.

– Et quand Dieu veut perdre l'homme ?

– Il lui donne des armes.

Fodeïl signifie son accord d'un mouvement de tête. Sortant de ses gonds, soudain Bab'Ammar s'emporte :

– Mais... où veulent-ils en venir, ceux-là !

Il est prêt à poursuivre sur le même registre, quand un sourire affleure dans ses yeux, et Fodeïl y va d'un sourire de connivence.

Bab'Ammar dit alors :

– N'est-ce pas que ces tueurs sont un peu jeunes ?

– Ils sont un peu jeunes ?

– Tout se passe comme si on est allé trop loin pour eux.

– Comment ça, trop loin ? En quoi ? Et qui ? On est allé trop loin, mais qui ?

– Le pays, les événements. Nous ! Loin en avant, en tout.

– En tout ! Qu'est-ce que... Et jusqu'où trop loin ?

– Plus loin qu'ils ne sont jamais parvenus, eux, malgré leur aptitude à la course, les chiens, les fous qu'ils sont. Et les voilà maintenant à vouloir, dans leur petite tête, ramener tout le monde en arrière, le plus loin possible en arrière, au temps de la Prédication.

Fodeïl hausse les épaules :

– Il est à craindre que ce ne soit trop tard.

– Pas pour eux !

Fodeïl hausse encore une fois les épaules.

Bab'Ammar réaffirme :

– Pas pour eux.

Il n'y a que les visions entr'aperçues à travers l'échancrure de la porte qui intéressent du coup Fodeïl, le captivent ; ces figures qui, dans leur danse, fendent la rue mais pour resurgir, identiques, sur leurs propres traces, et revivre leur damnation.

Bab'Ammar se met en frais inhabituels de conversation, désireux à l'évidence que certaines choses soient dites.

– Notre temps les ignore. Et à leur tour, ils ignorent notre temps et tous les temps. La société les oublie ; alors ils font fi de la société.

Il élève de plus en plus le ton sans, semble-t-il, s'en rendre compte :

– L'essence les hante, c'est d'elle seule qu'ils relèvent, croient-ils. Et la voix de l'origine est la seule dont ils veuillent entendre l'appel. Si fort les somme-t-elle qu'ils en perdent le jugement, et deviennent sourds au reste, à tout le reste.

Ramenant ses regards sur le patriarche, Fodeïl demande à brûle-pourpoint :

– Et ça les avance à quoi ?

– A quoi ! Je ne sais pas. On ne sait pas.

Mais on le voit chercher une réponse plus satisfaisante, Bab'Ammar. Il réfléchit. Ce qu'il trouve à dire :

– Un appel à quoi on n'obtempère que par la destruction de ce qui est. Le retour à l'origine impose de faire table rase du temps, de l'Histoire...

– Et de quoi encore, à part ça ?

L'essence ? L'origine ? Une abomination ! Fodeïl enchaîne :

– Ils n'y réussiront jamais ; ça ne marchera pas.

– Ils auront accumulé des morts et des ruines en attendant...

– Pour ça, c'est bien parti !

Un sourire monte encore, étrange, aux yeux du vieil homme, lequel lâche crûment :

– Ils s'imaginent, sur cette voie, aller à la rencontre de la Face sainte, et c'est le Diable qui leur montre son cul...

Fodeïl n'a pas rougi. La tête tournée de côté, il a étouffé un rire. Le bonhomme n'aura pas fini de le surprendre. Et le trait final :

– ... l'origine aura de nouveau triomphé, l'origine alors régnera.

– On sait que le ciel est au-dessus de soi. On ne sait pas toujours qu'on peut le recevoir sur la tête.

Quel sens prêter à une réflexion née d'elle-même sur ses lèvres ? Le jeune homme se le demande. Qu'a le ciel à faire ici ? Puis, envoyant paître ses pensées, il laisse courir. Suffit. Il reporte son attention sur la rue, sur la foule qui ne l'engorge que pour la vider. Une pompe. Une pompe aspirante et foulante. Ne fonctionnant qu'à grand renfort de spasmes, de hoquets. Et que révèle-t-elle, blessure incandescente, cette porte à la fin des fins : le chaos tout nu.

Les yeux pleins de la tumultueuse mêlée, Fodeïl, *aujourd'hui je me réfugie dans une boutique. Qui au monde peut le moins du monde s'en douter ! Mais déjà du temps de Père, de Mère, du vaste cercle familial comme de l'énorme domesticité qui les entourait, servait, nul ne se serait vanté de savoir où le gars Fodeïl se terrait, dans quel repaire de notre maison, une habitation qui tenait, qui tient toujours, sans exagérer, de la citadelle, de l'alcazar, plus que d'une résidence de ville, de quartier. D'ailleurs, foi de réfractaire né, pas un de sa myriade tournaillante, déambulante d'hôtes n'aurait été à même de vous préciser le nombre de ses couloirs, réduits, bastions, cours, niches, recoins, défilés, mezzanines, culs-de-sac. Excepté moi. Aucun, personne, parmi les plus fouineurs d'entre eux, sauf moi qui, pour être à l'abri de ces importuns, m'étais borné à choisir une pièce perdue dans la multitude de celles qu'on y comptait et compte davantage à présent que n'y vont rôdant que des fantômes... Une malle, une table, une chaise, un matelas étendu à cru sur le carrelage constituaient alors mon ameublement ; ça n'a pas changé, après qu'il n'y a eu, pour disposer de notre maison, que moi. Une malle, une table, une chaise, un matelas. Dans la malle se trouvent rangées mes affaires : habits, objets à mes yeux d'un certain prix, tel par exemple un caftan ayant appartenu à Mère, ou cette tasse ancienne de porcelaine fine. Le caftan plus que tout m'est cher qui, en velours soutaché d'or, conserve sa miraculeuse fraîcheur et, on peut le dire, sa splendeur, bien qu'il soit impossible d'en effacer les plis désormais définitivement imprimés dans le tissu. Mais, chauds, ses ors, qui ne se sont pas ternis, pas fanés, brillent de leur éclat originel sur le violet profond du velours. Ce vêtement d'apparat, j'avais eu l'idée, il y a déjà quelque temps, de le passer, et j'avais constaté qu'il m'allait à merveille. Il était magnifique sur moi avec ses rangées de boutons de nacre qui ornent les manches à partir du poignet jusqu'au coude, avec ses broderies, ses piqûres, ses ganses rutilantes. Je n'avais pu me résoudre, avant un bon moment, à l'ôter. Et je n'y ai plus touché par la suite, il repose dans ses plis au fond de la malle. Ce monde, ne débordait-il pas aussi de beauté, de tendresse, d'enjouement ?*

Trois noires dégaines de mecs, de jeunes mecs, trois silhouettes, échappées à l'éblouissement de la rue, s'inscrivent dans le cadre de l'entrée. Trois, elles sont ; elles y restent inscrites.

Puis une s'avance, n'hésitant pas, se dirigeant vers Bab'Ammar. S'avance. Le contre-jour lui plaque un masque sur la figure, on ignore aussi de quelle source indéterminée procède la parole, émane la voix hargneuse qui dit, crache :

– Vieux bâtard de fellagha, que n'as-tu laissé tes os dans les montagnes ? Tu as eu tort. Soi-disant vous êtes allés, armes à la main, chercher la justice pour tous. Où est-elle, cette justice ? Qu'est-ce que tu en as fait, hein ? On l'attend. Mais tu n'as rien perdu pour attendre, barbe de bouc. C'en est fini de vous maintenant. Vous allez y passer les uns après les autres. Vous allez tous vous rejoindre en enfer. Ton âme tient à peine, pendue au bout de ton nez et quand même tu t'accroches à la vie. Pour avoir une peau aussi dure, il n'y a que des bâtards de clebs. Tfou !

Apparaît dans sa main – d'où sorti ? – un couteau de boucher dont, effilée à la manière d'un navaja, la lame a dardé un éclair. Les nattes entreposées dans l'humidité de l'arrière-boutique exsudent une odeur d'alfa surette, écœurante. Il les respire, Fodeïl, ces relents. Il trouve que ça n'a jamais senti aussi fort là-dedans. Il renifle, un coup. Il suspend son souffle, un coup. Il se rappelle, un coup. Et, un coup, il ne se rappelle plus. Puis il se rappelle. Il y a là une longue perche garnie à un bout du croc avec lequel souvent lui-même tire le rideau de fer pour aider Bab'Ammar à fermer son magasin. Il a conscience de l'avoir près de lui, dressée contre le mur, à sa gauche, puis n'en a plus conscience. Dans la rue, sous l'impitoyable insolation, la bousculade confine au burlesque. Sans perdre ce spectacle de vue, les yeux écarquillés, lui qui s'est rappelé cette perche, ne se rappelle plus comment il s'en est saisi, l'a pointée contre l'agresseur, et comme elle a été assez longue pour lui enfoncer son croc dans la poitrine, au tueur, le culbuter, lui faire pousser un glapissement de bête, au tueur qui, avant d'aller cogner le sol du crâne, a eu le temps de changer son coutelas en projectile et Fodeïl a vu ce projectile voler vers lui, l'a vu effleurer sa tempe, le coutelas se serait fiché dans son œil droit s'il n'avait pas écarté la tête, pas trop, ce qu'il fallait. Mais déjà les complices – qui attendaient à la porte – avaient bondi à l'intérieur, avaient, chacun sous une aisselle, soulevé, ramassé l'autre, le tueur, et emporté. L'impression qu'un liquide chaud, poisseux, s'est mis à lui couler dans le cou, puis sur le revers de la veste, puis sur la chemise, agace Fodeïl. Énervé, il y porte la main. Il annonce en s'esclaffant :

– Tiens, j'ai l'oreille fendue !

C'était hier.

Aujourd'hui, eh bien, c'est un autre jour. Sur le coup de dix heures, Fodeïl s'amène, entre. Bab'Ammar assis, droit sur sa banquette matelassée de plusieurs couches de feutre, reste le regard fixé sur la porte, elle-même assez semblable à une orbite ouverte sur des damnés enveloppés d'éternelles flammes. Ce n'est pas qu'il veille sur sa marchandise, en bonne partie échouée dehors, en travers du trottoir, le jeune homme ne s'attendait pas à le surprendre dans une posture autre que celle où l'on attend encore quand il n'y a rien à attendre.

– Salam aleïkoum.

Bab'Ammar répond à la salutation par un hochement de tête. Comme, sans ciller, il n'a d'yeux que pour la combustion de la rue, il demeure. Il ne se retourne pas davantage lorsqu'il demande :

– Et cette oreille ?

– Cette oreille, oh là là !

Tout en s'installant à sa place, la place à lui assignée en jouissance exclusive, le garçon plaisante :

– C'est à peine une égratignure. En sortant d'ici, je suis passé dans une pharmacie et voyez un peu le pansement dont on m'a gratifié. Je n'en suis pas mort. J'avais besoin d'une petite saignée.

– La mort, dit Bab'Ammar.

Il fait une pause, le regard couvant à la fois ses pensées et la porte.

– Elle connaît son heure, achève-t-il. Elle n'arrive ni avant ni après.

Il se tait, revenu à sa contemplation, la ville de Tlemcen

reprend, poursuit son monologue, raconte. Raconte, les deux hommes écoutant ou n'écoutant pas.

Échauffé, le pavillon de son oreille entaillée élance Fodeïl par moments. *La boutique n'empeste plus l'alfa suri comme hier*, note-t-il.

Rosées de sang

Il n'y avait plus qu'eux deux. Ou qu'elles deux ? La nuit durait. La montagne aussi. Et, juste posé sur la montagne, un ciel de givre qui se mettait à éclaircir. À obscurément éclaircir. La montagne, elle, qui leur faisait face, tout en éperons de rocaille, en bouquets d'épineux : des spectres empoussiérés de neige, blancs déjà, – saisis.

Ils (ou elles ?) n'étaient que deux. Autant dire deux fantômes, eux qui grimpaient depuis un moment. Qu'eux deux, seuls, séparés des autres. Ou qu'elles deux, seules, séparées des autres ? Moins des figurations particulières au monde des vivants qu'âmes égarées dans ces solitudes aveugles encore de leur nuit, ils (ou elles ?) grimpaient, se pistant, se rentrant dedans. Ou sur les deux, s'aidant parfois des mains, une probabilité de femme ; donc en tête, ne pouvait aller qu'une présomption d'homme. Si ça montait ? Ça montait dur. Quand tous deux ne donnaient pas dans les griffes acérées qui armaient ces plantes, tous deux donnaient du pied dans les caboches de pierre.

Les couinements des roquettes, le brocardage des mitrailleuses, ce qui dégringolait comme bombes, devait piler, fouir, dévaster le maquis de Bounab, sur des hectares. Tout ça fini, laissé derrière soi. Fini, la corrida en haut des hélicoptères, en bas des chars d'assaut. Et maintenant que, deux ils étaient ; un homme, une femme autant dire. Qu'eux deux. Fini même le barouf qui les avait poursuivis, puis qu'ils n'avaient plus entendu que de loin, ces bourrades dont la terre frémissait. Normal, ils n'avaient pas demandé leur reste. Et à présent, rien ; des rescapés, ils étaient. Qu'eux deux, ils étaient. Ils escaladaient la montagne, on aurait dit un mur. Ils s'échinaient dessus à la toucher du pif. Ils ramaient et ni l'un ni l'autre ne râlait.

En levant le nez, toute d'albâtre aux abords du ciel ils l'auraient vue, la montagne. Pas le ciel, en mal de jour encore, un blanchoiement neigeux. Cela n'exhalait d'autre odeur que celle du froid. Un tel froid. Glaçant toutes les odeurs, et glaçant tous les bruits, autant dire, à leur source. Cet air comme s'il voulait, la respiration coupée, immobile, comme s'il voulait qu'on oublie son existence. Ils montaient, l'homme, la femme, à la force du jarret ; parfois du poignet, la femme. Et l'homme aussi, des fois. Homme et femme, comme ils paraissaient être et comme non plus ils ne respiraient davantage qu'il ne fallait, plaçant chacun de leurs pas où il fallait sans davantage de bruit. Sans davantage de bruit, même ici loin, dans la montagne, dans la neige qui ouatait leurs piétinements. Homme et femme, si tant est qu'ils fussent n'importe quels mortels et non des fantômes animés, quand ceux-ci auraient été de même taille.

Ce que ne pouvaient, eu égard à leur nature, être ces avortons de rochers ou ces cornichons de buissons qui ne savaient que jouer, habillés de linceuls et figés, aux mauvais esprits et leur barrer la route.

Cependant la neige si légèrement sassée autour d'eux, sur eux, ne perdait pas son temps. La neige en passe d'enterrer sous une couche de sucrerie trognes de pierre, chênes nains, lentisques, arbousiers, cistes, d'effacer la montagne. Ni eux, les seuls êtres vivants, guère au bout de leur peine, qui montaient. N'en finissaient pas de monter, de souffler, transpirer. N'échangeant mot. Ni aucun *Merde !* ni quelque autre parole malsonnante. La femme veillant surtout à ne point laisser la distance gagner, se creuser entre elle et celui qui allait devant, et y réussissant. Il pouvait bien aller de l'avant : elle, sur ses talons, ne le lâchait pas d'une semelle.

Puis le jour glissa un fil de rasoir à l'orient ; ça en resta là. Quel qu'il fût, l'individu se retourna comme pour lancer à sa compagne, quoi : une kalachnikov brandie ? Mais le mouvement ébauché se réduisit à un passage de la main à la main. Une livraison peu gracieuse. Il n'aurait plus manqué que pareille faveur fût gracieuse. Et dans une sombre urgence, sur un ton qui ne souffrait pas de réplique, il jappa :

– Garde-moi ça deux minutes et ne bouge pas d'ici. Tu entends ? Ne-bou-ge-pas-d'i-ci.

Son visage, on le discernait à présent dans les lueurs obliques de l'aube : il s'abritait jusqu'au ras des yeux sous une barbe d'homme des bois. Un masque qui lui était autant dire naturel, qu'on n'aurait pu lui arracher. A la place du regard absent, il promenait un rayon noir, magnétique ; de-ci de-là.

Plus bas encore, entre ses dents, il maugréa :

– J'ai besoin de me donner de l'air.

La femme traduisit dans sa tête : « Un besoin pressant l'a pris, qui lui tord les tripes. » Elle, une jeunette, ne levait pas les yeux, elle les fixait à terre et ce qu'elle vit dans la neige, elle n'aurait pas dû le voir, elle se vit faire ce qu'elle n'aurait pas dû faire... *Elle-moi retirait, arrachait leurs bijoux à des femmes saignées, mortes ; elle c'est moi, et je les dépouille de ces bijoux ; nous intervenons une fois qu'elles sont abattues, achevées, moi avec les autres filles du groupe d'attaque. Il le faut, nous sommes forcées, une fois que les hommes ont fini leur œuvre. Des bijoux de paysannes. Rarement en or. De l'or, il y aurait de quoi rire. Et leur sang est frais sur elles, leurs plaies du cou, béantes, palpitent encore.*

Lui, avisait où, à l'écart, poser culotte.

– Ne bouge pas d'ici et ouvre l'œil, grognait-il. Compris ? Ouvre l'œil ! Sinon...

Elle se plantait là : « Bou Benani de pierre, sur place, je reste », se disait-elle, n'en pensant pas moins. Sardonique, n'en pensant pas moins : « Assassin, violeur, mais il ne dira pas je vais chier, il dira je vais me donner de l'air. »

Elle lui expédia une courte rafale dans les pieds.

Une AK 47, à force elle avait appris comment ça se manie.

– M'en fiche ! Où t'es, tu chies. Tu crois pas que j'ai vu pire ?

Il avait poussé, le grand chef, un *Aaah !* Le pays en avait retenti, non compris les échos. Et il tomba du haut de sa hauteur, mordit la maigre neige de cette pente d'où il dominait la fille. Et là, il bouclait sa grande gueule, y avait intérêt ; il se tenait les chevilles en se tortillant le popotin.

Et la fille, elle : « C'est ma chance. Ma dernière chance. Il ne faut pas ? Seigneur, c'est l'occasion ou jamais. »

– Vas-y, l'encourageait-elle, mais vas-y, fais. Fais dans ton froc, tant pis, c'est la guerre.

Elle avait pris du champ pour se mettre hors de sa portée.

Le petit-père ne faisait que béer de ses yeux d'icône, insondables au point où on n'aurait imaginé une pensée s'en venant les effleurer, troubler. « Même lorsqu'il égorge les gens ; même après. Après avoir aligné plusieurs cadavres. Ces yeux frangés de cils touffus de femme. »

Elle ne le comprenait toujours pas. Il se l'était octroyée aussitôt qu'elle avait été enlevée avec d'autres filles de son village. Cela lui avait valu, parmi toutes, d'avoir la vie sauve. Elle ne le comprenait pas. Ne comprenait pas pourquoi elle ? Mais quelle importance maintenant ?

– J'suis qu'un paillasson pour toi, pas vrai ? Ben, cette fois, c'est mon tour, je veux te voir chier dans tes godasses et le manger.

Comme aspiré par le fond, le regard que présentait le bandit ne se dérobait ni ne chavirait sous celui que sa prisonnière osait darder sur lui.

Il gronda :

– Fille de malheur. Attends un peu, et tu verras...

– C'est tout vu.

Elle lui tira une autre rafale en travers des tibias. La neige s'emperla d'une rosée de sang. Lui, n'y résistant pas, l'ouvrit de nouveau et hurla.

Elle dit :

– Qu'est-ce que t'espérais ?

Il se mit, suffoquant, à écumer :

– Par Dieu, je t'aurai et, sois-en certaine, je ferai de toi de la pâtée pour chiens !

– Crie pas si fort. Tu sais que l'Armée est pas loin. Tu vas nous faire repérer.

Les épaules avancées, la fille, de sa place, avait allongé

le cou pour lui susurrer ces mots. Le châle déteint dont s'emmitouflait sa tête, noué sous le menton, lui faisait un visage en cœur et des joues plus rondes que nature. Ces joues avivées par l'effort de l'ascension, ce cœur à la pointe affûtée, rouge du même feu, et la bouche, petite, pleine, enfantine, qui remuait rouge aussi : quinze-seize ans, côté âge ? Mais côté corps, pardon, autant dire un portefaix si peu que s'en devinait le volume sous le vestige d'imper sanglé d'une corde autour de ses reins.

Elle ne baissait plus les yeux, elle les braquait droit devant elle, à présent. Étroites meurtrières en amande, c'étaient ceux presque d'une Asiate. Elle observait l'individu à terre, cependant qu'avec de régulières décharges du nez, bouche close, il continuait de rugir. Elle l'observait sans état d'âme, et sans le voir, à la fin. Sans le voir mais voyant à travers lui ce qu'elle voyait : un étalage, une exhibition obscène. *Elle-moi comme les autres filles, en service commandé, courant de cadavre en cadavre, des cadavres encore chauds, et les soulageant de leurs colliers, boucles d'oreilles, bagues, bracelets – enfin tout ce qui s'appelait bijou. Mais elle-moi, sur une des mortes, n'y arrive pas, impossible de lui enlever sa parure de pièces d'or, le cordon en est coincé à travers sa gorge ouverte. Faut pourtant, ce collier, faut le lui ôter. Oter, c'est la vie sinon qui me serait ôtée.* Sinon, ce démon écroulé dans la neige me l'aurait fait payer. *Un démon qui nous tient tous et toutes à l'œil. Un, comme lui, je ne le souhaite à personne. Malgré des efforts désespérés, j'en suis incapable ; sa parure à la femme ne passe pas par-dessus sa tête, quand bien même, les doigts poissés de sang, je tire dans tous les sens. Rien à faire, ça vient pas. J'en avertis l'émir.* Ce taré qui se dit émir, celui qui se trémousse du cul dans la neige. *Parce que gare si des fois t'oublies de l'informer de tout et du reste, même que t'aurais qu'une envie de pisser. Je l'informe donc. D'un mouvement du menton qu'il fait, les sourcils froncés, vers un de ces autres fumiers, celui-ci s'amène et, d'un seul coup de machette, tranche ce qui restait de cou à la malheureuse. Ce foutu collier de merde, je peux alors le récupérer. Détachée du tronc, la tête ne fait plus obstacle. Mais ce qu'ils sont gluants, tous ces louis, sur leurs tresses de soie emmêlées et trempées de sang. Elle rentrait d'un mariage ou quoi ?*

Nasonnant dans sa barbe d'hominien, l'émir débitait de sombres menaces une fois et, la suivante, il mâchouillait des plaintes, c'était selon.

– Clébarde ! Tu... tu verras... tu ne perds rien... rien pour attendre...

Il avait été renversé sur le dos par les dernières balles reçues et, néanmoins, il était parvenu à se remettre sur son séant.

Elle, ses esprits recouvrés, n'eut aucune peine à lui répondre :

– Et toi, qu'est-ce que t'es ? Une hyène puante ? Tu sauras au moins ça de toi : une hyène puante, qui n'a jamais su que se gaver de cadavres et que venir ensuite se ventrouiller sur moi.

– Fille de la fange ! Fille de la honte ! Fille de... rah ! rah ! houm !...

Un accès de toux s'empara de lui, amalgamant paroles et graillons dans sa gorge.

Elle lui rappela :

– Mais t'avais envie de chier, non ? Garde pas ça en réserve, te retiens pas, vas-y. Chie sur toi, comme t'es assis. Un tas de merde tu seras tout toi-même quand on te retrouvera. Le plus gros tas de merde qu'on aurait vu dans le pays.

– Tu apprendras ce que je fais, moi, d'une traînée, d'une ennemie d'Allah, qu'il répondit. Tu verras.

– L'Armée, elle est juste derrière. Si, avant d'avoir fini de chier, tu tiens à lui montrer le cul, te presse pas et gueule plus fort. C'est ça que tu veux, grand chef ?

– Écoute, ennemie de Dieu. Sache... rah !... rah !... houm !

Une nouvelle quinte de toux lui avait cassé la voix. Un ergoteur, un branleur, ce n'était que ça, un grand chef ? Puis un brame accouché au forceps le fit s'écrier :

Louange à Allah qui nous a préférés
à beaucoup de ses serviteurs croyants.

– Que la bouche, cette bouche souillée de sang humain et pleine du nom de notre Seigneur, te tombe. Ce nom, tu ne devrais même pas le prononcer. Et toi, écoute ce que dit la sourate du *Voyage nocturne* :

Louange à Dieu !
Il ne s'est pas donné de fils ;
il n'a pas d'associé en la royauté.
Il n'a pas besoin de protecteur
pour le défendre contre l'humiliation.

– Hétaïre ! Prêtresse de Babylone !

– Aujourd'hui, la main divine s'est tendue pour t'abattre. Et, *'spera, 'spera*, à l'heure où, la bouche dégouttant du sang humain que tu as bu, tu te présenteras devant l'Unique, où tu feras connaissance avec sa poigne...

– C'est comme ça, truie, que tu parles à ton maître ? Moi, l'émir Adel ? Moi qui t'ai laissée en vie ? Moi qui t'ai nommée protégée de Dieu ? Moi qui t'ai sauvée de l'enfer promis à tes pareilles ? Je te maudis ! Moi, l'émir Adel, je te répudie et te maudis !

Toutes choses, si différentes qu'elles fussent les unes des autres, commençaient à se fondre dans le même blanc, à se confondre sous le même grésil vanné sur elles en toute quiétude, toute constance.

– Tu peux me maudire. Tant que tu voudras. Mais l'enfer, devine qui va y être jeté, et tout de suite ? Votre Honneur ! La fête a commencé pour lui, déjà sur terre. Il daignera bien, l'Émir des Croyants, endurer à son tour les plaisirs qu'il a prodigués à d'autres.

La femme, sanglots refoulés, le visa d'un jet de salive :

– Des plaisirs si vifs qu'ils en sont morts !

– Des mécréants, qu'ils étaient, et ils sont purifiés en ce moment par le sacrifice.

– La Divinité aime voir couler le sang, c'est ça ?

– Oui, le sang de ses ennemis. Dieu le veut. Dieu l'exige.

– Fais dans ton froc, tout à ton aise ; ça sera ta prière, avant qu'elle te ramasse, l'Armée que t'entends pilonner vos terriers de putois. T'auras gagné ta place dans les lieux du feu éternel où m'est avis qu'on va se demander : qui c'est ce pauvre chieur de travers qui tant se croit, tant se prend pour un seigneur et, attention, un seigneur de la guerre !

– Et toi, tu verras ce que tu vas gagner...

Dans la neige, autour de l'homme, la rosée de sang avait

élargi son aire. Il n'en avait guère conscience. Il ne semblait concentrer sa pensée que sur le mouvement de cette main, bête rampante, qu'il coulait vers le fourreau pendant à sa ceinture. Et maintenant elle se refermait sur plus qu'un probable coutelas, il serrait le poing dessus. Il n'avait, de tout ce temps, arrêté d'agonir la fille d'injures.

Elle aspergea de balles cette main, et le bas-ventre avec.

Le coco fit ce qu'on fait pour se débarrasser d'un objet répugnant : il secoua stupidement ses doigts broyés. Cent nouvelles étoiles pourpres s'épanouirent dans la belle neige. Il ne paraissait, de loin, avoir mesuré ce qui lui arrivait, il s'essayait encore à bouger. Mais il constata qu'il n'était plus qu'un cul-de-jatte et y renonça.

Ours hébété, taciturne, dodelinant de la tête, il s'accordait une pause. Si ç'allait être long, bref, cette pause, on allait voir. Il se reprit. Il repartit, toujours dodelinant de la tête, à se soûler de mots, à dégoiser anathèmes sur anathèmes, sur insanités. Il haletait, la voix oraculaire :

– Toi, vous tous, malebêtes suppôts du *Cheytan* dont la simple vue offense le Créateur, bientôt vous connaîtrez votre sort, tous ! Qui ne se soucie de Dieu, malencontre à lui vient. Offense pour offense, tel sera le Jugement. Telle sera votre fin. Tel votre châtiment !

Hors d'haleine, il croassa encore, il en eut la force :

– Quant à toi, c'est moi qui t'aurai, quoi que tu fasses.

– A beau plaider le Diable la cause de Dieu. Maintenant bouc d'Abyssinie, à tout seigneur tout honneur. Tu vas passer devant, en premier.

Des loupiotes elles-mêmes, quand il s'en trouve, sont immolées et nous, après ça, eh bien on leur enlève leurs petites boucles d'oreilles. Oh, la dernière... Dans des affres noires, Azraël !

Ravis-lui l'âme, à ce démon, dans des affres noires ! Lardée de coups de couteau, la chérie, je m'approche : elle suçait encore son pouce. Elle avait le bras tranché au ras de l'épaule et, ce pouce au bout, morte comme elle était, ce pouce, elle le serrait entre ses dents. Couchée, tranquille, les yeux clairs de tout leur bleu, parmi les autres, des adultes.

Mais chez la jeune femme, l'expression amère, dure, faisait insensiblement place à un mystérieux air d'enfance. Et même, il lui était venu aux yeux un (in)certain sourire qui demeurait à flotter sur ses traits alors que son regard, accumulé sous la ligne presque continue d'une tempe à l'autre des sourcils, était encore tourné vers celui qu'elle estimait avoir vaincu, non : avoir mis hors d'état de nuire. Pourtant ces yeux dont elle s'attardait à le considérer ne cherchaient qu'à scruter, au-delà, ce qui n'était pas lui. Au-delà, poudroyait la neige. Fine, légère, bruineuse, la neige à peine visible et sans force, eût-on dit, sauf que s'étouffaient monts et vaux dans sa pulvérulence. Et plus réel, trop réel, éberluant, au-delà, éclatait un autre degré de blanc. Où était-on ? Passé de l'autre côté du monde ? Et les gens ? Disparus ? Tous ?

Pas ce bougre, ce coriace qui, les fesses dans la neige, s'indignait, se disait émir et croassait de plus belle :

– Qu'est-ce qu'il y a ! Qu'est-ce que t'as à me reluquer de la sorte ? Vas-y, finissons-en ! Qu'est-ce que t'attends, vas-y donc, ne te retiens pas !

Puis il proféra, détaillant chaque mot pour, eût-on gagé, s'en convaincre lui-même :

– Quoi qu'il arrive, tu ne m'oublieras pas. Jamais.

– Monstre, si je me souviendrai de toi !

La fille perçut encore la fêlure qui lui brisait la voix dès qu'elle s'adressait à l'affreux barbu, à cet épouvantail, et de nouveau elle passa outre :

– Je me rappellerai comment tu mets à mort, entre autres, des nouveau-nés. A coups de branches d'arbre. Toi, de ta main, je t'ai vu. Sans qu'une fois leurs cris de chiots t'en aient empêché. Non, t'oublier ? Oublie-t-on la peste et le choléra une fois qu'ils t'ont carbonisé les os ?

– C'était faire preuve de compassion envers ces rejetons d'impies. Je leur épargne aujourd'hui d'avoir à supporter les péchés de leurs parents et, demain, avec le temps, d'avoir à en commettre d'autres...

Il toussota, s'interrompit et, de chaque coin de sa bouche, un filet de sang coula.

Il remit ça pourtant :

Louange à Dieu qui nous a préférés
à beaucoup de ses serviteurs croyants...

Une quatrième giclée de balles fit taire la voix de l'orgueil à son point d'émission : dans la poitrine. Et la fille :

– Profanateur de la parole divine !

Lui, ne bougea pas sous l'impact. Assis, il la dévisageait avec des yeux lugubres où des larmes commençaient à se former, puis qui allaient, une à une, se perdre dans sa barbe, cette vilaine barbe hirsute, sale.

La fille déposa la kalachnikov dans la neige, bien en vue. Lui, ne bronchait pas, une souche. Elle le contourna. Les odeurs cessèrent d'être secrètes, des effluves recirculaient. Des effluves ? Elle plissa les narines, c'était lui, il empestait la sueur, l'empois d'une vieille crasse, et qu'est-ce encore ?

Cela peut-être, ces relents de charnier qui envahissent les maisons au jour sacro-saint où on égorge le mouton.

Elle se réattaqua, l'adolescente, à la montagne. L'aide de ses mains ne lui était pas de trop.

Elle n'avait pas atteint le sommet, qu'une phosphorescence de fer igné alluma la déchirante géologie des altitudes. Grêleuse, la neige s'obstinait à mitrailler, la fille en eut le visage tout picoré quand, s'étant redressée, elle affronta la sereine grandeur qui se donnait en spectacle. Et dire qu'y a, marmottait cette humaine plus ou moins paumée, personne pour y jeter un coup d'œil, pas de témoins. Et moi j'suis personne ? Ce que j'dis, bêtasse, personne pour déranger ça. Et si je dérangeais, moi ? Allez savoir ce que ça en pense.

Son nom, à croire en réponse, lui fut lancé par toutes les bouches du pays : *Ama-rilla ! A-ma-riiilla !*

Non, l'émir. Il l'appelait. Plus de gros sel qui pique à partir de cet instant : enveloppant la montagne, des flocons s'affairèrent, ailes douces, lentes à se mouvoir.

Le sourire de l'icône

3. Un jour après la fin des temps

Cette fois, note Rassek, elle a fait :

– Hein ? Comment ?

Mais jaillie, d'où ? la trémulation qui l'a secouée au même instant. Pas de la mollesse pétrifiée du visage ; pas d'une quelconque partie du ballot entassé sur une chaise qui lui tient lieu de corps. D'où ?

Mystère.

Et cette voix aussi, qui n'a rien d'humain. Ce cauchemar en quoi se change une voix. Comme après une opération de la gorge, mais si elle a été une fameuse, Nina, fumeuse, on ne lui a jamais charcuté les cordes vocales, elle n'en est pas arrivée là. C'est l'organe, qui est resté longtemps sans servir. Et maintenant il ne lui sert plus à grand-chose.

Il évite, se défend de la brusquer :

– J'ai dit... tu ne veux pas sortir un peu ?

Ni sursaut ni réponse, ce coup-ci, ni elle n'a demandé : *hein, comment ?*

Rassek se tient comme en deçà d'une frontière ; elle, au-delà. Elle l'aperçoit peut-être, de si loin : il ne semble pas en revanche qu'elle perçoive les paroles qu'il s'évertue à lui débiter.

Assise, elle là-bas comme au milieu d'un désert et, lui, planté à sa place comme au milieu d'un autre désert, il l'observe. Sans se décourager, il rechante la même antienne :

– Un petit tour, Nina. Sortir.

Si elle a un avis sur la question, elle garde ça pour elle. Rassek ne s'en fait pas une raison ; il use de patience et, passé quelques secondes, il réitère :

– Nina, Nina ! Sortir faire un petit tour !

De nouveau, il en est pour ses frais. Sans s'émouvoir, de nouveau il attend. Il sait : toujours vient la réponse si on reste à l'écoute, et pas n'importe laquelle, la réponse qu'on attend.

Elle n'a cessé, Nina, de concentrer son attention sur cette baie qui donne sur d'autres HLM. Elle en boit la lumière des yeux. Émoussés par une consomption secrète, des yeux vitreux. Et, sur sa chaise, ce corps aux flancs rebondis, débordants, la même consomption a l'air de l'avoir havi, basané. Rassek ne désespère pas de la réconcilier avec la réalité. Contrevenant aux bonnes manières, il barrit :

– Un petit tour !

Lent, sans pensée, le regard de Nina se reporte sur lui. Rassek en profite pour insister, persuasif :

– Tu ne voudrais pas sortir un peu ?

– Sortir ?

Les mains tendues, il l'implore, l'invite, lui intime, *Viens, viens !*

Elle prend lourdement appui sur la table, se lève. Elle avance ; mais non vers la porte, Rassek a beau lui montrer la direction. Elle s'est déjà perdue, elle est sur une voie inconnue.

Raclant le linoléum de ses vieilles tatanes, elle s'achemine vers un but qu'elle seule pressent. L'homme considère les savates avachies qu'elle traîne aux pieds, considère ce visage guère moins effondré. Des larmes embrument sa vue. Tandis qu'elle, de son pas de tortue, va, il s'interroge. Pourquoi en fait dénier à Nina le don de clairvoyance qui mène un somnambule droit là où il pense qu'il doit se rendre ? Supposition absurde ? Sauf à songer qu'elle n'ait choisi telle route qu'avec, chevillée au corps, la certitude de courir vers une découverte, ce genre de certitude sur la foi de laquelle on mise le tout pour le tout et jusqu'à sa peau si c'est tout ce qui vous demeure sur les os.

Oh non, pas ça, gémit Rassek, sûr de n'avoir fait, avec ses rêvasseries, que merdoyer. Et il s'en arrache, redéroule sa thématique ordinaire de supputations : aujourd'hui, quinze ans après, serait-il fichu de décider à la fin si ç'avait été ce même soir, ou un autre soir ? C'est trop ancien, et il y a eu tant de soirs pareils ? Certes ; et si ça s'est produit un autre soir, ç'avait dû être au cours du dernier : le soir de cette balade au crépuscule. Mais il y a eu aussi tant de balades pareilles ! Je ne parle que de ce qui est arrivé il y a quinze ans. Quinze et quelques mois de rab. Ou bien, sitôt révolu et en mal d'éternité, un événement n'est plus bon qu'à jouer à chat, battre la campagne, se tromper de date, sinon d'heure, s'agissant même d'un événement de ce calibre ? Est-ce possible ? Et si c'est moi, sacré nom, qui mélange tout ? J'ai toujours tout mélangé, toujours dansé à côté de mes pompes.

Et quinze ans...

Rassek n'en finit pas de ressasser : quinze ans, ça fait un bail, sans compter les mois en rab. Et à quoi étions-nous occupés, Nina et moi, à la veille de ces quinze ans ? A danser à côté de nos pompes. A danser une danse de mort. J'étais à mille lieues de m'en douter, moi, mais elle ?

Elle, non : à présent je puis l'affirmer franco de port. Moi, je continuais à lui sortir au cours de cette balade de la fin des temps, il y a quinze ans, des boniments comme :

– Un type était là aussi, un bonhomme, je me rap...

Et elle, du fond de cet âge et sur fond d'hystérie ivre de néon, railla, je l'entends encore :

– Qu'est-ce que tu vas trouver ? Toutes ces bourraches de crâne !

C'était quel soir ? Irritante, teigneuse question juste capable de vous défier, vous miner une mémoire ! C'est à vomir.

Bourrages, idiote, pas *bourraches* ! Moi, sans relever :

– Je me rappelle...

– Une dernière fois, laisse tomber et avance.

Toutes ces images d'avant le déluge vous chantent pourtant plus qu'aucunes autres une petite musique douce-amère. C'est à fondre de nostalgie. Mieux vaut n'en pas parler.

– Ma bonne, souviens-t'en, un drôle de citoyen. Il allait d'invité en invité et dès qu'il abordait un couple, le bénissant, il prononçait : « Je vous déclare désunis par le train-train du mariage. »

Le rire, que Rassek ravala, ne laissa pourtant d'exaspérer Nina. Elle menaça :

– Je te le dis pour la dernière fois. Tu as peut-être une idée de derrière la tête, mais ça n'y changera rien.

Il se sentit, bordel, prêt à plier le genou, à deux doigts de crier grâce. Il se raidit.

– Tu ne vas pas empêcher les gens de causer, maintenant ?

Il avait failli dire, non pas les gens, mais *les camarades* – pour parodier Nina. Nina qui grinça des dents :

– Comme si c'était la question. Et ça reste encore à voir ! Allez, assez tourné autour de ces baraques.

– Pourquoi faut-il déjà qu'on y aille ? Jette un œil...

– Laisse et amène-toi.

– Rien qu'un petit tour.

Nina eut garde de se fâcher. Mais, avec de sombres intonations, elle lui signala :

– Il fait déjà nuit.

– Pas nuit, à ma connaissance. Presque nuit. Pourquoi il faut qu'on y aille parce qu'il fait presque nuit ?

Ce que fit à ce moment Nina : le toiser. Il regarda ailleurs, cherchant à voir où ils allaient, de quel côté, comme si leur sort en dépendait.

Sans plus, elle lui conseilla :

– Arrête d'ergoter. Demain...

Coi, Rassek se campa, jambes écartées. Et moins une pensée que, viscérale, une sensation, une hantise, la chose qui n'avait jamais été dite, tout à trac, lui tomba sur le mascaron. Moins une pensée, qu'une sensation, une hantise : une réponse. *La réponse*. Celle qui avait si longtemps attendu pour se faire connaître. Il se campait, oubliant l'heure, l'endroit, les circonstances. L'ombre blanche. La frôleuse revenue le caresser de son aile. La fumée sans feu...

La fumée sans feu mais, merde, déjà retournée au néant. Déjà volatilisée, dissoute dans l'air, pfuit !

Et lui, s'inquiétait :

– Comment ? Que se passe-t-il ?

– Rien, voyons !

– Attends un peu, tu as dit : demain.

La chose, c'était peut-être ça, *demain*. Furieuse et ne se dominant plus, Nina :

– Faut attendre quoi, demain ? On est à la porte.

La Porte ! Le mot, le voilà. Le mot enfin lâché, criant de danger, porteur de foudre. *La Porte.* Et c'était elle, Nina, qui l'avait donné. Un flot de sang brûlant attaqua Rassek au visage, au cerveau, et il crut un instant que les lumières du quartier, assombries, s'évanouissaient. La flamme de ses yeux au contraire, elle avait flanché. Le mot qui ne se profère pas, ne se divulgue pas. Je vais m'effondrer, se disait-il. M'écrouler ici.

De l'accent qui renaît toujours d'un holocauste, il émit :

– On peut attendre un moment. Non ?

– Faut rentrer.

– T'es si pressée que ça ? On n'a rien fait, rien vu.

Elle :

– Demain...

– Demain ?

– Demain matin.

– Ce ne sera plus pareil, dit-il, ça aura changé d'ici demain matin. Si tout pouvait rester, comme c'est à l'heure qu'il est... Un endroit net et qui ne change pas, c'est beau.

Nina inspecta la nuit, s'ébahit, sa voix portant loin :

– Il fait beau ! T'as trouvé ça tout seul ? Il fait beau ? Tiens, en plus tu mens.

– Non, ce n'est pas ce que j'ai...

Elle l'interrompit. Quoi qu'il se fût permis de dire, elle s'en battait l'œil.

– Si tu penses qu'on va rester à traînailler dans ces rues, tu te goures, mon bonhomme ! Faut que tu viennes, et dare-dare.

– Voyons... rien qu'un instant. Il y en a bien d'autres que les Rakazine qu'on n'a plus vu revenir ?

– Toi, pour déconner, t'en rates pas une.

– T'inquiète. Je l'ai dit, histoire de dire quelque chose.

Sa boutade, Rassek l'accompagna d'un rire juvénile, clair, inattendu. Son rire d'avant ! Pas à s'en déboutonner le ventre, mais à en avoir des fourmis dans le nez.

Lancé, il crut spirituel d'ajouter :

– Une chose que je ne pourrais croire, c'est que tu y aurais été pour quelque chose.

– En quoi ?

– Calme-toi. J'ai simplement voulu dire que les gens partent, oublient de revenir et on ne sait d'eux que dalle, on n'en parle plus. Qu'est-ce qu'on est ? Cafards, pochards et compagnie !

Les mêmes souvenirs, vrais ou faux, et il ne s'y reconnaît guère mieux dans ces balades vespérales d'autrefois. Alors, pour retrouver laquelle lui avait été fatale, après quinze ans : ts, ts, ts ! Rien n'est demeuré en place. Pas la moindre chose, tant celles qui avaient été dites ou accomplies tel soir que celles qui l'avaient été la veille ou le lendemain. Pas une qui n'ait viré de bord. Foutre et capharnaüm, il perdait son temps. Nina, la Pythie irrévocable, inamovible, mise à part, Nina et sa voix atterrante : le fiasco.

– Assez dit de sottises pour aujourd'hui. Faut rentrer.

Des paroles outrageantes, et nulles autres. Suant le sang,

nauséeuses, comme nulles autres. Vaticinations vous replongeant comme nulles autres dans l'état farouche, le fatras d'imaginations et d'angoisses, nommé *enfance*. Et Rassek ne fut pas long à se rappeler ces hivers où il rentrait de l'école à la nuit pleine et tombait en arrêt à la vue de la vieille maison parce qu'il fallait traverser, gouffre de ténèbres, une porte cochère. Il se serait fait hacher menu plutôt que d'y risquer un pied. Une face blanche y rôdait qui prenait forme aux premiers signes du crépuscule. Le gamin, depuis l'entrée, appelait à la rescousse. Il criait non pas *Maman !* Il criait *Anioutka !* Anioutka, sa grande sœur, celle-là même qui fut arrêtée quelques années plus tard, et on n'eut plus de ses nouvelles.

Devant Nina, ce fameux soir, ce sale soir – mais lequel ? – une gaffe, il gueula aussi :

– Anioutka ! Anioutka !

Pas fier, il se ressaisit, quand déjà elle fulminait :

– T'as vu des zombies ? Qu'est-ce qui se passe ? Tu cherches à révolutionner le quartier ?

Il se défendit :

– Je n'ai rien voulu faire de mal. T'inquiète. Tout ça, c'est loin.

– M'inquiéter, moi ? Et c'est qui, qu'a braillé à croire qu'on lui a fourré un pétard dans le cul ? Qui, qu'ose pas avancer, qu'on rentre chez nous ?

– Bon, bon. Disons que j'ai fait un peu l'andouille ; ça n'arrive pas souvent.

– Un peu l'andouille ? T'es un dégonflard.

Il avait sa réponse prête, mais il s'étonna d'entendre sa gorge s'érailler lorsque les mots en sortirent :

– Je ne t'en veux pas, tu vois, de me traiter de dégonflard. Sincèrement, je ne t'en veux pas.

Nina, un fol accès de gaieté l'empoigna, la plia crachotante, en quatre.

Un dégonflard, avait-elle dit de moi, ce soir-là. Un dégonflard. Elle ne s'était pas gênée de me l'envoyer en pleine tronche. Mais elle au jour d'aujourd'hui, qu'est-ce, qu'est-elle devenue ? Une impotente ni plus ni moins ? Je rentre après quinze ans au bercail, et je trouve quoi ? Cette outre sans anse ni poignées ? Pas une femme, en attendant. Et, le pire, qui n'a plus sa tête à elle, qui a perdu le sens commun. Il faut la nourrir à la petite cuiller désormais, lui changer ses couches. Les quinze années d'existence qu'elle a passées relaxe, sans une quelconque charge, bride au cou, ne lui ont pas beaucoup réussi. J'en suis à lui proposer de venir faire un tour par exemple, de sortir : pour que ça rentre dans son crâne, je le lui ai répété vingt fois de suite. Un cas où l'envie de faire mal s'empare de vous naturellement. Mais à quoi ça sert ? Dans le temps, j'avais honte pour elle du mal qu'elle faisait aux gens, de l'insulte qu'elle était à la vie. Une insulte qui allait sur deux guibolles et projetait une ombre. Bon, elle n'est plus ce qu'elle était et je n'ai plus honte que du mal qu'elle m'a fait. Qui, présentement, voudrait se payer sur ça ? Sur quelqu'un qui n'a plus d'humain que l'apparence ? N'excitant guère plus de colère qu'une chose ? Elle s'est levée sur ma prière ; mais elle n'a fait, avec effort, que se lever. Car, debout, elle n'a su dans quel sens se diriger. Tenant à ce qu'elle se tire toute seule d'affaire, je lui montre la porte. Elle se met en mouvement et continuant d'avancer, ne voit que ce qu'elle veut voir. Je la rattrape, étreins son bras. Dès lors, autant entreprendre de manier la statue du Commandeur. Par là-dessus, je me rends compte qu'elle n'a que ses pantoufles aux pieds et, sur le dos, bonté divine, que cette robe informe, un ignoble sac jaunâtre cousu à la maison – ou une semblable ; mais quand et comment a-t-elle pu l'enfiler, empestant encore le scaferlati qu'elle roulait à l'époque, le plastron moucheté de brûlures en têtes d'épingle ? Exhiber cet épouvantail aux regards des voisins ? Les temps ont changé. J'amorce un mouvement tournant pour la ramener vers sa chaise. Du coup elle se laisse faire.

La voix prise, elle s'obstinait à dauber, ce soir-là. Elle dauba tout son soûl dans cette nuit des temps.

– Y a rien à dire, toi, t'as vraiment le chic pour arranger les choses !

Il la défia :

– Et si j'appelais Dieu ? Qu'est-ce que t'en dis ?

Elle s'esclaffa de plus belle, et ce fut de nouveau horrible. Il la contemplait. Elle aurait dû dégurgiter ses poumons. Hoquetant, elle ripostait :

– Qu'est-ce qu'il me ferait, ton Dieu, tu crois ? Me mettre une crotte de chien sous le pied pour que je glisse dessus ?

Suffit, décréta Rassek, la plaisanterie tourne au dégueulis. Monter sur ses grands chevaux ? Étrangler cette femme ? Il n'y aurait qu'un simple d'esprit pour penser à le faire.

– Toi, t'es de tous les côtés à la fois, enchaîna-t-elle. T'es d'un bord et en même temps du bord d'en face, toujours sur les bords, ce qui veut dire d'aucun bord. N'est-ce pas la meilleure manière d'être nulle part ? Et être nulle part, c'est être de l'autre côté, de l'autre bord, du côté de l'ennemi.

Pourtant ces propos mirent Rassek en joie ! Il gloussa, mais changea de sujet :

– Tiens, tu sais ce qu'on fera un jour ? Une virée à travers le pays. On prendra l'autocar ou le train. Pas le train onze !

Son bon mot, *Pas le train onze !* l'enhardit à reglousser.

Néanmoins son ton de voix résonna bientôt d'accents vibrants, lyriques.

– Ah, si on avait un tacot ! Ce serait du tonnerre ! Quand on veut, on s'arrête. On descend où on veut. Dans une auberge, une ferme, ou une datcha, chez de braves gens. N'importe où... Il n'y a que comme ça qu'on peut apprécier les beautés d'un pays, et d'abord de son propre pays, ce qui s'appelle apprécier.

Le rêve expira sur ses lèvres avec la parole. Mais les échos s'en attardaient au cœur de cette nuit, entêtaient.

Et Nina, du diable si elle n'eut l'air dans le silence qui suivit, avant que cette vision ne se fût toute dissipée, de s'être reconnu le mérite d'y avoir pensé la première. Murmurant comme par crainte de rompre le charme, du diable si elle ne parut abonder :

– Maintenant il faut y aller.

– Tout de suite ?

– Ben alors, avance.

– Quoi, tu rigoles ! Il faut se préparer. Il faut le temps de se préparer.

Elle, de nouveau dans son registre sombre :

– Pour rentrer ?

– Pour faire une virée.

– Non, mais tu y penses toujours ?

Rassek improvisa sur un air de comptine :

Faute d'auto, Ivan-le-simple
Dit-on avait Koniok Gorbounok,
Dit-on avait ce cheval bossu.
Il allait partout, monté dessus
Et Tsarévitch était, on le sut.

Ce n'est pas qu'un rien drôle de voir comme en l'espace du même clin d'œil quinze ans s'écoulent et reviennent !

Dans son fauteuil de toile, les bras sur les accoudoirs, il s'entend gamberger. Il regarde Nina, la moitié du corps escamotée par la table, elle, une Nina femme-tronc par-delà cette table, par-delà toutes choses. Elle, ailleurs, dans un autre monde.

Il s'entend gamberger, et même, s'il le voulait, il *verrait* ses réflexions se projeter sur le mur d'en face. Quinze ans aller-retour se projeter avant qu'on ne l'ait pensé ; et peut-être en moins de temps. Même cette balade, nocturne autant que dernière, si loin flotte-t-elle dans le temps : elle aussi, au départ de ces quinze ans. Avec le rêve de tacot, envolé sitôt caressé !

Mais rien ne vaut le train. Ne valait le train où je fus embarqué dès le lendemain. En toute méconnaissance de cause. Retour non garanti. Un lendemain déjà près de se lever, de se faire jour, tandis que cette nuit expirait, où nous flânions de conserve, Nina, moi et le Diable entre nous deux. J'avais bien à l'esprit, pour me consoler, le souvenir de Koniok Gorbounok, le cheval bossu de mes gentilles années d'enfance. Et je tirais de la malicieuse fable un refrain ; on tire satisfaction de ce qu'on peut :

Faute d'auto, Ivan-le-Simple
Dit-on avait Koniok Gorbounok,
Dit-on avait ce cheval bossu.
Etc.

Qu'aurais-je pu faire d'autre ? Que nous laissait-on d'autre à faire, ou à dire ?

Je travaillerais des fois du chapeau depuis mon retour, que je n'en serais pas étonné. Un peu, disons. Quant à celle-là, retranchée derrière la table là-bas, boudinée dans sa robe informe, un sac jaunâtre cousu à la maison, elle n'en est plus qu'à écouter les grelots qui sonnent dans sa tête. Une tête perdue, comme sa langue perdue. Où ? On ne sait. Frusquée de la même robe-sac, ou une semblable, avec ces points noirs laissés par les brins de tabac enflammés. Les mêmes points noirs. Tel que, mais un cache-misère pas plus grotesque à tout prendre, comparé au costume de confection que j'occupe comme une tortue sa carapace. Ce que, sitôt sur mon dos, les habits deviennent. Littéralement une carapace, sortiraient-ils du magasin.

Pour peu qu'elle consente à sortir, quoi qu'il en soit la nuit est là, par chance, qui couvre toutes les laideurs : aussi sûrement miséricordieuse qu'elle le fut à l'époque, à la veille de ces quinze ans. La nuit en question, encore et encore en question. Et encore que, cette nuit-là, ou une autre, qu'est-ce que ça change désormais ?

Plus vide à mesure qu'ils y allaient, le Diable en tiers entre eux, une nuit, portés en avant moins par leurs pas que par leurs chamailleries et sans qu'il y eût nulle part où aller, une nuit qui ne s'ouvrait que sur un emboîtage, angle pour angle, plan pour plan, d'immeubles. Y allaient. Le

Diable muet, lui, mais attentif à leurs discussions rancuneuses, marchant à leur côté quand ils marchaient, s'arrêtant quand ils s'arrêtaient, les trois se trouvant être les seuls hères à déambuler, tournailler dans une cité de la fin des temps. Où étaient passés les gens ? Ames mortes évacuées ? Leurs clapiers rendus à leur indécente nudité première ? Attendant quelque part la Résurrection ? Ici et là, des dominos de feu brillaient aux façades. Les têtes de linottes qui avaient oublié d'éteindre en partant !

Nina, Rassek, à peine s'ils jetaient un regard distrait sur cette nécropole, sur la dislocation de ses façades, Rassek pensant, lui : les loups peuvent accourir de leur Sibérie, s'égailler parmi nous, et hurler ; tandis que Nina, eh bien Nina ce qu'elle mijotait dans sa tête, le Diable en était peut-être instruit, pas lui, Rassek. Lui, recru de toute façon, non de fatigue mais du poids de la vacuité qui semblait avoir frappé autour d'eux ; lui, délogé de soi comme il imaginait les appartements là-haut débarrassés l'un après l'autre de leurs occupants et ces occupants déportés vers leur lieu de résurrection, – ou vers quelque endroit où il n'y aurait rien à attendre. Et si la vie doit continuer, se disait-il, la mort aussi doit continuer, poursuivre son œuvre.

C'était au cours de cette nuit, mais quinze ans plus tôt, Rassek se confiait à Nina :

– Nous avons tous besoin d'un peu de pitié à un moment où à un autre.

S'adressait-il plus à lui-même qu'à Nina ? Possible. Cette nuit était déjà tombée depuis un bout de temps, quoique en soi la chose n'ait guère d'importance aujourd'hui. Des paroles gardées en réserve, et sorties comme s'il les avait pensées tout haut ; il ne s'était presque pas entendu les lâcher, les déballer. Mais une fois qu'elles eurent franchi ses lèvres, il comprit qu'elles réclamaient une explication.

Il s'expliqua :

– Vrai que t'aurais des ennuis si tu ne me livrais pas. Jure le contraire si t'as assez de culot. Vas-y, jure.

Était-ce bien ce qu'il aurait dû dire ? Il ne fallut pas davantage cependant pour qu'il se sente déchargé d'un poids, surtout quand il eut réalisé qu'en clair il avouait : *j'accepte, je dis amen à ce qui risque d'arriver ; je m'en remets à ma chance.*

Elle, sa réplique fut nette :

– C'est pas tes oignons.

Mes oignons ! se dit Rassek. Alors qui a le plus peur ? Elle ? Moi ? Et peur de quoi ? Il la regarda, regarda loin derrière elle, aussi loin qu'il lui fut facile de voir. Il n'y avait personne sauf eux dans cette nuit. Il n'y avait rien. Où le danger s'embusquait-il donc ?

Il s'inclina, salua la perspective en canyon enclose entre les bâtiments et agréa :

– Avant, je ne voulais pas. C'était avant. A présent, ça m'est égal. Je suis prêt à tout planter là et rentrer. Y en aura-t-il d'autres ?

Ce quitus fut délivré, s'entend, par Rassek à l'homme Rassek. S'entend en homme libre, non par le premier barjot venu.

Nina prit acte, pour ainsi dire, tranquillement, voire en grande dame :

– Tu fais bien.

Soupirant, elle renouvela son approbation :

– Tu fais bien. S'il y en aura d'autres ? Quelques-uns, les plus dangereux.

Pour meurtrières qu'elles aient été jusque-là, soudain leurs passes d'armes se muaient en une communion d'idées, ou en quelque chose d'approchant. Ils n'étaient plus qu'un couple qui se comprenait à demi-mot, se serait toujours compris à demi-mot. Et à l'instant où ils choisissaient de se taire, leur silence retrouvait la parole.

Rassek hasarda pourtant :

– Les Kaffer n'étaient pas des dangereux. Ils étaient des dangereux ?

– Ils étaient des dangereux.

– Les Kaffer ?

Elle ne daigna pas ajouter le quart d'un oui, ou d'un non. Elle estime avoir déjà fait justice de cette question, se dit Rassek. Mais, passé une petite éternité, celle d'un battement du cœur, se ravisant, elle précisait :

– Les Kaffer ? Ceux qui ont l'air de tout le monde, ceux-là sont les plus dangereux. Les glandeurs, les bouffons, c'est à ça qu'on doit veiller, nous.

S'était-elle rappelé qu'il entrait dans son rôle de fournir des explications autour d'elle, d'éclairer les citoyens ? Rassek fut dégoûté, eut honte de lui entendre resservir ces salades.

Lui-même aurait su mieux prêcher.

– Mais étaient-ce des individus innocents ou pas innocents ? C'est ce que j'aimerais savoir.

Se tournant vers lui, intriguée, Nina fit :

– Innocents ! Comment ça ?

– Si aucun tribunal n'a relevé de charges contre eux.

– Qui ?

– Les Kaffer.

– Qu'est-ce que je viens de dire ? Des dangereux, que c'étaient !

S'il y a au moins des oiseaux, en vint-il à songer, Rassek, le nez haut levé, quand ça serait des oiseaux de nuit, même sans les arbres comme il en faudrait quelques-uns ici pour les accueillir ; des oiseaux qui se contenteraient de voler dans cet air prisonnier des immeubles ; pas de chanter, de voler uniquement : allez savoir si rien de ce qui nous arrive serait arrivé. Demeurent allumées pour rien, ces fenêtres aux paupières rouges, brûlées, d'yeux qui auraient trop regardé la télé.

Il s'écouta répondre :

– Je préfère en finir maintenant, vois-tu. Je me sens fatigué.

Cet aveu lui ayant échappé, il s'abandonna à une espèce de rire tout en ricanements spasmodiques, pas plus beau que celui de Nina tout à l'heure.

Nina lui assena son credo :

– Le bien de tous passe avant.

Abusant de son rire grinçant, Rassek, mauvaise foi pour mauvaise foi, comme s'il en était dupe, produisit la repartie, l'argutie majeure :

– De tous, pour sûr, excepté de gens comme moi.

Et il éternua fort, très fort. Plutôt que de lui fiche la paix, il pousserait la comédie au risque de payer au centuple les pots cassés. Éternuant de nouveau, il crachota :

– Pauvre Nina, j'aurais pu faire pareil !

– Qu'est-ce que tu baragouines ?

– Je baragouine que malgré les apparences je ne vaux pas plus cher que toi. Que l'occasion aidant, l'occasion qui fait le larron, j'aurais pu me charger du même boulot. *(Et moi m'adonnant à mes clowneries, à quel jeu est-ce que je joue, qu'est-ce que j'en attends ?)* Accomplir ce que personne n'est tenu d'accomplir mais que quelqu'un accomplit invariablement. N'importe qui. Et qui l'accomplit pour nous.

– Toi, le mariole, tu devrais garder ta pitié pour toi, ça vaudrait mieux. Parce que t'en auras bientôt besoin.

Ce fut au milieu de cet échange de gracieusetés qu'elle stoppa, surgie à leur hauteur dans des hurlements de pneus, phares dévorants : une ambulance de campagne. Elle en avait l'air, était de celles que tout le monde croyait connaître et se refusait en même temps à reconnaître.

Avec une agilité de singes, en déboulèrent, puis le ceinturèrent deux énergumènes, vrais orangs-outans mais en blouse blanche et, déjà, ils l'entraînaient vers leur fourgon. Se débattant, les pieds cramponnés au sol, Rassek, loin d'être lui-même une mauviette, réussit à bloquer leur progression. Et si eux ne pouvaient se permettre de le tabasser en public, lui ne se privait pas de leur bourrer les côtes des coudes. La scène – ce que les feux de l'engin avaient mis à nu, les hommes aux prises – parut se sculpter dans une froideur de pierre ; il y eut ce blanc du temps.

Puis Rassek vociféra :

– Nina, qu'est-ce...

Il se remit à rire.

Il riait à gorge déployée.

Il riait à s'éclater la gorge.

Si indécemment riait-il qu'à l'un des étages, une fenêtre s'ouvrit avec fracas et, assorties d'insanités, des protestations en dégringolèrent :

– Silence en bas ! Arrêtez ce grabuge, salopes biturées ! Empêcher les travailleurs de dormir, non mais !

Ainsi était-elle toujours tapie dans ses clapiers, l'humanité, cette humanité-là.

Une télé tonitrua ailleurs dont les beuglements se déversèrent dans la rue à la minute où Nina lançait à l'adresse de Rassek, un Rassek à peine maîtrisé :

– Eh ben, quoi !

Avec le même rire de forcené, du sein de l'agrégat de charbon et de chaux vive avec lequel il se confondait, ne faisait qu'un, il rugit encore :

– Nina, qu'est-ce que tu...

Mais son rire étranglé, il aboya, changeant d'avis :

– Non, rien, t'inquiète !

Rien ! Il n'avait trouvé que ce mot à lui jeter. Mot de la fin anticipée, accusation ? Qui aurait donné ses couilles à griller pour le savoir ? Un langage parfois cru qu'il utilisait in petto. Et s'il était sûr qu'il en réchapperait, en reviendrait et réservait le plus intéressant pour le retour ? Que ce fût Nina, les orangs-outans, ou lui, Rassek, ou la nuit, ou la rue Stroïteleï : il ne semblait au pouvoir ni des personnes ni des choses de bouger, se secouer.

Et puis ça repartit, la vie toujours en vie redémarra sans surprise. Le mot, Rassek le réemploya, mais à voix basse :

– Rien.

La femme exposait aux *infirmiers* :

– J'ai tout fait pour le pousser jusqu'à la porte et que ça se passe sans témoins. Il n'a pas bougé d'un cran. Je crois qu'il s'en doutait. Faites gaffe, il est plus malin qu'il n'en a l'air.

De loin sa voix, à Nina, hypnotique, bouleversait si possible encore plus.

Lui glissant chacun une patte sous l'aisselle, de guerre lasse les deux macaques en blouse blanche soulevèrent Rassek, qui pédala dans le vide, et coururent ainsi jusqu'à leur bétaillère où, avec une coordination de gestes toute simiesque, ils le balancèrent et, en moins d'une seconde, les portes claquaient sur lui. Une seconde de plus et, se talonnant, ils s'engouffraient dans la cabine. Une seconde encore, le véhicule démarrait dans une stridence de gomme mordant le pavé.

A quelques secondes près, sonnait aussi l'extinction des feux. Soufflé, l'éclairage qui découpait chaque rue en une succession de supertankers, ceux-ci furent soufflés à leur tour. La cité, abandonnée une fois violée, retomba dans des ténèbres irrémédiables.

On n'entendit plus que de grands pas marteler. *Une* personne seule. Ses talons martelaient, martelaient.

Martelant de même, une pensée hante Rassek, identique à quinze ans de distance : n'est pas Œdipe qui veut. Rêver de l'être, oui ; rêver de rencontrer le sphinx, oui. Mais rêver, c'est comme péter en plein orage. Qu'Œdipe ait vos traits, c'est autre chose, Œdipe dont le sphinx couché dans les sables se meurt d'attendre la visite, Œdipe qui, à cette occasion, saura quoi lui répondre et obtenir en paiement la promesse d'un destin ; davantage : voyant ce destin entrer en action et durer assez pour que vous vous en tiriez les yeux crevés ; ça, c'est autre chose...

Autre chose que d'avoir juste à braver cette sphinge tout en mamelons de papier mâché, assise là-bas sur sa chaise, engourdie, et elle plutôt privée d'yeux.

A ce moment, un ange a pleuré. Rassek jette par-delà son épaule un regard à l'icône. Dans l'angle de la pièce, veillée par la lueur mouvante d'un lumignon, elle sourit.

Le prophète

Il se révèle salement efficace, le premier pavé lancé : la paroi de verre en a explosé, elle est partie comme d'un rire jubilatoire.

Et le même rire de glaces pétées ruisselle, rebondit le long de la galerie marchande.

Ils ne sont pas qu'un à le faire, à les bombarder. Dressés face à l'enfilade de vitraille, silhouettes étiques, un chanteau de pierre à la main, ils y vont, les gars. A la lueur chlorotique des tubes fluorescents, ils y vont, ils ne sont pas qu'un, rien que des gosses, et aucun, semble-t-il, à son coup d'essai.

Bientôt ces murs de verre ne sont plus qu'un souvenir et, de même, leur chute torrentielle. Avec des glapissements de Sioux, la horde prend alors les magasins d'assaut. Tous des mouflets. Ils n'ont pas eu besoin de chercher une porte par où se précipiter là-dedans : les devantures leur ont servi de passages, de marches. Pourquoi chercher des portes quand il n'y a plus de portes ? Ils sont entrés, il faut faire vite.

Et ils vont vite en besogne, et ils n'y vont pas de main morte. C'est le massacre, ils sèment la désolation. A la barre de fer, au poing, à l'épieu, à la clé de mécano ou, ça dépend, à coups de chaîne. On leur fait la vie dure ? Ils cassent. Ils se payent, de la sorte, un ticket pour la taule ? Quand même, c'est la fête ! De quoi chanter en chœur. De quoi s'enchanter le cœur.

Ces mômes de la cité, vous pensez les connaître pour avoir repéré, ici ou là, celui-ci ou celui-là, ou toute la ribambelle. Mais essayez voir, si vous en êtes capables, de vous y frotter de près, de mettre un nom sur une seule de leurs petites gueules, d'appeler par son nom un seul de ces lascars. Du coup, t'apprends qu'il valait mieux pas, t'aurais mieux fait de t'écraser. Il y a là, pris dans le tas, au hasard, Ticlou, lui, dix ans à peine ; il y a aussi Don, Thierry-Attaque, Charkia (une fille), Zenzil, Label, Fernand-sauvé-des-eaux, Ninja, eux, en un peu plus grand ; et, encore en un peu plus grand, Finette (re-fille), Del Sol, Élias, Zoulou, Battista, Cloclo, Tintin-la-Blague, Zidane-au-but, Freddy-la-Baleine, Gontran-Diesel et... et les autres, tous les autres, merde ! Sur la boule à chacun ou presque, l'indécollable casquette de base-ball enfoncée, visière retournée sur la nuque, des fois une Lacoste et comment ! Mais visez-le, le loupiot, quatre-cinq ans, qui, dans le carré Alimentation, avec son zizi de baguette, en a après des bocaux de conserves. D'une main, il tambourine dessus, espérant en venir sans doute à bout et, de l'autre main, il se tète le pouce. Il ne manque pas d'air, avouez. Il en est, de chaque raid, jamais en retard sur les autres, sauf qu'on ne s'aperçoit jamais à temps de sa présence. Lui, c'est Grelot. Il doit faire pipi au lit encore.

De quoi de quoi, faire pipi au lit et ça se mesure avec un supermarché genre gare de Montparnasse ? Lui et les autres, et ça a pas traîné, tout par terre en moins de deux. Ça a pas tardé : en pièces en moins de temps pour le dire, le géant. Des mastiffs, des dingos qu'ils sont, ces gamins ? Plus dingues que les dingos, mec, quand ils s'y mettent ! Quand ils y courent, quand ils grouillent, quand ils accrochent, carambolent les saloperies destinées à vous racoler : des promos, qu'on les appelle. Qu'ils cognent sérieux, à droite, à gauche. Qu'ils chambardent à mort. Tout fissa. Tu les chopes jamais sur le fait. Et y a des montagnes rien que de promos.

Les deux levrettes de filles dans ce chabanais, elles ne s'emmerdent pas non plus. La Charkia, blouson de cuir et jean – un jean où elle doit avoir l'oiseau qu'un garçon est si fier d'exhiber, on ne sait trop pourquoi – est occupée, méthodique, à délester un porte-nippes d'une robe, à se plaquer la chose sur le corps et, après quelques déhanchements de rockeuse, sa mantille de cheveux auburn-henné lui balayant le cul, à laisser choir cette chiffe et à s'y essuyer les pieds pendant que toujours méthodique, elle en dépend une autre, recommence.

Quant à Finette, elle s'est contentée, au même rayon habits, de ceindre son tour de planche à repasser de trois paires de soutiens-gorge, d'enfiler un bikini par-dessus son collant. Et maintenant, cambrant les fesses, les mains sur les cuisses à la Monroe, elle tortille du croupion sans autres regards que pour soi, que pour son derrière. Ici on fantasme dur. Comment faire sinon faucher son rêve à l'étalage ? Dieu jurerait que ce slip couleur chair sur le noir d'un collant est un must. Les nanas, vous ne les changerez pas.

Mais parmi les croisés mâles, bronzés ou pas, qui en a cure ? Sabrant tous azimuts, eux poussent le sabotage au point où c'est déjà le foutoir dans le bazar. Un chouette pandémonium. S'y en a qui en profitent comme Freddy-la-Baleine, ce pedzouille avec son ventre de poussah : normal. Parce que, lui, ce qu'il machine ? Il se goinfre de bonbons, le gros lard. Sachet sur sachet qu'il crève, répandant les trois quarts du contenu et se fourrant le reste dans l'entonnoir. Comme ces sachets qu'il crève, à son tour il finira, putain, par crever ! Mais Del Sol s'amène et il te lui file derrière la tête une de ces torgnoles gratinées de judoka dont il a le secret que Freddy il en revomit les saletés dont il s'est bourré. Et le Freddy comment il réagit ? A sa manière de pedzouille : en larmoyant à l'abri d'une épaule levée en bouclier. Une paillasse. Mais c'est pas la question. C'est que vous vous imaginez ces dégâts. Que vous pensez : bon sang, des tanks auraient eu du mal, ces surgelés, à les balancer de leurs bacs, sous-entendu *en un temps aussi record,* à foutre en l'air ces casiers de bouteilles cachetées et autant d'étagères de tout : pots de confiture, stocks de pâtes garanties pur blé dur, de café sous vide, de biscottes au gluten, de barquettes de viande avec leur date limite de consommation, des chiées d'articles, les mêmes, quand vous entrez en client, qui paraissent vous suivre, où que vous vous faufiliez, du regard aux rayons X de Goldorak.

Eux : les jojos, pendant que vous en êtes encore à piocher la question, ils sont déjà partis à côté, passés aux boutiques de porcelaines, luminaires, télés, transistors, hi-fi, ordinateurs, bigophones. Où ça reprend multiplié par mille, le bordel. Et je te démolis tout bon train, te le réduis en miettes ; on fait cracher ses boyaux à un total de machines que ça n'était que toc et matière plastique. Il y en a, des cochonneries dont on n'a pas besoin. Plein le monde !

L'entreprise d'anéantissement ne fait que s'étendre, le Diable là-dedans, c'est lui, l'œil iridescent, qui se marre quand, soudain fracassante, une radio se déclenche et que les gars, ahuris, ils restent cons, que les secondes tombent au compte-gouttes, dégueulasses d'incertitude. Puis ce qui n'avait aucune chance d'arriver, arrive : on jette le bras sur l'épaule de l'autre, ça forme une haie et, guibolles en l'air, au milieu du vertigineux champ de ruines, on se lance dans un sirtaki. Vaguement levantine, la musique s'y prête.

Attention, des gentils, des amours de gosses ils sont. On doit seulement se méfier de se les mettre à dos. Illico ça tourne à l'aigre, à l'ouragan des Caraïbes. Trop tôt trop de poisons leur ont intoxiqué le sang. Alors en bandes, ils foncent, ils matraquent ; Attila et ses Huns revenant faire le ménage. Ce même centre commercial s'il pouvait parler y a déjà rendu ses tripes. Bataclan claqué, veillé par son néon pourri de morgue, il en a connu, des mauvais moments. Comme, ce soir, ils l'ont laissé derrière eux, les zigotos envolés, disparus ; comme à présent, un bric à braques foudroyé, sans âme, dans la phosphorescence spectrale de son néon. La mise à mort dure chaque fois moins longtemps que ça en a l'air.

Depuis, – loin dans la cité, en rangs serrés, ils caltent, certains à califourchon sur le dos d'un pote et c'est à qui interpelle l'autre, raconte encore une fois ses faits d'armes et actions d'éclat, en remet plus que son content. Fiers ce qu'il faut d'avoir réalisé une nouvelle œuvre d'art. Tels qu'ils détalent, ne font que détaler. Une œuvre d'art à plus de deux doigts moins moche que le bidule installé place Jean-Jaurès par la municipalité, un machin merdique, allez savoir ce que c'est où il est qu'il trône. Une tire pilée ? De la ferraille de récup emboutie ? Calibré en cube et, emballé, signé, je te fourgue ça. Parole ! Signé César, le Jules pas commode il paraît à qui on est obligé de rendre ce qui lui appartient. Le plus merdique des machins que t'as jamais vu. Alors nous, tout gosses qu'on est, on vous en offre encore une, d'œuvre d'art, pareille, et on s'en branle les pompons que les Minus nous rendent ou que dalle ce qui nous appartient. Et notre signature, si elle y est pas dessus, les Minus n'ont qu'à se faire mettre des binocles là où on pense. Parce que les tags qui s'étalent sur la cité Bellevue, cette cathédrale carcérale avec son béton fatigué, pisseuse à te flanquer le cafard, c'est pas aussi des chefs-d'œuvre ? Anonymes, mouais ; mais si tu te figures que les artistes, personne ici les connaît, t'as un bug dans le circuit. Des artistes qu'on est, que nous aussi on répond à l'appel d'offres.

– Un bon coup de fion qu'on y a donné à leurs boutiques, s'pas, Ninja ? Un de ces vaches nettoyages !

– Ça craint seulement qu'y en ait qui envoyent un ou deux coups de tube aux condés à cette heure. Si tu tiens à tes fesses, qu'elles vont être repassées avec un fer à cinq cent mille volts, t'as intérêt à te les remuer.

– Sans charre, mes cocos, avec moi ils en ont eu pour une valise d'euros comme esquintage !

– Tout ce que je me suis payé ! Toute la camelote que j'y ai déglinguée ! Tant je me suis éclaté que j'en ai eu le ventre relâché, qu'y m'a fallu trouver des gogues.

– Et quoi, tu t'es enfilé un bouchon, Cloclo ?

– Tu parles ! J'y ai posé ma crotte. Retournes-y voir si ça fait pas bien dans le décor.

– T'es champion, Cloclo, pour enfumer le monde. T'es le roi des champions pour la pause culotte.

– Rien dans la marmite que t'as entre les deux oreilles ! C'est justement le truc, nounours : leur tartiner la gueule avec ça.

Et Grand Cheval Pétard, lui :

– Se barrer comme des chiardes de greluches ? Tu parles d'un conseil à la con.

Et il braille, Grand Cheval Pétard :

– Merde, rien qu'une minute !

– Hein, Direct, on leur a ratatiné leurs tinettes à enfoirés ? Dis ?

Gontran-Direct – parce que lui d'un direct il t'envoie au tapis – sermonne le morveux qu'il porte sur ses épaules :

– Cause pas comme un voyou, Grelot, OK ?

– Quoi qu'y a, Direct ? On l'a pas eu le centre commercial ?

– Allez, ça va comme ça !

– Sans charre, j'y en ai foutu pour au moins une valise d'euros en l'air de...

– Freddy-la-Baleine, arrête de péter de la gargoulette ! Un péteur que t'es. Qui va te croire ? Un péteur et un branleur !

– Eh les mectons, les coups de pompes dans le derche qui nous courent après ils vont pas se perdre si vous faites que tchatcher.

– Moi, c'est toujours jusqu'à ce que ça crache ses dents.

– Perdez pas les arçons, mes mignons, que vous leur tombiez dans les bras, aux flics.

– Moi, y faut qu'y rendent les clés, qu'ils clamsent.

Tant artistes fauteurs d'outrages que poissons dans l'eau

jamais là où on s'attend à les trouver, ils se carapatent. Dix heures du soir. Une nuit de juin qui se pointe sans se presser, guère en avance et, eux, ayant donné le coup d'envoi d'une *nocturne* du tonnerre, ils se trissent. Et nique ta mère, si les casseurs sont les payeurs !

Ils ont débarqué, harnachés en astronautes, toute la maréchaussée du pays. Sitôt la corrida finie. Déployés, en retard d'un train, sur le chantier laissé par nos fripouilles de gamins. Hein si la foudre frapperait deux fois au même endroit ? Pour le moment, ils doivent traîner leurs godillots par-ci, tenir des messes basses par-là. De l'air d'avoir la situation en main. Que des nuls.

Nous à un ou deux près, on est tous, qui assis qui allongé sur le talus pelé surplombant les voies ferrées. C'est notre rancard où, dans la mesure du possible, on se retrouve aussi souvent que possible. Un coin aux abords de la cité. Je dis, la cité, mieux vaut dire, les chiottes pour paumés qu'elle est, cette cité Bellevue. Ou qu'elle ne va pas tarder à être. Parce que, plus le temps passe, plus elle a l'air de ce qu'elle sera. Son destin, comme qui dirait, une fatalité, il est écrit sur sa gueule de mistouflarde, sa gueule de fosse d'aisances, qu'elle ne renonce même plus à s'en cacher, qu'elle présente au premier venu.

Mes petits loups-garous, mes agneaux, sont là bien tranquilles et on y est bien. Malgré que s'y entête le ferraillement de l'autoroute, mais sans la troubler, la nuit primitive du solstice gagne, portée par une respiration longue, profonde... Un beau calme.

Ils écoutent, j'étais en train de leur expliquer que bon chien chasse de race :

– Mais vous n'êtes que des chiots qui tirez encore sur le tétin de la mère. Vous ignorez que des millions d'années ont défilé avant qu'il y ait aucun objet au monde. Ce qui s'appelle *un objet* ; je ne parle ni *de choses ni d'outils*. Puis, fausses choses, faux outils, fausse couche, les objets ont apparu et vite fait de boucher l'horizon de l'homme, vite fait d'allumer en lui une soif dévorante. Une soif qui s'est vite faite plus dévorante. La soif de possession. Et dans l'os, il l'a, aujourd'hui. Obsédé aujourd'hui par ce qu'il croit posséder : l'objet-maître, il n'est qu'un esclave, un possédé qui a perdu les pédales, perdu le monde de vue, perdu la conscience qu'il en avait, et heureux avec ça, l'imbécile ! Et vous, le plus fantastique, vous le savez d'instinct. Je sais que vous le savez. Je le sens. Comment ? Je me fous de savoir comment je le sais. Je me contrefous de savoir comment vous le savez. Tout ce qui compte : vous baladez encore sur vous l'odeur musquée des origines, elle me claque au nez. Dans vos yeux aussi, la terre mitonne encore son rêve d'enfance, son rêve de futur. Bénis ceux qui cachent en eux ce rêve, ce vivier de vie. Mais, bon Dieu, pas ceux qui ne rêvent que de gadgets, que *de faire de l'homme un gadget*, un gadget sitôt produit sitôt bon pour la poubelle.

M'étranglant, une brusque émotion m'abandonne avec mes yeux à moi plongés dans ceux de la nuit, des yeux terrifiants d'être si doux et si peu prompts à s'ouvrir, mais qui s'en viennent, libérateurs, qui s'en viennent...

La parole en difficulté, quand il me faut reprendre, je ne réussis qu'à marmonner :

– Oui, effarouchée, l'âme ; en danger, elle s'est tirée, la belle colombe, l'entité vivante et l'homme, dorloté, l'homme n'aspire qu'à l'état de robot, qui a tout pour lui plaire. Membres et organes démontables, interchangeables, jetables : de quoi se réjouir, se féliciter, non ? Mais le hic, si l'homme ne répond plus de l'homme, qui à sa place répondra de lui ? Faut-il être aveugle à ce point pour miser sur les apparences du confort plutôt que sur la foi qu'on devrait avoir en soi ! Le processus est amorcé hélas où, au bout, cousus de semi-conducteurs, farcis de puces, nous ne serons plus utiles qu'à fournir l'énergie nécessaire à leur fonctionnement. Androïdes de tous les pays, unissez-vous ! L'avenir vous tend les bras. Déjà sacré roi de la création et, maintenant, duplicable à gogo, ce sera un drôle de roi, ce roi des caves et le plus gogo des rois. Zélateur juré de guimbardes spatiales, cocu du téléphone mobile et de l'internet, il régnera sur des faux-semblants et, cybercinoque, aura oublié qu'il a inventé les Dieux, érigé les Pyramides, présidé à la naissance du miracle grec, procréé Shakespeare, conçu la théorie de la relativité. L'en a-t-on assez convaincu : désormais, la machine fera ça pour lui, bibi peut dormir sur ses deux oreilles. Il croit savoir ce qu'il y gagne. Mais ce qu'il y perd, le trouduc ?

Trouduc ! Franc succès du mot auprès de mes chenapans. D'un même éclat, ils s'esclaffent tous, des bambins qui m'ovationnent à l'envi :

– Trouduc ! Trouduc ! Vive béquillard ! Hourrah, Prophète-béquillard !

Arrivant avec sa lumière, la nuit ne projette aucune ombre. Elle est là, trop transparente pour se différencier du crépuscule qui, non plus, ne projette aucune ombre. Il est pourtant près de onze heures du soir. Et eux sont là : *trouduc ! trouduc !* Combien de trains aussi ont forcé la tranchée sous nos pieds, dans un sens ou dans l'autre, sans qu'aucun d'entre nous y ait prêté attention ? Sûr qu'il y en a eu, des trains, plus d'un, et qui ont roussi la nuit de leur coulée de lave, et secoué la terre. Mais personne ne s'en est aperçu. Moïse s'entretenant avec Dieu : « Qui es-tu ? » Et Dieu, du cœur de son buisson ardent : « Qui suis-je ? Ce qui pourrait être ! »

Ma voix monte, je l'entends, divulguée, issue d'elle-même, comme sui generis, tirant également corps de ce qui pourrait être, de ce qu'on souhaiterait être autre chose qu'une vague banlieue avec son accent et son infection, quelque chose d'un peu mieux qu'un ghetto nécrosé, baisé :

– Et voici que vous arrivez, enfants de la débine, dans ce monde qui fabrique plus de déchets que de pain pour tous. Chiant trop de produits qui nous tombent dessus le temps de leur faire prendre le chemin de la décharge. La décharge ! But, symbole et réalité du temps. La décharge, le tout-à-la-poubelle, le tout-à-l'égout. Alors quoi ? Faut-il ou faut-il pas donner tôt ou tard du balai dans cette souille ? Et qui le tient déjà, ce balai ? Vous ! Vos mains brandissent cet agent de la propreté. Qu'un vent chasse tous les miasmes, ça urge. Vent, tornade et récurage. Allez-y, fils, filles d'esclaves, d'éboueurs, de ramasse-merde ! A notre jolie époque, qui, sinon vous effacera de la surface de la terre une parodie de la vie aussi grossière, aussi honteuse ? Qui le fera mieux que vous ? Vous savez ce qu'on appelle le djihad au pays de votre pote Hossein...

Mais là, me coupant, le gars Hossein rouscaille :

– C'est ici mon pays ! Chuis pas né à Bellevue des fois ?

– Du calme. T'as aussi un passé, tu n'y peux rien, fiston,

ni faire en sorte que tes ancêtres soient des Gaulois. Tu n'y perds pas grand-chose d'ailleurs.

Ainsi tranquillisé, le Hossein bougonne un tantinet, puis se tient coi. Sa protestation m'incite cependant à conclure :

– Avez-vous idée qu'il n'y a guère longtemps du blé poussait là autour ? Affirmatif ? Et ces champs où sont-ils qui donnaient ce qui fait vivre ici-bas et survivre les morts : le pain et l'hostie ? Ni fleurs ni couronnes, enterrés eux-mêmes sous une dalle de béton. Quel asservissement ! Y passe la terre corps et biens. Argument : faut sacrifier au Progrès. Ben, voyons ! La barbarie avance couverte, dorée de culture, d'art, de beauté : attributs et arguments imparables. La chienlit n'a, de toute l'Histoire, forgé armes plus subtiles et par suite plus efficaces contre l'humanité. Mais la première Hellade a péri à peine s'est-elle avisée que ses adorables miches reposaient sur l'échine d'un esclave.

Je n'ai fini de débiter ces derniers mots que pour entendre un de mes vauriens, mi-jappant mi-beuglant, du fait qu'il mue, scander à tue-tête :

J'ai un poêle à mazout !

Les autres, que ça réveille, saisissent la balle au bond et, jusqu'au dernier, la lui renvoient à la volée :

J'ai un poêle à mazout !

Mais je ne me rendrai à l'évidence qu'il faut comprendre *poil* et non *poêle*, qu'après ; les canailles ! Dressé sur les genoux, Calatayud, le petit Tarzan, ulule encore de sa place :

comme un bruit d'abeilles

T'as un poil à ta zout !

Et eux, qu'importe, assis ou vautrés, de repartir :

T'as un poil à ta zout !

Le caïd en herbe poursuit :

L'a un poil à sa zout !

Et derechef le chœur :

L'a un poil à sa zout !

Comme elle s'est déchaînée, la tempête, qui a dû être ouïe des confins du grand ensemble, se calme. J'attends que le silence bétonne la nuit, et je sors ma grosse voix :

– Ouais, ça va, ça va. Je-vous-ai-com-pris ! Croyez-moi, j'ai plus souvent que ça le sentiment de donner dans le discours alors qu'à côté vous vous préparez à mourir d'ennui. Mais non moins souvent j'ai le sentiment de cracher en l'air et que ça me retombe sur la gueule. Que je fais de la bouche ce qu'on fait du cul : me dégonfler, jamais revenu de l'illusion superbe que, peut-être, ça vous entrera par une oreille sans ressortir par l'autre. Que, se passant de votre avis, le pâté de foie logé sous votre crâne enregistrera le message. A toutes fins. Que vous apprendrez comment affronter, l'esprit grand ouvert et les yeux déboutonnés, la nouvelle Hellade dont vous respirez l'air exquis, – respirez, juste respirez. Lequel d'entre vous se rappelle ce que j'ai dit tantôt de la première Hellade ?

– Moi, Prophète-béquillard !
– Moi, Prophète-béquillard !
– Moi, Prophète-béquillard !
– Et j'ai dit, mes lapins, que ?...

Devançant les autres, Calatayud, toujours prêt à courir tous les risques :

– Que la première Hellade, elle a crevé du jour où des mecs y z'ont trouvé que d'aut' mecs y z'y étaient assis sur des esclaves !

Une âcre odeur d'encens vole depuis un moment. Quelqu'un a dû allumer un joint et, après en avoir tiré une bouffée, le passer. Mais ça, aujourd'hui, nul n'y peut rien. Et qu'est-ce par rapport aux drogues dures qui se consomment dans les quartiers chics de la planète ? Avec moi, les enfants savent qu'il faut faire gaffe à y aller fort quand même.

Changer de disque, ça s'impose. Je déclame-chante :

Sa majesté lionne un jour voulut connaître
De quelles nations le Ciel l'avait fait naître.
Il manda donc par députés
Ses vassaux de toute nature
Envoyant de tous les côtés
Une circulaire écriture,
Avec son sceau. L'écrit portait
Qu'un mois durant, le Roi tiendrait
Cour plénière, dont l'ouverture
Devait être un grand festin,
Suivi des tours de Fagotin.
Par ce trait de magnificence
Le Prince à ses sujets étalait sa puissance.
En son louvre il les invita.

Là, j'observe une pause, m'attendant à des simagrées de la part de mes auditeurs. Séance tenante, l'un d'eux se récrie :

– Eh ben, Prophète-béquillard, tu cales ou quoi ?

Ce nasillement de canard ? Calatayud encore. Moi, j'essaye de donner le change :

– Je cherche la suite.

Rien de moins vrai. Mais de toutes parts fusent des protestations, et quelques-unes peu amènes :

– Allez, t'arrête pas, Prophète-béquillard !

– Fais pas le con, va !

– Sois chic, continue !

Et si je les laissais le bec dans l'eau, tous ces blancs-becs ? Une idée comme ça, pour voir. Tels que je les connais, de quoi ne seraient-ils capables ! L'odeur de chanvre indien, évaporée, ne hante plus l'air qu'à la façon d'une âme vrillée de nostalgie. C'est plus fort que moi, je ne tiens ni à être lynché ni à faire des malheureux. Je leur déballe la suite :

En son louvre il les invita.
Quel louvre ! Un vrai charnier, dont l'odeur se porta
D'abord au nez des gens. L'ours boucha sa narine,
Il se fût bien passé de faire cette mine,
Sa grimace déplut. Le monarque irrité
L'envoya chez Pluton faire le dégoûté.
Le singe approuva fort cette sévérité ;
Et flatteur excessif, il loua la colère,
Et la griffe du Prince, et l'antre, et cette odeur.
Il n'était ambre, il n'était fleur,
Qui ne fût ail au prix. Sa sotte flatterie
Eut un mauvais succès, et fut encor punie.

Ce monseigneur de lion là
Fut parent de Caligula.
Le renard étant proche ; or ça, lui dit le sire,
Que sens-tu ! Dis-le-moi ; parle sans déguiser.
L'autre aussitôt de s'excuser,
Alléguant un grand rhume, il ne pouvait que dire
Sans odorat. Bref, il s'en tire.

Aussitôt Calatayud m'attrape :

– Merde, tu te poisses encore, Prophète-béquillard ?

– Qu'est-ce qu'y va pas ce soir, Prophète-béquillard ?

Cette voix cuivrée ensuite. Elle appartient à Hossein si je ne me trompe. Elle est couverte par celle de Dibango, un Noir, reconnaissable à ses profondes intonations, des intonations noires. Lui, bonnement, il se plaint :

– Oh non la panne encore ! C'est-y Mère de Dieu possible ?

– Oui, dis-je, y en a pas plus lourd que ça.

– Hé, Prophète-béquillard, elle est quand même chouette, ta connerie d'histoire, même si elle cause en patois qu'on pige qu'à moitié...

Le compliment vient de la fifille, de la Charkia.

Vous sciant les nerfs de ses coassements qui dérapent du grave au suraigu, Calatayud revient à la charge :

– Prophète-béquillard, serait-y pas l'effet de zoo qui lui aurait monté à la tête, au lion ? T'en as causé la dernière fois, de l'effet de zoo. Que du coup toutes les choses elles deviennent comme si elles ont vu des fantômes.

Ils vous posent de ces questions !

– Le coup d'ozone, sagouin, dis-je. Le coup quand le ciel se fait si noir, que la lumière du jour ne peut plus remonter dans la stratosphère où elle est née. Un moment où t'as plus qu'à trouver un trou de rat où te planquer.

Ayant réfléchi pendant que je donnais ces explications, je me ravise et concède :

– Peut-être après tout que oui. Peut-être que ton effet de zoo, c'est pareil, Calatayud.

– Tu vois ! J'en ai dans le cigare, j'fais pas de fla-flas du nase !

S'il est content d'avoir eu le dernier mot ! Je ne peux que l'être pour lui, moi aussi.

Entre les tours d'immeubles, la nuit a fini par planter ses yeux caves sur nous et on s'est mis à ne plus nous voir beaucoup les uns les autres. C'est l'heure aussi où la campagne limitrophe investit de ses ténèbres la zone urbaine qui, elle, a étouffé sa rumeur. Je tends l'oreille au silence prolixe de l'invisibilité. L'autoroute seule dans son travail jusqu'à l'infini lointain y entretient sa fièvre. La cité, derrière nous, s'est encalminée dans une paix qui ne me dit rien qui vaille.

Il est temps de se séparer quoi qu'il en soit. La dispersion commence par petits paquets. A deux, à trois gars, on s'en va, échangeant des propos murmurés, quand ça se produit.

Depuis peut-être un moment ; ça chauffait, ça se bagarrait, se rentrait dedans ; ça fait peut-être un bail. Et nous de ce temps, qu'est-ce qu'on fabriquait ? On se laissait baratiner par ce glavioteur de Prophète-béquillard avec des histoires à la lèche-moi le cul. Se flanquer des piles, il est pas pour. Et maintenant on déboule en pleine castagne sans nous être doutés de la situation. On se frotte les yeux :

la poudre parlait et on n'en était pas, alors que les autres gars de la cité, eux, oui, la bande à Momo, le clan à la Charogne. Y z'en étaient. Ce Momo, je te jure, une vraie charogne, et sa clique, tous pareils, aussi charognes si c'est possible. Mais y z'en étaient, y z'avaient établi le contact avec les poulets. Au rond-point où ce que ça se passe chaque fois, le point que ça se dit l'œil du cyclone de Bellevue, la belle qu'elle ferait mieux de s'appeler Métèqueville. La nuit c'est qu'un négatif et on s'y bigorne ferme, ça te vomit de la fumée, te vomit des torches que c'est déjà des bagnoles qui crament. L'enfer, comme y disent les curaillons, quand les damnés dansent en l'honneur de l'Éternel aux sabots fourchus.

Du coup, ce qui nous reste à faire... Chasser les mioches qu'on se trimbalait aux fesses, les Grelot, Zenzil, ce ramassis d'avortons, – mais Ticlou y veut rien entendre, y veut monter au feu, il nous pend au train. Un dur, un coriace, le chiot. Ce qu'y peut nous péter au nez !

On leur débouche par-derrière, aux cognes. Faut prévoir à les contourner pour aller en face rejoindre les truands, les racketteurs à Momo et faire ami-ami avec ces crapules. Du moment que ça chauffe, c'est réglo, c'est chiant mais t'iras pas t'imaginer, les gonzes à Momo y sont devenus tes potes vu qu'y sont l'ennemi de ton ennemi ; et pour chauffer, ça chauffe. Tant, que tu claques les plombs sans condition. T'as plus idée de ce qu'elles trafiquent tes quilles, plus idée de ce qui te larde les tripes, plus idée à quoi elle pense ta caboche. Rien que tu joues des arpions. T'as que la grande colère, la grande haine qui te bouffent les sangs et, comme elles font ces pataches qui jouent aux feux de la Saint-Jean, qu'on y est juste, à la Saint-Jean, tu brûles au kérosène.

Partis pour récupérer nos munitions dans les caves où ce qu'on les planque au cas où, ces caves qu'elles schlinguent *beuh* la pisse, le vieux mégot, la bière renversée si c'est pas le rat crevé, ou la bête humaine parce qu'on s'y planque nous aussi, t'as que ça, v'là que les plus vifs à se magner ils reviennent, et pas les mains vides. *Yahou*, on a ce qu'il faut ! Des jerricanes bourrés d'essence, des pétards, des marteaux, des pieds-de-biche, une baïonnette en plus, des bouts de torchon, quelques tournevis. Les autogaloches, elles ont qu'à bien se tenir. S'y en a encore que deux ou trois à griller, elles vont toutes y passer à la queue leu leu. Un coup de pied-de-biche ici, de tournevis là, le bouchon du réservoir saute, tu y fourres dans le goulot ta mèche de torchon trempée d'essence, que t'as eu soin d'allumer, ou t'es qu'une nouille. Et tu piques un sprint : le résultat y se fait pas attendre, la tire se prend pour une comète qu'elle t'éclipse la lumière des yeux. Même que les familles, elles sortent des immeubles, mecs en pyjama aux tifs de poisson-chat flanqués de bobonne, elle, la coloquinte farcie de bigoudis. Le 14 juillet, quoi ! Et tu t'éclates à bigler ces caisses qu'elles avaient rupiné chacune plus que sa voisine et que maintenant elles carburent, elles loufent.

Faute de chiffons, t'as bien les pétards ? Tu fais feu et tu y jettes dans la chatière. Mais des fois que tu manques de chiffons ou de pétards, t'as une masse en main, non ? Tu défonces le pare-brise, t'arroses l'intérieur de super et d'une allumette, une, t'auras fait ce qu'il faut. Oublie voir après que t'as deux jambes, et tu te roussis les poils du guindeau.

Un tapecul extrapulté ça te produit une excitation volcanique comme c'est Dieu pas possible. Et les moments où, le lapin que t'es se met à courir sus aux chasseurs, que tu pistes les flics, puis que c'est leur tour, c'est pas triste non plus. Mais peau de zébi qu'ils nous collent la patte au collet. Des balcons, les sœurettes nous tuyautent avec leurs portables, faut se rappeler. Et ils sont baisés, les cognes s'ils croyent qu'ils vont nous choper. On sait d'avance d'où y se pointent. Des armoires tu dirais qui chargent mais nous on est déjà loin dans ces galeries qu'y en a des flopées et tu parles si on les connaît comme notre poche ou la poche d'un client friqué quand ça se trouve. Ils risquent de s'enchifrener pour dix ans à louver des courants d'air : c'est jamais où y nous attendent qu'on leur ressort à la diable attrape-cons pour leur balancer encore des pétards, des boulons, des pierres dans le plexiglas, et les faire chier.

Pas qu'un ou deux, les pneus cuits par la chaleur ils explosent ; on les entend, l'air pue la gomme fondue. *Beuh*, Bellevue peut s'étouffer on s'en bat la carafe. Pour nous, c'est une mission, une guerre de survie. Le Prophète-béquillard comment qu'il a dit ? « Tous les systèmes foirent. Les villes deviennent trop grandes, plus grandes que les hommes, que les pantocrates qui se mêlent de les manier. Elles sont que des puits d'hystérie avec rien autour. »

Il a quand même ajouté : « Mais un monde nouveau est en train de s'instituer sur la reconnaissance du frère perdu. » Alors ça, nous les gars de Métèqueville, ça nous botte. Moins que la pagaille, que la provoc. N'empêche, ça nous botte. Ces salauds de poulets aussi on les aime bien. Jusqu'à leur filer des bécots, non. Ils font pas dans la dentelle, – et nous alors ! Quand même, on rigole bien avec eux. Parole.

Combien de temps ça fait que ça n'en finit plus de continuer ? Une paye. De cette heure où y nous avaient vus débarquer et s'étaient mis à gueuler : « Il en arrive d'autres ! Les petits salopards ! Coincez-les ! Par là ! Par là ! » Nous, arrêtés à distance, que deux secondes on s'était demandé ce qui se passait et qu'est-ce qu'y fallait faire. Ces deux secondes qu'y te faut avant d'y aller au casse-pipe, d'y rentrer plein pot dans le lard à ces tatas. Et parce que le rodéo avait commencé et t'as pas été prévenu, tu dégobilles avec ta surprise, ta rogne, tu dégobilles tes injures les plus cradingues.

Et comme si le temps ni il a passé ni il a bougé, des murs de flammes, de fumée font que monter et que se perdre dans la tinette, le vide-ordures d'une nuit que, à présent, un malabar d'incendie la tient serrée dans ses bras. Avec la bande à Momo, je redonne l'information, qu'était sur place d'avant, on avait formé sans discuter, sans demander qui était qui, un seul front. Le temps ni il a passé et on active comme les taureaux qu'avisent une génisse dans le coin et qu'on va les siphonner, ces flicards, qu'on va les niquer, et merde s'y aurait des éclopés qui se ramasseraient à la pelle.

Vous auriez maté qu'une fois la chose à la télé, un dessin serait de trop. D'un côté nous on est que des teignes et on se renvoye des gnons avec les cafards d'en face, des cafards sortis de *Jurassic Park* debout, maousses qu'y sont dans leur carapace. Eux qu'y cavalent, foutent la merde, nous qu'on fout le feu. Mais nous encore on y va qu'avec des allumettes tandis qu'eux c'est avec des machins qui vous beurrent salement le paysage. Une dégueulasserie pour prouver tellement quoi ? Qu'y défendent ces carrioles de mes deux qu'elles datent de m'as-tu Salem et v'là qu'elles servent de braseros ? Ou la casquette du père Bugeaud que vous avez dégottée chez les chiffonniers où ce qu'on se débarrasse de toutes les dégoûtations de vieilleries ? Ou le sommeil qu'écrase le citoyen de la zone, cet enfoiré de canasson au bout du rouleau ?

Houuu ! Yahou ! Aux bourres qu'y z'arrêtent pas de nous courser et y n'ont ni douze ni quinze ni vingt berges, nous, on leur tire que des allumettes. A l'occasion, des feux de Bengale aussi que ça leur retombe en bouquets de fleurs sur le trognon, et on y montre la quéquette, à ces chochotes.

Lourd, rond d'épaules, épais de torse et, entretissée de fils d'argent, une de ces tignasses, qu'il penche pour l'instant au-dessus d'un dossier dont il feuillette, refeuillette les trois pièces avec une moue d'immense ennui, sidéré à vue de pif par la minceur de cette foutaise mais ne se permettant que de brefs hochements de tête, l'homme, sauf qu'à intervalles réguliers se racle la gorge, la moue sans doute moulée de naissance sur sa figure, ne se permet que ces brefs hochements de la tête.

« Putain, c'est ça un juge ? se dit Ticlou debout devant le bureau qui lui arrive à mi-bréchet. J'suis mal barré. L'a rien de commode. »

Il abandonnerait son fauteuil, se camperait sur ses pieds, qu'il serait Conan le Barbare, cet ostrogoth. Une force de la nature, mais qui ne fait que relever la tête et soupeser Ticlou du regard. Ahuri alors, le kid se demande : « Des œufs au plat ou quoi qu'il a sous ses grosses lunettes ? »

Puis il te lit une de ses feuilles d'une voix... D'une voix

à un point *super-civilisée* que tes oreilles mettent un temps à en revenir :

– Jean-Louis Pand...

– Stop ! Stop, mec ! Tu te goures sur des kilomètres. Non que ça serait pas moi, seulement les potes y m'appellent que Ticlou. D'accord ?

Ainsi le gamin a-t-il interrompu Conan. Et Conan fait :

– Assieds-toi.

Il désigne du menton le fauteuil habillé de cuir vert en attente face au bureau.

Ticlou se hisse, procédant à reculons, sur le siège monumental. Un ouistiti, il a trouvé où se percher, cependant, les mains agrippées aux accoudoirs, sans l'air d'apprécier.

– C'est eux, les potes, la vraie famille, si tu vois ce que je veux dire, mec.

– Monsieur le juge.

L'esprit tout aux conneries qui lui ravagent la tête, le mouflet reprend machinalement :

– Monsieur le juge, mec.

En fin de compte, il s'approprie le fauteuil, s'y carre. Mais il ne réussit qu'à peine à occuper le tiers de la moitié du cale-cul, si fluet il est, si pâlot, si jeune et si vieux.

Il écoute le juge, qui continue à lire.

– Onze ans.

Un juge ensuite, qui reporte sur Ticlou ses lorgneuses à plusieurs foyers encastrés, puis qui, après l'avoir contemplé, décrète :

– On ne dirait pas.

– Peut-être on dirait pas, et Ticlou se frappe la tempe de l'index, mais que dalle si tu sais ce qu'y a là-d'dans, mec.

– Monsieur le juge.

– Monsieur le juge, mec.

L'homme au regard introuvable s'informe :

– Qu'est-ce qu'il y a là-dedans s'il est tant soit peu envisageable d'en avoir connaissance ?

– De la gamberge. Comme tu dirais, de la comprenette, mec.

– Monsieur le juge.

– Ouais, ouais, on n'est pas des sourdingues. Monsieur le juge, mec.

Un quart, puis une demie, puis trois quarts d'heure s'envolent de la sorte et tous deux sont là, l'homme et l'enfant dépossédés de leur conscience du temps, le môssieu, taciturne, la lippe pendante, le môme travaillant à tout-va du clapet, le sérieux et la blague usée servis pêle-mêle.

– Toi, t'as ce que tu veux, mec, avoue. Le fric, la maison où il ne manque même pas à ta téloche la télécommande. Les flics, ils te protègent. Tu bouffes bien, y a qu'à voir le bide que tu te payes. Un jour ou l'autre, t'aurais besoin d'une brouette pour le transporter.

Du nez, Ticlou produit une espèce de ricanette.

– Pas vrai ? Et c'est toi, avec ça, qui viens nous espliquer à nous autres qu'avons rien, ni pas de travail ni pas de bouffe, ni des fois pas une niche à chien où qu'on pioncerait, que tu viens nous engueuler hé les chiards y faut ouvrir l'œil, faut faire gaffe que le trou vous attend, et vous les juges vous trouvez ça juste, mec.

– Monsieur le juge.

– Monsieur le juge, d'accord, d'accord, mec. T'énerve pas.

– Et c'est quoi : ce qui se passe en ce moment ? La guerre ?

– Si tu veux. C'est la guerre sainte, je fais le djihad.

– Comment ça, le djihad ! Ce n'est pas pour toi, c'est bon pour les Beurs, les Arabes. Toi, tu es français.

– Si je suis français, ça se pourrait mais j'en ai rien à foutre de le savoir. Arabe ou mon troufignon, je me sens pas mieux qu'eux, je vis pas mieux qu'eux, alors je fais la guerre sainte avec eux tous.

– Contre qui ?

– Contre eux, toute la kofferie, toutes leurs gueules d'enfoirés qui se remplissent les fouilles et qu'y plantent partout des vigiles et se moquent des juges, qu'eux tous y s'en tamponnent le coquillard.

Pinçant la bouche, Ticlou se tait, mais non ses yeux qui émettent presque un sifflement de chalumeau.

– Et après ? s'enquiert le juge. Quand vous en aurez fini avec ça ? Qu'est-ce qu'il y aura, mec ?

– Après, le prophète y saura quoi, y mettra les choses à l'endroit, comme elles doivent être. Et tous les cons qui se la ramènent, y verront !

– Et ton prophète, comment s'appelle-t-il ? Mahomet ?

– T'as qu'à rigoler, t'es aussi con que les autres. C'est le Prophète-béquillard. Y sait, lui.

– On peut lui parler ? Où est-ce qu'on peut le trouver ?

– Personne y peut le voir. Que les gens ils le voyent, et ils vont dire après qui c'est lui et, ça, macache. On n'est pas encore aussi couillons, nous. C'est vous autres, mec, et que vous l'aurez jusqu'au trognon un de ces jours.

– Parce que vous continuerez à foutre la merde.

– Moi, quand je décanille de la cave où ce que je roupille

et je chie, je trouve qu'y te reste que ça de mieux à faire. Mets-moi en prison et tu verras la merde que j'y foutrai.

– Un poulet déplumé comme toi ?

– Ouais, c'est que tu t'es pas regardé si j'suis un poulet déplumé. Qu'avec le derrière que tu te tiens, moi y me reste qu'à être le poulet que tu dis. Tu le poses sur ce fauteuil et t'es plus capable de le décoller, ton derrière. Eh ben, y a des fois que je bouffe que l'air que je respire parce que c'est à l'œil. Tu connais ça ? Sûr que non et tu t'en tapes le nénuphar du moment que t'as toute la graille que t'as envie, sans oublier le dessert. Jure-le que c'est vrai.

Un autre quart, une autre demie, d'autres trois quarts d'heure s'envolent, et le juge et l'enfant sont là – ça commence à sentir le bouc dans la piaule – toujours dépossédés de leur conscience du temps, l'homme à reprendre avec sa moue dégoûtée les trois feuilles dactylographiées, à les reposer, le gamin à faire mine de s'éjecter de son perchoir, à des moments, comme pour vous voler dans les plumes, mais se cramponnant à ces bras de fauteuil qui font barres parallèles, et turbinant du moulin à paroles à en perdre la voix, disant, rigolo, avec sa gouaille des faubourgs :

– T'as tout, la loi et le reste, et nous autres qu'on n'a rien, alors on n'a pas de loi. On n'a que des emmerdes et, en cas d'occasion, ta loi mon œil si elle vient nous voir. Ou que pour nous chier dessus, parce qu'on est que des enculés de chômeurs, des pas instruits, des pas bien élevés, des pas grand-chose avec pas la couleur qu'y faut. Hein, mec, ça te prend la tête, ça !

Les yeux tels que noyés dans une soupe de verre, l'homme attend la suite. Mais brusquement on frappe.

Ticlou accompagne d'un hoquet engoué le bond qui l'aurait expédié au plafond s'il ne s'était retenu à son siège.

Le juge, même tête bassinée, morose, impavide, se tourne vers la porte.

– Oui ?

Entre un mac, ou un genre de, sapé tout comme. Semble-t-il connu du juge, qui braque ses arquebuses sur lui.

Sans saluer ou regarder Ticlou, ou peu importe, la tête de nœud, un spécialiste de la galéjade morveuse, fait :

– Alors vous vous en sortez avec cette vermine, juge ?

– C'est à propos de quoi ?

– Savez, la petite frappe qu'un bonhomme de Bellevue a flinguée de sa fenêtre. Elle a pas tenu le coup, la pauvre choute. L'a claqué juste en arrivant à l'hosto.

– Ah, exhale le juge.

– Il faut la renvoyer à l'envoyeur ? Ou qu'est-ce qu'on...

– Jean-Louis, tu peux rentrer chez toi. Va, fiston.

Assis comme sur un gril à présent, Ticlou se demande à qui le juge s'est adressé. Puis il pige : « A toi, citrouille. » Et il tripe : ça lui en a pris un temps !

– Merci, monsieur le juge.

Il ne demande pas son reste. Il décampe sur-le-champ, le connil sauteur.

Okay, la cité Bellevue elle a été nettoyée, en premier de ses carcasses de bagnoles qu'avaient rendu l'âme par le feu, et rien que ça, ç'avait pas été rien, l'avait fallu une armada de ces camions-grues pour enlever le tas de ruines ; puis nettoyée de toutes les cochonneries que ça y avait laissé, que ça traînait partout après le grabuge qu'y avait eu cette nuit. Okay, le superbazar l'est emballé maintenant dans des planches que tu croirais un cercueil, et que le superbaz c'est le macchabe. Mais si tu irais t'imaginer qu'un dépotoir, que t'as débarrassé de ses ordures, y devient plus propre, plaisant à voir, le parc de Versailles, je t'en fous. Ma crosse si ça y fait quelque chose. Bellevue l'est toujours le dépotoir que c'est ; y changera ni demain ni après-demain. Pareil dans sa purée, dans sa crasse, l'a l'air plus souillard que jamais. La cloche, quoi ! Avec ça qu'y déprime. Et le tableau il est loin d'être complet. Plus sinistre, tu peux toujours chercher. L'incendie, tu dirais, y lui est passé en travers. Que même ses bâtisses, elles ont l'allure cramées, même qu'elles sentent le roussi sur elles.

A part si tu regardes du côté de la place Jean-Jaurès où ce qu'on a dressé un monument aux morts pour le petit Calatayud. Celui-là qu'a récolté un pruneau dans le cassis, que ça l'a étendu sur le carreau avant qu'il dise ouf et l'est plus là ; mais y a son portrait top format, plein de fleurs autour, des masses. Des masses. Pour la propreté, le coin est propre et tous on a déposé la nôtre, de fleur. Ceux qu'ont rien à croûter ont pas été les derniers, les gosses y z'en ont fauché dans les jardins publics. Parce qu'y fallait. Et ça continue, un tas de gens. Naturel, c'est pour notre gamin et pour nous aussi qu'on est de Bellevue, qu'on nous assassine comme ça, assassine chaque fois qu'un de chez nous est descendu. Des montagnes de fleurs que si tu tombes dessus sans savoir le pourquoi de la chose, tu te marrerais en douce : « Merde, en v'là du nouveau ! V'là qu'y a un marché aux fleurs à Bellevue. » Puis le portrait, tu le zyeutes, et motus, lui-même y te zyeute. Qu'est-ce qu'il pense, on sait pas. Tout lui, avec sa bobine, un gars qu'avait pourtant la langue bien affûtée. Mais une sainte merde comme y en a, un salaud de cul mou, il sort sa pétoire et, de son balcon, y se met à canarder le monde. Et nos loupiots y dégustent.

L'a été, le tueur en personne, jaspiner, après, comme quoi le môme y allait allumer sa tire et qu'y a que ça à faire avec les fils de putes de Français qui sont que des Arabes. Et il aurait compris que c'était un guignol d'Espingo : quand même y l'aurait flambé parce que lui y défend son bien et y a que ça qui marche avec la graine de truands. L'a aucune preuve ? Y sont tous que des truands et, lui, l'est quelqu'un d'ici ! On sait pour qui y vote et y s'en flatte. L'a été alpagué par la PJ : savoir ce qu'on lui fera ? Si cette panoufle sera pas bientôt de retour ? A ce moment, gare.

Ticlou glandouillait par là, sûr qu'y aurait des copains dans les parages. Il y comptait bien, il glandait comme ça et qu'est-ce, à l'horizon, que ce dos qui commence à le regarder ? Craché juré, un râble qui le cible : lui, Ticlou de Bellevue. Si ça serait celui de Conan ? Que le Barbare aurait débarqué dans la cité ? Non, tes yeux te feintent, y te font cocu, Ticlou, tu vois que ce qu'ils veulent voir. Et, parole, c'est Conan ! Soi-même à l'identique ! Guère mieux lingé que les scribouillards de la boîte où on pointe qu'on est tous des chômeurs, des Rosetta, cette *ANPE-mon cul*, comme un petit malin l'a écrit au-dessus de la porte avec une bombe.

A l'interrogatoire de l'autre jour, il arrêtait pas de reprendre Ticlou : « *Monsieur le juge* », alors qu'assis à son bureau ça crevait les yeux qu'il l'était, monsieur le juge. Et c'est lui, ici ! Lui venu se paumer dans ce ouater où les gens normaux et encore moins les juges s'amusent à risquer un pied. Ticlou, y répondait : *Monsieur le juge, mec ! Ouais, on a compris.* Et maintenant il va tranquille, rien que tout seul dans la cité. « Quéque chose tourne pas rond. »

Et il peut plus se retenir, il joue des fuseaux. Son palpitant en travers de la gorge, il file le train au Conan.

Arrivé à sa hauteur, il lui arrache la paluche, à la volée, une pogne énorme qu'il élève en l'air sans lâcher prise.

– Hé mec, toi dans notre cité bordélique ? Qui aurait jamais cru !

– Monsieur le juge.

– D'accord. Monsieur le juge, mec.

Ils repartent, continuent dans la même direction, ce qui change rien aux barres, aux tours, comme elles murent la vue, mais pavoisées de draps, de liquettes, de petites culottes, un 14 juillet qu'on fête à longueur d'année. L'enfant a pris l'adulte en remorque, du coup.

– Vise-moi ça là où on crèche, nous autres. T'aurais pas honte d'en être ? Sauf qu'ici personne y connaît la honte. Tout le monde est frère dans la honte, tu viens de n'importe, d'Amérique ou de Madame Gascar...

– Madagascar.

– D'accord, mec, de Mada... comme tu dis. N'empêche, t'es pareil comme les autres à peine t'as atterri à Bellevue.

– Il y a des immeubles qui semblent avoir été fraîchement repeints.

– Et à côté, y en a des couverts de tags, et y sont beaux, non ? Tu sais quoi...

Ticlou cesse de lorgner vers le juge et regarde ailleurs.

– La vieille putasse de Bellevue, qu'on l'appelle la Sans-culotte : y sont comme elle, ces étages, quand elle se barbouille la tronche de fards et sort faire son tour du quartier. Faut voir aussi comme elle est fringuée, ça vaut le coup d'œil. S'y a de l'or sur elle, c'est pas la quincaillerie qu'elle se pend au cou, s'enfile aux bras ou s'accroche aux oreilles, mais la robe de soleil fondu coulée sur elle. Pas mal, pour sortir le soir ? Et elle en jette un jus avec le jupon de danseuse en plus qu'elle porte dessus, que j'y ai demandé une fois si c'était de la toile d'araignée ! « De la tulle, mon miché », qu'elle m'a répondu.

– Du tulle.

– Toi, tu sais tout, mec, mais si c'est pour la ramener, ça va ! Et d'abord attends de savoir comment, cette robe et ce jupon, elle te les trousse au nez des asticots qu'y se prennent pour des terreurs et commencent à lui coller aux pompes, ça vaut la peine. Pas un de ces couillons y tient tête. Tellement ce qu'elle leur montre ça les panique, qu'y sont capables d'aller se planquer derrière le Diable de l'enfer.

– L'origine du monde ! marmonne le juge.

– Qu'est-ce que tu barjaques, mec ?

– Non, rien.

– C'est pas moi qu'irais avec elle, tu peux être sûr. L'instit nous a sorti qu'y a eu des gens y se nommaient eux-mêmes des sans-culottes et y se baladaient tel que. Des fois que c'est un bobard ?

– Du tout. C'était sous la Révolution.

Sceptique, Ticlou, avec une moue, secoue la tête comme il l'a vu faire au juge.

Sa main il l'a oubliée dans celle de l'homme, et simplement ils marchent, simplement ils causent, la cité Bellevue n'a qu'à chier dans ses bottes. Ce môssieu y trafique avec les poulets ? Et après ? Ticlou s'est jamais senti aussi – comment ? – aussi bien, le moral aussi gonflé, une pêche du tonnerre. Qu'à des moments pour respirer il doit avaler sa salive.

Frelon, il bat des ailes à bloc et finit, à la fin, par conduire le Conan devant le portrait, tout ce qui reste de Calatayud, le gars que de sa crevarde de vie l'a jamais biglé autant de roses et, place Jean-Jaurès, y nage dedans.

Ouais !... Y est tout dedans avec sa binette que les retouches du photographe elles lui ont pas défroissée. Mais c'est surtout le regard qui, toujours pointu, méfiant, sombre, en rien changé, est resté le même avec sa désolation. Un qui se savait déjà vaincu, et y baissait pas la garde, y tâchait de sauver sa petite mise dans la vie. François, y me semble qu'il s'appelait. Personne s'en souvenait.

Ce que c'est que la mort ! Mais une vie de chien, c'est-y mieux ? Ni, d'abord t'étais un chien perdu, François, ni t'étais seul. Ni t'es seul là où t'es parti. T'as tous les frangins avec toi. Si tu veux vivre, c'est comme ça et si t'essayes de me dire le contraire, ça serait que des salades. Y sont là, les potes, si tu veux te regarder autour, y sont tous là.

Y veillent, y quittent plus la place, y a de ces jeunes.

– Allez, mec, je t'accompagne à ta guimbarde, fait Ticlou, levant les yeux sur le juge. Où ce qu'elle est ?

– Je suis venu en bus.

– Tu voudrais me faire avaler ça...

– Et je repars en bus. Je n'ai pas de voiture.

– Yaouh, monsieur le juge ! En avant jusqu'à l'arrêt du bus ! T'as vu au moins ce qu'y avait à voir, et comment c'est, chez nous ?

– Oui, mec.

Ils sont à nouveau réunis autour du Prophète-béquillard. Lieu de ralliement : le même terrain vague qui, à la limite d'une friche, surplombe d'un à-pic de vingt mètres les deux voies ferrées. Ce matin, ils avaient accompagné la dépouille de Calatayud au cimetière.

L'ayant abandonné là-bas, ils ont, chacun pour son compte, essayé d'imaginer ce qu'il adviendrait du pote resté seul. Ils se sont empatouillés dans une purée de pois, une sorte de matière gluante, sainte merde, dont ils ont désespéré de pouvoir se dépatouiller. Ils avaient cessé d'être en phase. Déprogrammés, ils étaient.

Le crépuscule, son encre encore pâle, s'y noient peu à peu toutes les choses. Mais cela, soudain, fait place à une terrifiante clarté. Sans source repérable, désincarné, un flamboiement qui n'a pour fin, semble-t-il, que d'inonder d'un lait d'ouabaïne les HLM en vue, de les récurer ; mieux : de les transmuer, d'en tirer une merveille ; et ça s'est vérifié.

Puis, sacrée couenne de verrat, sitôt entr'aperçu, sitôt ce monde né de la lumière, vierge d'ombres, voué au silence, s'évanouit. Une baie s'est ouverte entre deux aires sidérales juste pour se refermer et faire face, elle, à un noir d'abîme. Un noir d'attente. Une étouffante imminence d'orage.

L'attente se révèle sans objet. Toujours bas, lourd, le ciel ne médite aucune menace. Rien.

– Regardez-moi ces gros nuages, dit le Prophète-béquillard, réclamant l'attention des gosses. Ils ne réussissent qu'à s'empiler, se presser là-haut, et ils font bien. Que si une lancette les incisait d'un fil, tout ce qui est bleu, et qui se cache derrière, se mettrait à hurler, à maudire les hommes. Ce n'est rien d'autre que l'œil de la mort, ce bleu.

Un silence qui n'en finit pas d'être à l'affût accueille ses paroles.

– Que l'œil de la mort, ressasse-t-il. Et il est préférable qu'il reste fermé le plus longtemps possible. Tout le temps fermé, on aimerait...

Une parole en suspens ; une écoute aussi. L'homme vide son sac :

– Pourtant nous rêvons d'y pénétrer. Nous nous y préparons avec nos fusées. Sans rire.

– A y aller, Prophète-béquillard ?

– A y aller pour de vrai, dis ?

– Quand ? !

L'entassement de jeunesse faisant cercle sent la pâte brute qui lève ; ça souffle, halète. Parcourue d'ondes, de vibrations : une fureur peu regardante sur les raisons qui la pousseraient à l'action.

– Quoi quand ? raille l'homme.

Il prévient :

– Vous l'apprendrez toujours à temps. La Terre, elle se réchauffe, proclament les Cassandre, fortiches pour prédire, non pour guérir. On est d'accord. Le gril est allumé déjà sous nos pieds et avec un peu de patience on y passera tous, à la casserole. Quand même, cet enfer-là au moins, saluons-le au passage. Il ne fera point de jaloux, égale sera la part de chacun. Alors seulement s'ouvrira l'ère de la démocratie. On peut se fier au Diable pour nous accommoder, tisonnier en main, quelque chose dans ce goût. Mais nous n'en sommes qu'au départ des feux.

Des cabochards, ces copains, avec ou sans les deux-trois

bougresses en plus. Le prophète, s'il les connaît, lui ! Têtue, ombrageuse, l'expectative qui sourd de leur meute refuse de céder, d'évacuer l'air.

Il s'y reprend à deux fois ; il a le chic, béquillard :

– Tisonnier en main de maître. A moins que...

On ne peut plus inopportune, une voix zinzonnante le coupe :

– A moins que ?

Ou, on ne peut plus opportune, on ne peut plus celle qu'il faut, du môme Grelot, ou qu'importe, pour poser ce genre de question.

Le béquillard y répond :

– A moins que l'issue de secours ne soit l'Espace. L'Espace qui nous tend les bras, s'il vous est arrivé de le regarder par une nuit claire, si vous vous êtes amusés à compter les étoiles dans votre petite tête. Ces étoiles, des milliards qu'y en a ! Le nombre qui dise combien, personne le possède. Mais c'est pas une raison pour se priver d'y aller. Au contraire ! Dans la flopée, y en aura bien une de bonne pour nous. Et sachant qu'il faut y aller, faut voir à se magner et pas croire qu'elles vont nous attendre. Elles filent à un train que nos fusées d'aujourd'hui elles sont des tortues à côté.

– Jette l'éponge, bonhomme ! C'est foutu d'avance si, avec les fusées qu'y a, on n'y arriverait pas ! T'es encore parti à débloquer.

– C'est qui, qui a parlé ? Ticlou ? Les hommes, fiston, dès que ça sent le roussi, ils se démerdent vite fait pour garer leurs fesses. Quelqu'un a encore quelque chose à demander ?

Motus dans le poulailler. Pour autant personne à la ronde

n'en perd une quand le prophète redémarre à fond la caisse :

– Même les galaxies, on ignore combien y en a, alors qu'on ignore combien y a d'étoiles dans une galaxie. C'est dire s'y a de la place, et qu'il ne tient qu'à nous de nous en dégoter une. Puis... y a l'appel. Que s'y en a des sourds qu'entendent pas, ça sera bien fait pour eux qu'y soient grillés à domicile comme des poulets. L'appel de *ces espaces infinis* ! Parce que nous sommes de la poussière d'étoiles certifiée. Que les molécules qui nous constituent, et qui se retrouvent dans chaque feuille, puce, lézard, clé plate, roche, tatane, condom, walkman, roller, sont présentes dans l'univers. Le vent primordial libéré par la Grande Naissance du Tout, il court encore dans nos cheveux comme la brise de mer ou, quand elle s'inverse, la brise de terre.

Il lâche à la fin une réflexion, et ce qu'elle fait tocard du coup :

– La nostalgie, bordel !

– Oui, mais Prophète-béquillard...

Ce serait Ticlou qui l'ouvre de nouveau, les oreilles ramassent tout ce qui tombe d'une bouche. Ticlou, ce quart de portion pas avantagé par la nature, une blatte blanche avec ses antennes qu'elle sait que les remuer et que, sa voix elle sort éraillée, grêle, comme d'un vieux phono, si on connaît.

L'homme, l'essaye que de l'imiter d'abord :

– Oui, mais Prophète-béquillard ?...

– Oui, mais si c'est pour se retrouver pareil dans une banlieue merdique, je bougerai pas mon cul de cette vieille saloperie de Terre. Tant qu'à m'en aller me taper une autre cave, j'ai ce qu'y faut, merci.

– Un monde neuf, nickel, qui nous attend là-haut, et tout ce qu'il faut pour tous !

– Que tu dis ! Mon œil s'y va rester longtemps neuf, nickel, du moment que nous y débarquerons. Neuf, nickel et avec tout ce qu'y faut pour chacun : y en a ici qui veulent parier ?

– S'y a qu'un croupion mal torché à se cramponner à cette garce de Terre, personne y voudra partir, mon lapin.

– Hou ! Hou !

– L'enfoiré !

Ticlou souffle du nez :

– Tu vas me faire croire au Père Noël, Prophète-béquillard !

Il s'arrête de continuer à souffler du nez, puis il continue :

– Et si on commence par s'occuper de cette cradingue qu'y a rien qui pue autant, si on commence par la briquer, hein ?

Les autres, ni d'un mot ils se défaussent, ni d'une loufe. Des envapés, on dirait par décence. Ou parce que dans le coin, les lampadaires y sont morts, que leurs tubes au sodium, y volent en éclats aussitôt remplacés ?

Dans le noir, assis ou allongés, y font attention qu'au ciel. Y z'attendent qu'y se découvre, et quoi encore ? Les étoiles, elles les ont jamais intéressés et, maintenant, y a plus qu'elles, ces têtes d'épingles, qui les soucient. Des fois qu'ils pourraient aller dessus ?

Ticlou s'avertit : « Toi Ticlou, c'est rien qui te concerne. Que ces nuages y décanillent, tu jetteras aussi un œil là-haut, les gars y raconteront pas après que t'es un faux derche. Et là, tu tires tes grègues ; à la revoyure ! Je les comprends. Sauf que, si c'est pour demain, qu'y seront du voyage, moi j'y croirai jamais. »

Faut ce qu'y faut, s'y faut passer la nuit à mater le ciel. Malgré ce qui pèse comme silence, il demande :

– Eh ben, Prophète-béquillard, la djihad, ça sera pour quand ?

– Quoi ? Ah, ah, la djihad !

– T'es passé de l'autre coté, avoue.

– Passé de l'autre côté ? Beaucoup moins que ça y paraît. Quand t'auras appris à te moucher, tu t'apercevras que personne est à une contradiction près, quand ce serait le ciel !

L'est pas tombé de la dernière pluie, Ticlou : y s'en doutait. Mais y se la boucle et, avec les autres, il attend. Merde, s'il y paume toute la nuit !

Karma

1

Ce figuier se profilant sur le désert. Se profilant, ouvrant comme des mains au bout d'autant de bras liés ensemble.

Je ferai lever mes signes à l'horizon.

La lumière : tendre encore de voir le jour. La même qui se muera peu à peu en fièvre rugissante.

L'air rend un son faible ; le son se prolonge à l'infini.

Nulle empreinte de pied, ni d'autre trace, rien qui estampille le sable.

Le figuier se profile loin sur le ciel.

Le désert l'a-t-il mérité de quelque façon ? Est-ce un rêve qui visite le désert ? Qu'il soit là.

Là où aucune route n'arrive, – et d'où en arriverait-il une ? Là d'où la moindre ne part, – pour aller où ?

Mais l'air passe. Il passe, ne revenant jamais sur ses pas.

Et si le désert s'est fendu la poitrine, et il a produit le figuier ?

Je ferai lever mes signes à l'horizon.

Mais qui, sur place, reste à dire : *Je ferai lever mes signes à l'horizon* ? Mais qui ? Le silence coruscant ?

2

Ce silence qui le réveilla : un silence inhumain.

La minute d'après, gisant sur le dos, Abed reperdait pied dans le sommeil.

Il l'ignorait mais, tout ouïe, à l'écoute, il se sentait partir.

Il revint à lui, croisa les mains sous sa tête. Il écouta, les yeux ouverts dans l'obscurité. Il écouta.

Puis il oublia d'écouter, les yeux ouverts.

Les premières lueurs de l'aube s'insinuaient sous la porte, troublaient le noir de poix, finissaient par s'y diluer. Abed n'entendait que la respiration tranquille de sa femme à son côté et, au-delà, de ses deux enfants. Tous les quatre alignés à même le sol sur une litière de nattes et de matelas aussi dure qu'une galette d'orge, la mère tournée vers les petits : ils dormaient, immergés dans une voluptueuse brume de tiédeur.

Que ne parvînt aucun son de toute l'oasis, cela pouvait se comprendre : il était encore tôt.

Abed s'étonnait pourtant. Et sa vigilance, il la prodigua dans le vide. Il écouta comme on quitterait son pays pour s'exiler en pays étranger. Il se vit debout même, il se vit aller à la porte, se vit l'ouvrir, se vit laisser l'éclat du matin fendre la chambre à la hache tandis que Mahdya et les deux garçons se retournaient en soupirant, et Abed s'en doutait, les garçons enfouis, eux, des pieds à la tête sous les couvertures.

Songe d'un homme allongé dans les ténèbres, les yeux ouverts. Le temps qu'un fêtu de paille brûlât. Tout ce temps, Abed y avait cru.

Tout ce temps, il n'avait perçu que du silence.

Du silence ordinaire ? Non. Il en était de celui-ci qu'il attirait comme un gouffre.

Il y manquait l'alerte du matin, cette noise qui en donnait le signal : craquètements des palmes agitées par le vent, chamailleries d'oiseaux criards. Les clabaudages de la prime heure.

Seraient-elles plusieurs dizaines, voire des centaines, et quand il s'agirait de millions, vous n'entendrez jamais les fourmis marcher.

C'était juste ce qu'Abed croyait capter. La sensation qu'il éprouvait.

Il laissa filer trois secondes, il posa la main sur l'épaule de sa femme. Mahdya se présentait de dos, il la secoua avec ménagement.

Vive nageuse remontant du sommeil à l'air libre, elle respira fort et dut, dans le noir ambiant, déjeter la tête vers lui, à se la déboîter, pour implorer :

– Ya Allah, qu'est-ce ?...

– Mahdya, Mahdya, insistait-il avant que le sommeil ne la rattrapât :

– Oui, quoi ?

Une interrogation qui avait bien sonné avec mille ans de fatigue à la traîne.

– Mahdya, tu veux écouter un peu.

– Enfin, qu'est-ce qu'il y a ?

– Qu'entends-tu ?

Il la sentit, cette fois, l'oreille tendue.

– Rien... Je n'entends rien en fait.

– Rien ? Ah !...

Il remit ça :

– En es-tu certaine ? Écoute encore.

– Mais que se passe-t-il ?

– Justement : rien. Écoute donc.

Elle se plaignit :

– J'écoute. Je ne fais qu'écouter. Je n'entends rien.

– Justement, on n'entend rien.

Sans que cela eût l'air de la surprendre, Mahdya reconnut :

– Tu as raison, on n'entend rien. Mais de grâce que se passe-t-il ?

L'homme différait sa réponse. Puis il eut les mêmes mots à la bouche et sa voix blanchit dans les ténèbres comme sous une rafale givrante :

– Que se passe-t-il ?

D'une poussée des reins, il se mit sur son séant. Gardant son linge de corps, déjà il enfilait ses frusques de jour par-dessus : une chemise, un pantalon pêchés à l'aveuglette.

L'imitant, Mahdya se leva aussi : elle, tout habillée. Sa robe, en plus d'une camisole, elle les portait au coucher. Elle ne fit qu'en secouer les pans pour les défroisser.

– Tu as raison, on n'entend rien. A ton avis que se passe-t-il ?

Cette voix, sa fatigue immémoriale surmontée alors, interrogeait l'homme du ton dont elle n'oubliait jamais de se charger dans les moments graves ou qui menaçaient de l'être, – ou quel que fût le moment à vrai dire, – un ton qui signifiait sans équivoque, avec sérénité et dans une attente confiante que, s'il fallait faire quelque chose qui dût être fait, elle, Mahdya, se reposait sur lui.

– Ce qui se passe ? dit-il ; il trancha : il faut sortir et voir.

Elle lui accorda :

– Oui, il faut sortir et voir.

Abed ouvrit la porte de la chambre sur la permanence et l'immensité d'un azur indicible. Visage du destin. Visage sans surprise pour les natifs de Tarifa. Pareil à soi, jour après jour.

Mahdya suivit son mari dans la cour.

La surprise, c'était la frisquette, les aiguilles dont même une aube d'août s'arme pour vous transpercer. Elle avait beau être du pays, Mahdya ne cessait de frictionner ses bras nus auprès d'un Abed impassible dans ses manches de chemise, ses soixante-quinze kilos de muscles, son plus ou moins mètre soixante-quinze de stature et l'air néanmoins de jouvenceau. Nettement sa cadette, elle avait beau être du pays, Mahdya se frottait les bras pour atténuer la brûlure du matin.

Ce ciel, ils s'en désintéressèrent aussitôt après qu'ils en eurent observé la mutité. Abed franchit le patio et, entraînant Mahdya comme son ombre, il se dirigea sans un mot vers le portail extérieur, fit basculer la traverse qui en barrait les deux lourds battants, tira ceux-ci à lui.

Ils virent le molleton de sable qui feutrait le passage ainsi que le lacis des ruelles, plus loin.

Mahdya se tenait à présent, non en retrait, non derrière Abed, mais à sa hauteur, presque épaule contre épaule, mince et vigoureuse dans la roseur fanée de sa longue robe qu'une cordelière serrait à la taille style gerbe de blé, la tête exhibant ses marques de lassitude, une figure d'une pathétique douceur dont toute la beauté avait élu pour centre des yeux d'ambre liquide à vous hanter, nouer la gorge, sous l'abri de leurs sourcils charbonnants ; et lui, évidemment là en pantalon de coutil à petit fond bouffant et simple chemise de coton écru. Tous deux levaient les yeux au ciel. Que cherchaient-ils à y lire ? En avaient-ils une idée précise ?

Abed ramena son regard à terre. Il appela sa femme :

– Mahdya, Mahdya.

Elle était près de lui et il ne s'en rendait pas compte, il répétait :

– Mahdya, Mahdya, viens voir.

Elle émit dans un souffle :

– J'en suis à te toucher. Je vois.

Il contemplait d'un regard vide, et elle aussi, les furtives, minuscules machines de sable éclosant par génération spontanée au ras du sol. Des apparences d'ailes diaphanes, telles elles se présentaient, et qui décollaient, mues dans leur ascension par un genre de rotor. Elles ne prenaient toutefois pas trop d'altitude : à peine se hissaient-elles au niveau des chevilles de Mahdya et d'Abed que, sans s'arrêter de tournoyer, elles revenaient se poser à terre. Quelques-uns de ces évanescents génies trouvaient encore la force, en ralliant la couche de sable, et avant de s'y écouler à nouveau, de ramper sur dix, vingt centimètres.

Abed, avec cette retenue d'intonation qui semait en elle le même et le toujours si étrange et familier désarroi, enjoignit à sa femme :

– Rentrons.

Rentrons ? Mais quasiment enraciné sur place, il restait. Impuissant, eût-on dit, à faire demi-tour, à s'arracher maintenant à la vue des arbres, des fantômes eux aussi habillés de poudre siliceuse.

– Ah donc, opina Mahdya. C'est bien pour ça que les oiseaux ont déserté Tarifa.

Elle attendit que son mari se décidât à rentrer.

Tout songeur, il vint. Elle lui emboîta le pas, mais elle, afin de se rendre à la cuisine, isolée du corps de logis, et à laquelle on n'avait accès que par la cour.

Mahdya s'y affaira, mit la bouilloire sur le feu ; d'abord ça. S'ils allaient renoncer à leur café du matin parce qu'un peu de sable était venu se déposer devant leur maison ? Que non.

Elle regagna la cour, entreprit de tirer un seau d'eau et la roue du puits poussa des plaintes de martyre.

Frissonnant sous les glaçantes caresses de cette eau, Mahdya se livra aux ablutions d'usage.

Dans la chambre maintenant, elle priait, debout, puis le front contre terre, et à nouveau debout, puis encore le front contre terre. « Accomplis ce que dois, la paix sera avec toi. »

La bouilloire, mégère sur le bûcher, faisait son esclandre à la cuisine.

3

Sa casaque enfin, il la passait avec force élongations des bras par-dessus la chemise et y trouvait, à l'évidence, prétexte à marmonner :

– Jamais vu ça.

Les deux enfants dormaient toujours.

– Jamais entendu parler d'une chose pareille.

Les autres, de Tarifa, devaient, s'ils s'en étaient aperçus

déjà, béer à cette heure devant le mal pulvérulent qui frappait leurs biens.

Il se mettait martel en tête, bien sûr. Bien obligé.

– Prennent-ils l'affaire au sérieux ? Voire. Les Anciens. Ils savent peut-être. A moins que le sable des ans ne leur ait corrodé la mémoire.

Bouillant, il l'avait avalé, son café.

L'instant d'après, il sortait.

Côtoyant des habitations, des jardins que corsetaient des lices en pisé, il s'en allait le long de ces boyaux qui prétendaient être des rues.

Une pensée aussi peut entêter à la façon du musc. Abed ruminait : « De la poussière crachée sur nous par les dunes ? Soit. On connaît le désert, on connaît ses agissements, ses sautes d'humeur. Imprévisible, si tant est qu'on suppose un libre arbitre à un phénomène naturel. »

Et on voyait ce qu'il en était.

Dans les vergers et le clair matin, se dressaient, chenus, vieillis pour ainsi dire au cours d'une seule nuit, tout ce qui se pouvait imaginer de grenadiers, de figuiers, d'orangers, de vignes ayant prospéré sous le couvert des palmiers.

Soit.

Mais voilà : décochée par le vent, une pichenette et, cette poussière, pfuit !

Abed rit dans sa barbe : *Ah oui, décochée par le vent, une pichenette et, cette poussière, que tes pieds foulent en attendant et qui étouffe le bruit de tes pas, – pfuit !*

Il ne réalisa pour lors que comme on se référerait à la face cachée de la lune : le désert, c'était du sable qui n'en finissait plus.

Du sable qui n'en finit plus et avec lequel le vent a partie liée.

– Pour du nouveau, on est servi, hein, l'ami Abed !

Ghomri, de son enclos, l'avait interpellé.

– Que diable, ça va encore ! répondit aussitôt Abed, recouvrant le contrôle de ses sens. On tient sur ses jambes. Debout, on est, en tous temps.

– Donne-moi dix chamelles rétives, je te les mettrai à la raison. Mais cette petite mère de malheur de cendre, je me demande un peu. Y aurait à craindre qu'elle ne soit plus forte que moi et que je ne déclare forfait.

– Non, sire Ghomri, il ne sera pas dit.

Il était, Ghomri, occupé à racler ses plates-bandes avec un balai de lentisque. Il mettait à nu, à intervalles réguliers et jusqu'à une certaine distance, la terre arable si précieuse. Après quoi, à coups de pelle, il envoyait le sable dégagé par-dessus le muret de terre ocre qui protégeait son jardin.

Déjà, un mamelon s'arrondissait sur le sable arrivé dans la nuit et qui feutrait la ruelle.

Prévoyant, Ghomri parait au danger. Il n'avait pas attendu non plus pour récurer ses canaux d'irrigation.

Sans avoir de terre en propre, Abed était de cœur avec ceux qui en possédaient quelques arpents. Tous l'employaient et la jouissance de l'oasis lui était donnée en partage.

Il les plaignait en souhaitant qu'il n'eût guère de raisons supplémentaires de les plaindre.

Aucun d'eux n'ayant eu besoin, ces temps-ci, de louer la force de ses bras, il en profitait pour faire le tour de Tarifa. Il passa la matinée à observer, à dresser en quelque sorte un état des lieux.

4

Sinon, lui et les siens ne passèrent les jours suivants qu'à vivre. Une nuit, Abed fit un curieux rêve.

Il s'y entretenait en personne avec le Diable.

– Tout cet espace m'appartient, n'appartient qu'à moi, disait le Diable.

A quoi Abed s'entendit répondre :

– Maître des terres et des cieux, Dieu n'a pas de co-associé.

– Comment ça ? J'ai le pouvoir de faire en sorte que moi seul je sois le monde ! Il ne dépend que de mon bon plaisir.

– Aveugle, que t'arrive-t-il ? Ne vois-tu pas que nous sommes là, installés envers et contre toi ?

– Prosterne-toi ! Prosterne-toi, homme intrépide !

Succombant à un accès d'hilarité, Abed rétorqua :

– Me prosterner ?

Son rire, qu'il entendit aussi, repris, renvoyé à travers l'espace par mille échos, le porta-t-il à méditer sur leurs accommodements avoués et inavoués, lui, les gens de Tarifa, leur connivence déclarée et non déclarée, depuis des siècles, avec l'Image et la Roue du monde visible ? Le rêveur se disait qu'il savait ce qu'il savait. Le Diable contesta :

– Non, tu ne le sais pas, et tu n'en sauras jamais rien.

Réponse qui ne fut pleine que de la voix du désert.

– De quoi parles-tu ? Que s'agit-il de savoir en plus ?

– Humains, vous ne saurez pas quand.

– Quand ? C'est-à-dire ?...

– Quand il nous faut nous retrouver.

Sur cet avertissement, Abed vit de ses yeux la lumière du désert s'évanouir, l'absorber dans sa noirceur.

5

Le lendemain matin.

Incrédules, mal réveillés, une terreur muette dans les yeux en même temps que les gagnait une claire, une folle envie de rire. Ils regardaient ça : Abed, Mahdya, entre eux les deux garçons, Naceur huit ans, Mahi six ans, ce dernier fourré dans les jupes de sa mère, et tous deux se bâillonnant la bouche d'une main par peur, l'un comme l'autre, de se laisser aller à s'esclaffer en présence du père. Ils retenaient leur souffle, gare à l'explosion, et ni plus ni moins pieds nus que les parents sur le pas de la porte.

Devant eux, le sable tapissait à nouveau la cour.

Le même sable, réapparu ; le même alors que Mahdya en avait, peu de jours, combien de jours plus tôt, débarrassé la maison et avait de surcroît lavé celle-ci à grande eau, aidée de ses gamins. L'éternel sable. Déposé par l'haleine du désert et, semblait-il, ce matin, revenu en force.

Semblait-il ? Nom de nom, tout à fait en force !

Pleins de honte, de dépit mais plus près de pouffer, de se plier en quatre que de se lamenter, les enfants, quoique les parents ne se crussent pas moins victimes de la même facétie, auraient été encore à s'ébahir là en fin de journée si Mahdya, sur un ton aussi engageant qu'inflexible, et plutôt sans élever la voix, n'avait annoncé :

– Allons-y, mes grands, prenez ce qui vous tombe sous

la main qui puisse servir d'écope : tasse, pot, écuelle, plat à couscous. Et en avant.

L'effarement qui les avait en quelque sorte congelés sur pied craqua, ils bougèrent, sauf le paternel. Du petit déjeuner, il n'en fut nullement question et, jusqu'aux gosses, il n'y eut personne pour s'en aviser.

Lui Abed, le tour de main avec lequel sa femme, ses deux fils mirent la maison sens dessus dessous, et en pièces l'aura de paix dont elle les enveloppait, ne donnait pas même de loin l'impression de l'émouvoir. Perçant les murs du regard, il surveillait quelque chose, il n'en détachait pas les yeux ; des yeux eau de topaze, se dit-on, puis non, d'émeraude, se dédit-on, et ne renvoyant que des reflets calmes, limpides. Rien à y intercepter, à y déceler, et il les fixait, braquait à s'en émacier le visage, à en avoir la peau des mâchoires, des pommettes, des méplats, tendue à se rompre sur les os et le nez ciselé en tenon de mortaise.

Sans proférer un mot, il sortit. Un chef de famille ne rendrait jamais compte de ses actes.

Il buta sur la blancheur, l'uniforme suaire qui drapait aussi une oasis stupéfiée. Du sable, et encore du sable. Tarifa avait récolté une telle quantité de la seule neige dont on avait idée en ces régions, que de l'en surprendre à ce point recouverte, accablée, on en recevait un coup. Et ça vous avait l'air choquant, ça prêtait justement à rire.

Il y en avait lourd sur les habitations, les arbres, les plus petites plantes et même, soulignés, les plus fins reliefs, antennes jaillissant des toits, marteaux de portes, arêtes, tant de bornes que de murets le long de chaque jardin, margelles d'abreuvoirs, corniches, festons.

Sinon lui, qui avait récemment appelé la baraka sur ces

vergers ? Souhaité à leurs heureux propriétaires de la chance, bien de la chance ? Et que découvrait-il, sinon ça, l'horreur ? Au chant du coq, asséchée, l'atmosphère était irrespirable.

« Souhaiter, moi ou le premier bon apôtre venu, du bien aux gens, ça fait bien, mais c'est parler pour parler. Même si on ne le dit que dans sa tête, on ne sait jamais ce qu'on dit. Drôle d'habitude ! Parce que, sans voix, sans yeux, sans oreilles, la vie va, elle. »

Bientôt il aperçut des hommes attelés à secouer, dépoussiérer, pelleter. Ne plaignant pas leur peine, des fourmis dont le nid venait d'être enfoncé mais qui s'étaient juré de le remettre en l'état avant longtemps. Dans une émulation moins fébrile qu'austère, le regard sur l'ouvrage du voisin, aucun de ceux-là n'aurait épargné ses forces pour y parvenir, eût-il sué du sang. Et certains, aïe, aïe, en étaient à doucher les plantes et *dépensaient* de l'eau. Mais qui à part un fou aurait compté sur la pluie, la volage et avare visiteuse ?

Le cœur rongé par une perplexité rancuneuse, Abed rebroussa chemin. Il se rendit chez Ghomri et, sans paroles superflues, dans l'enclos du vieil ami, en connivence, il y alla du collier, fit ce qu'il put.

Elle était, cette poudre, si tranquille, si douce pourtant.

Jambes croisées sous la meïda, ils dînaient dans la cour à la clarté d'une fusion au déclin. Ils n'accompagnaient que de tomate et de concombre leur pain arrosé d'huile d'olive. Les garçons, Naceur et Mahi, s'étaient plaqué chacun sur le front, d'une tempe à l'autre, une longue pelure de concombre : ça vous fait frais, ça, à vous flanquer la chair de poule. Mais de caquetages, point ; ils en auraient reçu sur les doigts ! Les parents observaient tout autant le silence. Se mettre à table, c'est aussi une prière.

Pour finir, ils mangèrent des dattes. Mais les deux galopins s'ébattaient déjà, plus loin dans la cour. Maintenant, ils pouvaient.

Tout là-haut, des fibrilles laineuses avaient été longues à s'effilocher, longues à disparaître, et l'or pâle solaire se fit or vert. Dans la pure illumination qui s'ensuivit, un très léger souffle d'infini se propagea. Puis le moment vint où le ciel se fit d'or rouge.

Dans le noir de la chambre, Abed parla :

– C'est redevenu propre. Partout. N'empêche qu'elle ne me quitte pas des yeux, je dirais, cette poussière.

Mahdya, étendue à son côté, murmura :

– Moi, je l'ai, je dirais, à l'intérieur de l'œil et...

Mots, pensées en suspens, qu'il vous en coûte de libérer. Cependant, la gorge contractée, elle prononça :

– ... même je dirais qu'on m'a roulée dedans.

– Cesse, femme, n'y pense plus et dors.

Au rythme de leur respiration, on pouvait supposer que les enfants dormaient déjà.

Mahdya reprit toutefois, quêtant une parole d'espoir :

– On ne trouve pas quoi dire, comme dit l'autre. Toi, qu'en penses-tu ?

– Je n'en pense rien.

– Mais tu attends.

– Oui, admit Abed. Assez parlé, dors.

– Il faut reconnaître...

Mahdya se perdit enfin au-delà des mots. A moins que sa propre voix n'eût voulu la perdre, l'exclure du lieu gardé, tutélaire, et la livrer aux ténèbres lovées sur ce qu'elles leur cachaient. Tous dormaient à présent.

6

– Vous balader, grimés comme vous l'êtes, vous trouvez sans doute ça drôle ! Eh bien, non, sacrénom ! C'est dégoûtant, voilà ! C'est honteux !

Se prévalait-il de sa barbe, Marhoum, pour s'indigner de la sorte ? Il se le devait, elle était si florissante. Quant à garder lui-même son sérieux, voire ! Malgré qu'il en eût, la rencontre de ces faces plâtrées d'argile blanche le mettait en joie. Quatre, arborées par quatre gars, plus très jeunes, il n'eut aucune peine à épingler un nom sur les quatre gueules : c'étaient les frères jumeaux Ben Braham, le nommé Zeid et le nommé Tahar.

– Fichtre, qu'est-ce qui vous a pris !

Numéro un à lui répliquer, Tahar visait par ailleurs d'un œil Si Hafed qui se carrait dans la porte de son épicerie-café :

– Vous deux, avez plutôt l'air drôle tels que vous êtes là, tout propres sur vous !

Les masques terreux jubilèrent en chœur, leurs yeux rougeoyèrent dans leurs trous, leurs bouches saignèrent, monstres échappés des sous-sols infernaux.

Sur quoi, reportant son attention sur le seul Marhoum, Tahar poursuivit à travers des hoquets, des *hi ! hi !* :

– Sauf votre respect, mon Calife, reconnaîtriez-vous que la propreté nous éloigne les uns des autres et que notre crasse nous rapproche ? Que la preuve n'en est plus à faire ?

Leur censeur ne put lui répondre fût-ce du tiers d'un bout de pet. Les brusques spasmes d'hilarité qui avaient fait de lui leur proie, se renouvelant en cascade, lui écartelaient le visage, arrachaient des larmes. Il n'était bien parti que pour couvrir le monde de crachotements, de postillons.

Peu soucieux d'une réponse, l'un des deux jumeaux – allez savoir lequel – relaya Tahar :

– Chacun sur terre observe la sainte loi du travail et commence par en tirer profit. Faut-il en sus apporter quelque chose à ce...

Si Hafed le coupa depuis la porte de son épicerie-café, dont il paraissait défendre l'accès de son ventre, un bedon de pré-parturiente, sous la gandoura blanche :

– Il n'est pas question d'apporter...

A lui aussi, le second jumeau ôta la parole sans y mettre plus de formes :

– Question d'apporter ?... De simples *majadib* on est, de ces fous qui errent sur les routes et vivent de charité, qu'est-ce qu'on y entend, nous ? La question, c'est à vous qu'elle est posée. Si la vie, les gens, les affaires, exigent un peu de sérieux, nous on se demande nous-mêmes ce qu'on est. Donc, cette question ou une autre, zut, on laisse tomber, d'accord ? Sidi-Lkarwi, le saint qui s'est accouplé sur la place publique avec une ânesse pour conjurer le péril d'une crue en passe d'engloutir une nation et ses habitants, rappelez-vous... Sérieux, pas sérieux, il était ? Nous, on est du genre à marcher sur ses traces. Mais on vous dispense de nous imiter. Que nous existions, nous de notre côté, que vous existiez, vous du vôtre, ça nous suffit. Vivre et laisser vivre !

Le regrattier bêla, hors de lui, à s'étouffer :

– Imiter de foutus pistolets...

Et l'Ancien s'exprima inopinément. Comme il était assis, à l'écart sur une natte, le dos pesant sur la façade de l'épicerie-café, il fit réavaler au malheureux la bordée qu'il se disposait à tirer contre le prêcheur maquillé :

– Un boutiquier, donner de la voix ? Ah, ces temps nouveaux ! Ah !

Les têtes, fardées, pas fardées ou quelque touche qu'elles eussent, pivotèrent toutes en direction du centenaire. Quoi ? Qu'avait-on entendu ? Un billot de la plus belle espèce de granit qui parle ? Le dernier des figurants de cette algarade aurait, d'avance, payé cher pour être témoin du prodige.

Et le vieux grogna, et plus fort, bien que n'étant censé s'adresser qu'à son bonnet :

– Beaucoup oublient que le seigneur, ici, c'est le désert. Que seulement lui a qualité de hausser le ton. Mais il advient aussi au désert de dormir, longtemps, parfois des siècles durant, et dire *des siècles*, ce n'est qu'une façon de s'exprimer, puis de se réveiller et de se remettre en marche, comme d'émettre la grande vitupération suivie de la grande dévoration, et ce n'est encore qu'une façon de s'exprimer. Que, avant, il n'a fait que ruminer : ceci ou cela, quoi entreprendre ? Il a besoin de temps, de beaucoup de temps pour décider et, une fois qu'il a eu son compte de temps, plus rien ne l'arrête. Lui-même ne prévoit jamais jusqu'où il s'est préparé d'arriver. Il marche.

Moins présent au monde que son regard en arrêt sous la futaie des sourcils, Abou Samad retomba dans son mutisme, assis à même cette natte d'alfa et adossé au mur de l'épicerie, les genoux relevés, les mains jointes entre ses jambes. Sitôt sortis de sa bouche, ces propos dont en somme on ne voyait à quelle nécessité ils répondaient, sitôt redevint-il effigie de pierre, idole pour un désert. Et il fut évident que le processus d'érosion, d'accomplissement dans l'absence et l'oubli, entamé d'antan, se réemparait de lui.

Ne s'offrait plus à l'attention du groupe d'hommes qu'un objet qui fut également homme, et doué de parole. Et si, à cette vue, eux aussi perdaient de leur réalité ? L'épicier tirait une tête ! Gambadant au loin, batifolant, les quatre énergumènes couraient montrer ailleurs leurs tronches : des culs de singe, telles qu'elles étaient peintes.

7

Ils dormirent encore en paix trois nuits durant. Et les jours ne furent encore, à la suite, que les répliques de tous ceux qui avaient précédé. Au plus fort de la quatrième nuit, Abed fut soudain, fut au débotté réveillé : rafales en paquets, clameurs, rage, les éléments déchaînés prenaient l'oasis à partie, et ne prenaient qu'elle, ne tordaient qu'elle, ne se ruaient que sur elle, – et cela, semblait-il, depuis des heures. Comme s'il n'y avait qu'elle sur terre.

Abed resta à écouter ces rugissements du désert. Du désert, et de la nuit. Un désert, une nuit soumis eux-mêmes à quelque chose de plus sauvage, de plus vindicatif et qui les poussait à frapper, écraser, étouffer. Quelque autre chose qui les devançait et à la fois harcelait par-derrière.

« Puis ça les laisse respirer. A des moments, songeait Abed, tendant l'oreille. Respirer, se replier aux antipodes pour s'y assoupir. Une manœuvre à vrai dire : le maître sans nom qui les mène à la trique ne les fait se retirer aux lisières du monde, ne les y attire, que pour les renvoyer plus furieusement, plus insensément à l'assaut. »

Et Abed entendait revenir, grossi par des vagues galopantes de crépitements, le raz de marée. Couché comme il était, il se surprenait alors à vouloir enfouir sa tête sous les couvertures. Ne se doutant de rien, Mahdya dormait, les deux garçons aussi. Qu'aurait-il fallu, pour les réveiller ? Plus que ces coups de boutoir assenés au moyen d'un pendule cosmique, si cela eût jamais relevé du concevable ? Régulières, les attaques en ébranlaient l'oasis dans ses fondements mêmes.

Abed continuait à dénombrer ces charges lorsque la tempête, de ses grondements, se mit à le bercer jusqu'à la perte de conscience. Il avait presque été sur le point, tantôt, de secouer Mahdya. Maintenant, à quoi bon ? Engourdi, il laissa courir. Elle aurait, le lendemain, tout le temps de se faire des cheveux blancs et de maudire le sort.

Des minutes, obscures étoiles filantes, s'étaient écoulées. Ou des heures ? Brèves heures, ou minutes plus brèves : les ténèbres de la chambre, quoi qu'il en fût, commençaient à subir comme un ponçage, mais en demeurant de fonte. « Eh, signe que l'aube est là ! », pressentit Abed qui, tiré de sa torpeur, entendit le silence absolu *d'après-coup*. Le Diable et son train ne bourraient ni ne bronchaient du sabot dehors.

Il se leva, impatient d'y aller voir. Quand il en fut à pousser la porte, elle refusa de bouger. Bloquée. Abasourdi, il força. Elle s'écarta juste assez pour lui livrer le passage.

Il se faufila par l'entrebâillement, jeta un œil dans la cour, un jour trouble avait peine à poindre. Et il vit.

Une masse de sable pesait sur la porte.

S'avançant, il pataugea à travers tout ça. Opaque, l'air n'était que cendres en suspens ; le ciel, indiscernable.

Il retourna sur ses pas, alla coiffer un chèche, dont il s'emmaillota la bouche et le restant du visage, ne laissant qu'une échancrure pour les yeux. Il ressortit ainsi déguisé.

Les deux énormes battants du portail extérieur se révélèrent pareillement soudés, colmatés par le sable. Non sans mal, il en ébranla un et, à la force du poignet, du genou, parvint à le manœuvrer. Mais ce ne fut qu'après être passé dans la rue, et avoir déblayé du pied la molle nappe de sable, qu'il réussit à l'ouvrir en grand.

Il erra par l'oasis. On ne pouvait que constater comme le désert s'était installé à Tarifa, comme il y avait pris ses aises. « Il est chez lui, grognonnait Abed à l'intérieur de son masque de tulle. Chez lui, et guère près d'admettre le moindre partage. »

Le désert. Plus du tout la farine-almée, indécise, sporadique, si prompte à s'inviter depuis quelques jours. Le désert épais, colossal, obtus. Splendeur et rousseur onduleuse, il survenait en conquérant, lui. Lourd, armé de son poids, il prenait possession du sol, de l'air, du firmament : enveloppant le sol de plis, d'ondulations, de douces et fluides étreintes, par ailleurs il envahissait de nuées les plus hautes couches de l'air et les faisait retomber en grenure sur tout ce qui respirait.

Misère, partout des dunes, des mini-dunes, étalées, mamelonnantes, lascives ; ça se forme comme rien, une dune, n'importe quoi lui sert de point d'appui, de noyau.

Un obstacle de la grosseur d'un pois, et elle prospère à vue d'œil, s'offre des rondeurs. Abed n'était ni mieux ni moins bien placé qu'un autre pour le savoir.

Il bouclait la boucle, ayant fait le tour de Tarifa, fini de passer en revue des jardins convertis en cimetières, leurs cultures ensevelies sur pied. Ce damné sable on eût juré qu'à certains endroits il avait tenté même d'escalader les murs des maisons. Les palmiers pouvaient certes considérer ce spectacle de haut, il n'empêche : leurs pieds s'emmitouflaient d'une hermine émerisée, eux aussi.

Abed ne trouva personne dans le patio où à l'ordinaire ils vivaient, comme tous ceux de Tarifa, à l'aplomb du ciel. Le lieu appartenait désormais au sable. Avec les garçons, Mahdya s'était réfugiée dans leur chambre. Le sable n'y avait pas eu accès. En l'absence d'Abed, ils avaient plus largement ouvert la porte qu'il ne l'avait fait, lui, en partant. Ils s'étaient donné au moins cette peine. Les enfants se serraient contre leur mère sur la même peau de mouton, le plus jeune suçant son pouce. Un bloc muet qui paraissait attendre son arrivée, – ou que se produisît on ne savait quoi.

Remontant son chèche au-dessus du front, il se déshabilla le visage comme on dépiaute un lapin, eut un regard incrédule pour Mahi, un flandrin d'enfant saisi du besoin de retéter son pouce, un besoin d'enfer à première vue. Il dit :

– Vous allez partir.

Mahdya levait rarement les yeux sur son mari. Elle le fit cette fois, elle le toisa.

– Comment ça, partir ?

– Oui. Partir. C'est comme ça.

– Et toi ?

– Je reste.

– Tu restes et nous, on s'en va ?

L'homme, dont la figure se ferma, garda le silence.

– Et quand ? articula Mahdya.

– Le temps de se retourner, que je demande à Ghomri s'il peut me prêter une de ces chamelles. Dès demain.

Hochant sombrement la tête, Mahdya fit tout bas :

– Eh bien, si Dieu l'a voulu...

Elle marqua un temps, puis quêta encore le regard d'Abed.

– J'ai remonté du puits plus de sable que d'eau, ce matin. J'en ai mis à décanter dans le grand baril. Il nous en faut, pour tout, de l'eau.

– Je m'occuperai de ça.

– Papa, est-ce que je pourrai conduire la chamelle ? s'aventura à questionner l'aîné des garçons.

Abed se dérida, les pyrites de ses yeux fondirent.

– Pourquoi pas, mon fils ?

Ce sourire du père ! Il fit se jeter Naceur, d'un bond, dans ses jambes, qu'il étreignit.

Mahdya pressa l'autre enfant sur son sein. Vu les circonstances, Abed ne s'attarda que fort peu à la maison.

Ayant montré le dos, lui, Mahdya se leva, mue comme par un ressort. Flanquée de l'aîné de ses gamins, le plus jeune agrippé à sa robe, elle sortit de la chambre. Le sable que ses pieds nus creusaient dans la cour, chaud, lui empoignait les chevilles à chacun des pas qu'elle dirigeait vers le portail béant sur la rue.

La vision, ce que, dans une brume granuleuse, l'arche révélait de l'oasis pliant sous le désert, atterra Mahdya.

Elle chercha une main à tenir. Elle ne trouva que celle de Mahi, son dernier, qui se fit ainsi, contre son gré, enlever le pouce de la bouche. La spectrale transfiguration la laissait sans voix. Pétrifiée, elle ne voulait pourtant, elle ne voulait sans plus que reconnaître sous leur apparence fantomatique des arbres connus de longue date, que reconnaître, dans les jardins, des fleurs, des plantes familières, reconnaître les méandres de leur ruelle, les palmiers du voisinage. Ces palmiers qui se défoliaient à présent dans la criblure de son où un soleil rougeâtre se noyait et, contre le rayonnement incendiaire duquel, répandant une pâle ombre sur une végétation terrassée par le sable, ils s'appliquaient, les malheureux, à protéger ce qui pouvait l'être encore.

Puis évanouie, l'abomination. Et sous les yeux d'une fillette se déployèrent en lieu et place des vergers foisonnants, des frondaisons profuses, robes et dessous de verdure troussés par des sautes d'air et, eux, les arbres de protester et elle, la petite fille, visage et cheveux cardés par la brise, de rire dans la tiédeur d'un après-midi l'autre. Charriant leur eau labile, les rigoles creusées dans la terre rouille, aussi riaient. L'enfant ignorait leurs moqueries, poursuivait sa course d'un abricotier à un figuier, de celui-ci à un acacia, à un jujubier, à un grenadier, jouant avec eux aux quatre coins. Le même ravissement la submergeait qui submergeait la palmeraie. Et la menthe, le géranium sauvage, le thym, l'héliotrope, le cumin, l'anis qui vous picotaient le nez quand, dans ses revirements, la brise ne vous soûlait pas d'effluves de jasmin, de chèvrefeuille, de fleurons de citronnier : comment s'y prendre avec tout ce bonheur, y faire face ? Et savait-on que cette coquine de Mahdya plongeait les pieds, ce qu'on lui avait défendu maintes fois, dans le canal d'irrigation et en pilonnait l'eau à en avoir jambes et jupettes trempées ? Ouh, elle avait raison de se méfier que quelqu'un ne la surprît. Mais c'était aux heures de canicule, il n'y avait là que les arbres, mis en joie, pour frétiller de la feuille et murmurer, ces malins : chut, chuuut...

Mahdya se souvenait. Ni vingt ans, ni dix ans, ni des mois n'avaient pu passer, *ça* parlait *au présent*, elle se voyait *au présent* accomplir ces gestes, sans cesser de courir, sans reprendre haleine, des pétales de géranium plein la main, avant de buter sur maman, et de s'écrier :

– Baisse-toi, yéma, baisse-toi. Vite, je t'en prie !

– Mais pourquoi ?

– S'il te plaît, ma petite maman !

Celle-ci s'étant rendue aux supplications de Mahdya, sa luronne de fille lui écrasa les pétales de géranium sur les joues, puis frotta, frotta.

– Que tu es belle, maman ! Que tu es belle !

– Mais tu veux que je sois peinturlurée comme une jeune mariée ! Non, non ! Tous y compris grand-père vont rire de moi.

– Oui, oui. Tu es une jeune mariée, maman !

Ayant esquivé la tape qu'elle allait ramasser, Mahdya se déhanchait à quelques pas et chantait :

– Oh la mariée ! Oh la mariée !

8

Chaque nuit, il en affluait, il s'en glissait un peu plus que la veille et, au matin, on s'en apercevait ! On en découvrait devant sa porte, et pas qu'un peu.

De jour, rien. Le sable se reposait. Il dormait, à ce qu'il semblait.

Comment peut-on lutter contre un ennemi qui dort ? Avec quelles sortes d'armes ? Par quel bout le prendre ? Il est là, consistant et mou, et il dort. Insaisissable, il vous file, vous déborde des mains et, doux, têtu, mortel, il dort. Au vrai, les gens de Tarifa n'en étaient plus à se demander ce qu'il fallait faire. Faire quoi, l'enlever d'un côté pour l'empiler de l'autre ? En auraient-ils été plus avancés ?

S'ils s'avouaient vaincus ? Non. Quand quelque chose de cette nature se produit, et que vous n'y êtes pour rien... non.

Se rendant chez Ghomri, Abed arpentait les venelles de Tarifa avec ce soupçon de raideur conféré à une démarche par des épaules relevées. Le vieil ami, pour sûr qu'il prêterait une de ses chamelles, et la première venue serait la bienvenue. Les odeurs, pensait-il à part ça, dans cette part soustraite à l'appréhension lucide, hors champ ; plus une seule, que ce fût de plantes aromatiques ou autres, de fruits mûrissants ou de cannelle et pétrole mêlés volant depuis la boutique de Si Hafed, rien de riche, de profond, de familial, comme ces exhalaisons de chorba, de méchoui d'agneau, qui faisaient le mur pour aller hanter tout un quartier. Mais qui s'en apercevait ?

Le monde, au fur et à mesure que le sable pesait sur lui, s'allégeait, se vidait. Plutôt il se momifiait. Sans douleur.

Sans douleur ? Une ânerie, de croire ça. La douleur n'est jamais loin. « La question de survie, ruminait Abed. La question que personne ne pose. Elle va se poser. » Ainsi fore, aiguille de bourrelier, la douleur.

Le désert avait par le fait commencé à refaçonner dans le sable, çà et là, végétation, bidules, à produire en formes et tailles des parodies reconnaissables et méconnaissables. C'était son mode à lui de manger, de digérer vive une oasis, toute chose en fait qu'il y surprenait et restituait avec son air de n'être en vue que pour le décor. Et cependant parcouru de friselis, couché sur le passage d'Abed, il dormait.

Notre homme fut bientôt assez près pour entrevoir Si Hafed, épicier, cafetier, fermier de surcroît, le ventre en avant, campé, carré, sur le seuil de son local et donnant comme toujours l'impression d'en interdire l'abord. Eussiez-vous espéré découvrir dans son attitude une ombre de changement que vous en auriez été pour vos frais. A l'observer, il fallait plus qu'un semblant d'adversité pour l'émouvoir.

De même qu'à l'ordinaire la natte d'alfa se déployait devant son magasin, mais sur une fichue épaisseur de sable dont elle épousait les vagues ; ça n'avait pu être décidé que par lui, sur son ordre. Aucun des trois clients qui pour l'instant y amarraient leur postérieur n'en paraissait incommodé ou sous le coup d'improbables affres. Penchés face à face, à s'entrecogner le front, deux d'entre eux disputaient une partie de dames : Youcef, Sid Ali, des mordus. Et assis à l'écart, Abou Samad, le grand ancêtre.

Abed, en s'approchant, la réflexion lui échappa :

– Vous jouez donc aux dames par ce temps.

Ni Youcef ni Sid Ali ne releva, si plongés étaient-ils l'un et l'autre dans la contemplation de la tablette de bois noirci, fissuré, pavée de cases. Par sa concentration, leur regard eût pour un peu déplacé les pions.

Sid Ali, – même les tortillons de son turban se défaisaient, menaçant de lui tomber sur les yeux, et il n'en avait cure.

Abed, qui surveillait debout les joueurs, avait senti le commis de Si Hafed l'accoster et vouloir lui fourrer un verre de thé entre les doigts. Il sursauta pourtant, recula d'un pas, et refusa en donnant comme excuse :

– Je ne fais que passer.

Sur quoi, l'épicier-cafetier l'interpella depuis la porte de son antre :

– Allez, allez, c'est offert gracieusement !

Abed accepta contre son gré. Il aspira au bord du verre une première gorgée bouillante, mais ne se crut pas tenu d'y ajouter un discours, ç'eût été fort loin de lui ressembler.

Il lorgnait, les prunelles fixes dans leur direction, les joueurs de dames qui ne sortaient eux-mêmes de longs, très longs intervalles d'immobilité que pour rafler en silence une, deux et jusqu'à trois pièces avec des mains en serres de faucon, et reprendre aussitôt la pause, se figer à nouveau. Qui aurait versé ici une larme sur le temps en fuite ? Ou sur le désert qui reposait à côté ?

Le désert... Le temps ! Il eût suffi d'avoir un regard pour l'impérissable Abou Samad, la mystérieuse concrétion calant du cul la façade de l'épicerie-café. Borne milliaire des sables, le centenaire de Tarifa, on ne savait s'il témoignait du temps, du désert ou si lui seul savait de quoi.

Ce fut alors qu'à l'angle de l'épicerie-café surgirent les grotesques. Des pénitents ? Des rigolos. Des histrions. Mais n'ayant de cesse de parcourir Tarifa, la bouille enduite d'une glaise merdeuse, ils effrayaient les gens.

Pour les avoir aperçus le premier, Si Hafed donna l'alerte : il héla son jeune commis, lequel dare-dare pointa le museau sous le bras que son patron appuyait, dans une pose d'agha, au chambranle de la porte. Et à la cantonade, sans baisser les yeux sur la tête chafouine, Si Hafed bêla :

– Un verre aussi à chacun de ces braves garçons !

« Il achète leur sympathie ? Ou, sinon, quel événement fête-t-il ? » se demandait Abed tout en se dépêchant d'écluser son thé.

On s'emparait déjà chacun d'un verre, dans le quarteron de pitres, et s'écriait en chœur :

– Longue vie à notre épicier-cafetier !

« C'est sûr qu'un désastre est aussi une fête. A sa manière. En ce qu'il rapproche les gens. » Abed, qui se confiait peu, méditait en diable, sans penser que ce dernier y était toujours pour quelque chose.

– Et ça ? Pourquoi ? s'enquit-il, montrant de la main leur barbouillage aux cocos et faisant le tour de l'un à l'autre.

– Qu'est-ce : ça quoi, ça quoi ? Mais encore ! voulut savoir l'un des jumeaux.

– Cette boue sur la figure. Cette injure à votre renom d'êtres humains. Ces têtes de païens que vous vous payez.

– Oh, Si Abed, voyons ! s'exclama le second jumeau. Nous avons été pétris dans de l'argile, oui ? Et quelle tête aurons-nous quand nous y serons retournés ? N'est-ce rien de le rappeler ?

Le gros malin ! Le laissant se gargariser de ses beaux discours, Abed s'en fut rendre son verre vide et s'empressa de déguerpir, il avait plus important à faire ailleurs.

Il trouva Ghomri, le dos à sa maison, accroupi sur ses talons, les mains pendant entre ses genoux, oisives. Ces mêmes mains, oisives, quelle tristesse ! Les deux hommes se regardèrent un moment. Ils restèrent un moment encore à se regarder. Ils s'épargnaient tout mot inutile.

Enfin Ghomri lâcha :

– Le sort.

– Le sort, confirma le visiteur.

– Le sort quand c'est lui qui prend la parole.

– Quand il commande.

– Contre qui se battre ? Le sable, tu vas l'enlever. Et après ? Tu vas le mettre où si tout devient sable, si tout est sable ?

– On peut attendre du Très-Haut sa miséricorde.

– Attendons, fit Ghomri.

Avait-il gloussé, ce disant ? Abed continua d'interroger du regard son ami impassible. Et soudain vides, leurs yeux se fuirent, s'égarèrent sur les molletons et monticules de sable ballonnant à l'entour, – du jamais vu.

Reconsidérant Ghomri, Abed l'informa :

– Je suis venu t'emprunter une de tes chamelles.

– Ah.

– J'expédie la femme chez son frère, en ville. Avec les enfants.

– Oui, certes.

– Alors je suis venu t'emprunter...

– Prends, prends, mon cher.

– Laquelle ?

La mine perplexe, Ghomri ne parut pas comprendre. Puis l'intelligence réenvahit ses yeux, il plaisanta :

– Laquelle ? Mais celle que tu veux !

Abed alla en chercher une. Il savait où Ghomri les parquait ; amoureusement soignés, mâles et femelles, des chameaux splendides, forts.

Tel qu'il était accroupi, les bras ballants en travers des genoux, Ghomri le regarda s'éloigner, poussant la bête avec des tapes sur la croupe et, à la dernière minute, lui lança :

– Que le Très-Haut te les garde !

Courant derrière la chamelle, Abed se demanda : « Il a voulu dire, les enfants, Mahdya ? Le Très-Haut ? Libre à Lui ! »

9

Le désert ? dit Abed. Il avance en aveugle, et réemprunte les mêmes parcours. Mais il semble l'oublier. Ou peut-être non. S'il agit ainsi, c'est peut-être ainsi qu'il voit les choses, qu'il les comprend. Il refait son lit nuit après nuit là où il l'a fait la veille, il ne repousse, ne chasse rien devant lui. Surtout pas ce qu'il a laissé de soi sur place. Puis toujours arrive un matin où, petite surprise, vous découvrez qu'il est allé par là-dessus faire son lit plus loin. Et nous, avec nos illusions !

Sans hésiter, le sable abandonne en effet son ancienne couche pour une nouvelle, qu'il s'aménage au-delà, ne s'accommodant d'aucune comme si chacune, après quelque temps, lui devenait un étal à tortures. En vérité, jamais il ne s'arrête, si même à bien l'observer il donne l'impression d'être immobile.

Et l'étrange... dit Abed. Dans certaines de ses parties, il s'orne de hanches, d'épaules, de rondeurs pectorales qui, revêtues de lumière, en font une matière vivante, en font une merveille. La merveille en quoi la terre, flambant des feux de toutes les séductions, pourrait se métamorphoser sous un ciel intrigué ; et ce, pour l'éternité, si une fois le désert le décidait.

Oui, dit-il, déambulant sans hâte, maintenant que l'oasis est mienne. Qu'elle est mon jardin, que des roses d'or et de diamant y font florès.

Et, dit Abed, cette configuration de parc gagne l'espace, et de plus en plus depuis le départ des gens. Mais si lui, le parc, se déplace, élargit son champ, le temps, guère, par contre.

Échoué dans les sables, le temps n'est plus ici qu'une bête à bout de forces, à bout de souffle, assoiffée. Du jour où ils sont partis, dit Abed. Quelques-uns d'abord. Suivis à la fin par ceux qui avaient pourtant déclaré à grands cris, et de bonne foi, vouloir n'en rien faire. Ils étaient persuadés qu'ils le voulaient. Certains avaient même juré. Puis eux aussi sont partis. Qui saurait leur en tenir rigueur ? Ils avaient lutté, nous avions tous lutté contre le désert. Seulement le désert, lui, ne fait pas de quartier, ne vous laisse aucune chance. Les uns après les autres. Et l'épicier-cafetier – aurait-on imaginé ça – a été l'un des derniers à lever le camp. Quant au centenaire Abou Samad, scandalisé, il avait refusé de bouger.

– Quitter Tarifa ! Quitter Tarifa !

Il cherchait ses mots, ne trouvait que ceux-là.

– Oh cheikh, seul ! Il ne faut pas y songer, personne ne s'en consolera, lui représentait-on.

Mais la langue du patriarche n'avait pas tardé à se délier :

– Seul, je resterai ! Qu'à cela ne tienne, et comment ! Des gamins me faire la leçon, me dire ce que *je dois* faire !

Ces gamins, c'étaient nous, des hommes avec femme et enfants.

Indifférents à ses protestations, nous avions fait avec ce sac d'os ce qu'on fait, d'habitude, avec un ballot de dattes : nous l'avions chargé dans un panier de bât, et hue en avant.

Les miens s'étaient déjà mis en route, comme on dit, avant que l'averse ne te traverse jusqu'à l'âme. Il m'a fallu les y forcer, même les miens.

Même, dit Abed, mon plus jeune garçon, Mahi, qui est parti à la traîne de sa mère en pleurant. Même Naceur, l'aîné, tout au bonheur pourtant de conduire la chamelle. Sa mère et lui, l'aîné, avaient dû attendre d'être hors de vue pour donner libre cours à leurs larmes.

Et je demeure. Je demeure parce que j'ai idée que je vais sauver Tarifa. Donc il le faut.

Sauver Tarifa, non moins que ce figuier haut d'un pouce né dans un pied carré de terre jouxtant ma maison. Y avait-il lieu d'en parler aux autres ? Était-ce utile ? A présent, ils sont partis, Mahdya, mes garçons ; et tout le reste.

Je ne puis me tromper : c'est un figuier. Il n'est rien de plus figuier au monde que ce brin de verdure. Encore faut-il être assez malin pour s'en apercevoir et en convenir. Il s'accroche, le gaillard, il s'obstine à vivre et à croître. Je suis là pour lui aussi.

Ma femme :

– Abed, secours et recours des tiens, redoublée soit la grâce qui t'a été accordée. Si tu venais ?

– Va, ma fidèle compagne. La grâce dont tu parles, c'est peut-être celle qui m'est donnée de rester.

– Comment oses-tu dire pareille chose ?

– Si je te disais que ce n'est pas moi qui le dis, mais quelqu'un d'autre, serais-tu satisfaite ?

– Non, viens.

– Non, va.

Mes derniers mots échangés avec Mahdya et je l'ai confiée, elle et le benjamin, à notre aîné allant sur ses neuf ans, un homme ; je pouvais compter sur lui pour les mener à bon port. Ils ont cinglé pour Tarifa-la-Ville.

Ici on est à Tarifa-l'Oasis, les étrangers nous confondent. Mahdya s'était encore retournée sur elle-même, m'avait regardé, et s'en était allée...

Tarifa-l'Oasis, dit Abed. Elle est à l'agonie. Elle paraît à la veille d'être absorbée par les sables. Sacré Dieu si elle regagnait la poussière sans laisser de souvenir, moins heureuse en cela que l'animal dont le désert expose le squelette blanchi !

Dans ce cas, honte à moi si, pour ma part, j'y voyais prétexte à faillir à mon marmouset de figuier. Il résiste, agite ses papules de feuilles au moindre passage d'air. Un brave à trois poils. C'est leur façon, aux plantes, de s'exprimer. De fait, il me parle. Et je le comprends ! Ce qu'il me dit ? Il entend que je survive puisqu'il vit, lui. La quantité de finauderies qu'il me susurre à l'oreille ! L'ennui : je suis trop bête pour rendre ça dans notre langage. Quelle importance au fond ?

De la faible quantité d'eau que j'arrive encore à tirer de notre puits ensablé, la première lampée est pour lui.

Ainsi qu'il appert, malgré le désœuvrement auquel je suis réduit, mes journées sont trop courtes. Incroyable ? Non, par la force des choses j'ai dû repasser au crible mes faits et gestes, mon mode de vie, mes principes et en adopter d'autres plus en rapport avec la situation. Et ça va pour le mieux.

Avant toute chose, je m'en voudrais d'oublier mon si petit figuier, oublier de lui donner à boire, d'asperger de trois gouttes d'eau, pour les rafraîchir, ses si petites feuilles. D'autre part, comme faisait le taleb de Tarifa, maître en géomancie, je passe de bons moments à égratigner une platée de sable et à espérer ensuite déchiffrer les signes tracés de ma main. Je n'en sors jamais quoi que ce soit de bon, ou de mauvais ; déjà que je ne sais ni lire ni écrire. Quand même, je souffle sur ces gribouillis, et tout disparaît, pour peu que je me surprenne à rêver d'y voir s'annoncer l'avenir. L'avenir ? Il est sous mes yeux. Je vis dans cet avenir.

Cela étant, que le désert cherche à me dire quelque chose, je me garderai de le nier. Je le sens.

Je fais aussi ma ronde. Une première fois aux aurores, une deuxième fois à la tombée de la nuit. Une mission que je me suis assignée de mon propre chef. Je roule alors ma bosse dans Tarifa, coins et recoins, au hasard des rues, et je les explore de près. Mais que voulez-vous qu'il y ait à signaler, à craindre ou à protéger ? Paix et confiance règnent. De temps en temps, je pars en quête de vivres. Dans n'importe laquelle de ces maisons à moitié occupées par le désert et désertées par les humains, on trouve ce qu'on veut, elles regorgent de tout. Le figuier, pour en revenir à lui : ce n'est précisément pas en restant à la regarder qu'une plante grandit. Mieux vaut s'en détourner, s'en aller vaquer ailleurs.

Mais, pour que je le comprenne, et en prenne de la graine, dit Abed, il a fallu que j'en fasse l'expérience ; à mon âge. Car, avant ça, je n'osais fût-ce une minute le perdre de vue. Je ne cessais de m'inquiéter : poussera, poussera pas ?

D'un matin à l'autre, je l'examine. Et, suffit.

D'un matin à l'autre, il a monté d'un cran. J'ai l'œil comme jamais. Plus de soucis, fini, je me rends compte du miracle : il pousse.

Si je ne me trompe, dit Abed, il a dépassé mon pouce en hauteur, il est près d'atteindre un empan. Nous grandissons bien, nous, tout seuls. Lui aussi, il se pousse du col tout seul. De même que du tronc, il se fait gros comme mon petit doigt. D'ailleurs, ça commence, il attrape cette couleur verte étendue de blanc et cette souplesse de liane qui seront les siennes plus tard. Et très discrètement il répand l'odeur de ce lait âcre qui court dans les veines d'un figuier. Deux abeilles sauvages l'ont visité, hier. Mais aucune, aujourd'hui. D'où ont-elles accouru ?

Je m'honore d'être son serviteur, dit Abed. Ainsi que le serviteur en charge de Tarifa, comme de sa mémoire, si peu que certains de ses enfants y aient vécu.

Au cours d'une de mes tournées, des fantômes, j'en donne ma parole, m'avaient paru circuler entre les palmiers. J'en avais presque eu un arrêt du cœur sur le moment. Hein, si c'est compréhensible, pareille découverte à l'improviste, si elle vous sonne, alors que vous êtes à mille lieues de vous y attendre ? Ou quoi que ça ait pu être et qui aurait été du même goût ? Et dans des parages à un tel point éclatants d'euphorie, de sécurité ?

Et j'ai reconnu Marhoum et les siens, père, mère, enfants. Ils exploitent un cul-de-sac de l'oasis, un avant-poste du désert. Finalement, ce n'étaient qu'eux. Je les aurais tous étranglés pour l'émotion qu'ils m'avaient flanquée.

Ils n'avaient pas décroché, ces démons incarnés ! Je n'en savais rien. Du coup, sur mes gardes, je ne m'en étais pas approché. Manque de confiance.

Je ne les avais salués que de loin ; ç'avait été réciproque de leur côté. Sans mentir je me suis empressé de les oublier.

Les oublier ! Depuis, je me demande si chaque matin les trouve à reprendre, agrippés à leur misérable lopin de terre, l'offensive contre le sable pour la millième fois. Ils sont en bordure des dunes, en première ligne, et davantage en danger. Mais quelque farouche que soit leur détermination, c'est un combat inégal, qui excède les forces humaines. Même eux le perdront, seront contraints de lâcher prise. Ils céderont leur parcelle au désert et finiront sur les routes.

Je ne suis plus retombé sur cette troupe d'hallucinés, ces dingues aux mines d'hyènes.

Quelquefois, dit Abed, je marche. Simplement. Pour le plaisir de marcher. Je rôde à travers ce que nous appelions Tarifa, il y a peu de temps encore. Je rôde. Puis je rentre et, chemin faisant, je considère les marques de pas déjà imprimées dans le sable. Mes pas certes, comme ils sont partis, changés en pas de fantôme. Partis pour quelle destination, ou quelle raison, puis revenus ? Que répondre à ça ? Et si c'était moi le fantôme d'une oasis vacante, d'un lieu qui pour ainsi dire n'existe plus.

J'essaye tout autant d'oublier ça et, pour faire diversion, je pense au petit figuier qui monte, qui monte.

Cependant le fantôme... S'il est partout à l'entour, proche et distant, m'oubliera-t-il, lui ? S'il me suit, où que j'aille, et continue à me suivre ? A moins que trop entreprenant, il ne se mette à jargonner, toussoter dans mon dos et qu'alors au silence de Tarifa ne s'ajoute le silence de cette voix. Me retourner, le défier ? Je ne le ferai pas, c'est lui, qu'il le fasse, je le plains.

J'en connais, de ces moments, sinon de surdité : de mutisme universel. Où, penché sur mon figuier, m'observant et enregistrant mes impressions, j'ai soudain conscience qu'on lorgne par-dessus mon épaule. Mais si, dans une volte-face, à genoux comme je suis, je regarde ce qu'il y a, qu'aperçois-je ? S'emboîtant, de simples marques de pas dans le sable. Lesquelles ne pourraient avoir été laissées par personne d'autre que moi.

A l'évidence, le mieux à faire est que j'envoie promener tout ça par-dessus la même épaule et que j'aille puiser dans ma provision d'eau, rien de trop, ce dont a besoin le petit figuier. Nous avons encore ça : l'eau. Après l'avoir arrosé, je le relave de sa poussière de sable. Après, mes mains encore mouillées, je me les passe sur la figure. Je veux garder un visage humain. Et après... après, je m'allonge tout contre mon figuier. Incapable de faire ma prière, je ne peux pas, je me laisse aller à évoquer le souvenir de ceux qui sont en ce jour aussi loin que s'ils étaient morts ; sauf peut-être que, irréconciliées, attachées à Tarifa, leurs ombres les ont trahis, ne les ont point suivis, et qu'elles errent dans ces lieux de la nostalgie.

Avec ma face propre, je songe à eux. Si ça n'est pas prier, qu'est-ce ? Quelque soir, je porterai le masque de sable, et du tout d'argile tel que certains drôles, qu'on a connus, en arboraient, et dans les yeux desquels brûlait l'enfer.

Et j'aurai mérité ma place à Tarifa, étendu près de mon figuier. Il ne me fait pas de l'ombre, si jeune encore. Mais il m'en fera, ça viendra.

10

« Ne compte pas, ne compte en rien, ce qui est destiné à passer », disait Abed. Et pendant ce temps, de méchantes, calamiteuses bourrades de vent le martelaient, s'acharnaient sur lui.

Las d'en avoir le dos fouaillé, rassemblant ses énergies, dans un saut de carpe, il fit face au ciel. Il ne dormait, de longtemps, qu'à la belle étoile. Sa maison, le sable l'habitait. Pour lui, à dire le vrai, il se trouvait plus à l'aise dehors. Dehors, dedans, où désormais était la différence ?

Tout se concentrait et, ensemble, se défaisait au cœur de cette nuit qui, sur sa fin, consumée, charbonnait : cela qui, se nouant, dénouant, planait au-dessus d'Abed et se devait d'être un ciel et n'en était pas un, était loin d'en être un, – il s'en fallait à l'évidence qu'il fût le lavis aérien qu'on découvrait à l'aube depuis nombre de jours ; et cela qui, s'époumonant, sifflait, flagellait en aveugle au ras des dunes, puis s'égaillait en nuées fuligineuses.

Mais ce ciel, il hypnotisait Abed : une toison de bélier

que c'était ; pesante de suin et de sable aux couleurs mêmes du désert, une réplique du désert préparée au corps à corps avec son double.

Le petit figuier, sur le qui-vive, donnant des signes d'inquiétude, frissonnait aux côtés de l'homme.

Et l'homme attendait, les sens en éveil à présent. Il attendait... il ignorait quoi. Que ça se produisît. Que quelque chose, dans les hautes sphères, écharpât la rousseur de laine qui, d'instant en instant, s'enflait d'embonpoints, de ventres engrossés, de gibbosités maladives. Que quelque chose en sortît.

– On verra, dit Abed. Quand ça aura crevé.

Déchirant, raclant, des gravillons projetés en rafales sèches lui fouettaient le visage. Le figuier, ses trois palmicules malmenées, comme fou, il aurait pris le large, s'il avait pu.

Cela, juste le temps que s'abattît sur eux une averse, une macrochierie à écraser des montagnes et que des bourrasques se mirent bientôt à lacérer.

Sombre, ululant à perdre haleine, la tourmente d'emblée en vint aux dernières extrémités. Une colère cyclonienne, mais non de celles qui tournent court. Que non. Nul indice n'en augurait la fin à brève échéance. Et à pleines mains déjà, elle entreprenait d'arracher les arbres de l'oasis, tous les arbres : les rachitiques, les gros, les efflanqués, les immenses à l'instar des palmiers, n'en négligeant aucun et les envoyant dans une extravagante dispersion à travers – comme – des fumées d'incendies sans foyers.

Ces cataractes grosses de sable autant que d'eau s'attaquèrent ensuite à ce qui tenait encore debout, aux habitations des hommes, dont elles inondèrent le pisé, puis firent fondre les murs par pans entiers.

– Nos demeures, disait Abed.

Opaque, l'aube. Bouché, l'air. Ainsi, ce jour à peine avait-il commencé à poindre, à éclaircir qu'aussitôt de nouvelles ténèbres retombaient sur lui.

Le sourire de l'icône

4. Quatrième fin

Puis entré dans la Ville, j'ai marché, j'ai traversé des forums.

Du même pas égal, j'ai parcouru des avenues qui recomposaient, l'une après l'autre, dans leur immuable rectitude, des perspectives de colonnes, d'arcades, de galeries. J'ai fini par aborder, gradations luni-solaires, des escaliers monumentaux.

Comme pour mettre en évidence l'échelle de ce décor, des Thébains s'affichaient ici et là, par un, par deux, par groupes.

Certains, arrêtés sur place, conversaient.

Je suis passé à portée de leur regard. Il s'en est fallu qu'ils s'en soient aperçus.

Je ne suis que le roi en devenir.

C'est moi Rassek, le misérable Rassek. C'est aussi mon histoire. Jusqu'au bout de l'ignominie, jusqu'au bout de l'effarement. Mais Nina m'y a devancé. Mais du même coup c'est une histoire qui a trouvé sa fin. S'éteindra-t-elle avec nous ?

Mais une histoire bouclée dès l'instant où elle commence, est-ce encore de l'histoire ? Œdipe, héros candide et combien à plaindre, Œdipe, en contrepartie de ta réponse à la question naïve, tu as reçu le destin qui allait te perdre et nous perdre avec toi.

Dans son désert, lieu de permanence et se désignant comme tel, le Sphinx aura d'Œdipe attendu la visite, et puis... Et puis ? Qui sous le masque d'Œdipe, et se donnant pour lui, est entré dans Thèbes ?

Sanguinolent, le crépuscule et, sur ses traces : la nuit, c'était hier. Le matin à la fenêtre et à cette heure, c'est aujourd'hui. Cossard de jour levé pour rien, qui fainéantes, bonjour quand même.

Et toi, cité, grand ensemble, qui ne vas pas moins traîner en peignoir et savates, mais à part ça, ne veux jamais entendre ou voir s'il se passe des choses sous ton nez et à ta barbe, bonjour aussi. N'est-ce pas que tu n'as rien vu ni entendu, certaine nuit, il y a quinze ans de cela ?

Jungle de pierre où les paroles se dissipent sitôt prononcées, halliers d'arcades et de galeries aussi flatulents du clapet que durs d'oreille, bonjour et puissions-nous toucher notre gratification pour avoir, les uns et les autres, perduré à ce point. Bonjour, camp retranché, lazaret qui à défaut de clôtures te gardes toi-même. Et toi, aveuglement de rigueur, œil sans paupières collé aux fenêtres, bonjour.

Bonjour, icône veillant là-haut, dans l'angle de la pièce. Je m'incline face à toi dont la veilleuse brûle comme un cœur taciturne. Je te salue avant que n'apparaisse Nina, Nina couchée, dormant encore.

Nina maintenant qui déborde sur la porte de la cuisine et en gêne l'accès, bien partie avec toute sa masse, les yeux, à l'égal du visage, taillés dans la pierre, pour battre la campagne dans une longue quête.

Elle a délaissé la cigarette, depuis, – ayant sans doute à l'esprit l'exemple de l'Anglais qui, invité à danser au cours d'une croisière, a déclaré ne pouvoir à la fois danser et naviguer. Par ailleurs, avant d'être grillées, ses cigarettes demandaient à être roulées d'abord.

Mais moi, le premier : ai-je fini de revenir de *là-bas* ?

Je dis :

– Et sortir un peu ? Faire un petit tour ?

J'attends. Elle ne répond ni par oui ni par non.

– Tu penses à quelque chose, conclus-je.

Elle veut crier, elle s'agite, elle n'est que dénégations. De sa voix cassée, elle me lâche dans un affreux croassement :

– Je ne pense à rien ! Je ne pense à rien !

– Calme-toi. Là, là...

J'allais ajouter, je me demande quelle chose, ça tarde à venir. Et j'y suis, je respire. Je me sens bien, je ne souffre, au hasard des circonstances, que d'un manque de mots.

– Oui, dis-je. Qu'est-ce qu'on fait à présent ?

Entre nous, chaque phrase a le temps de geler au contact de l'air et, foudroyée, de tomber morte. Quoi qu'il en soit, Nina est déjà loin, à mille lieues, pour m'entendre.

A patrouiller en enfer, à en devoir traverser les champs ténébreux, sait-on avec certitude quelle voie prendre ?

Je tente de lui expliquer :

– Je n'ai pas dit : qu'est-ce que tu fais ? J'ai dit : qu'est-ce qu'on fait ? Tu penses à quelque chose... On pense, malgré soi, à quelque chose.

Ces dernières paroles ont le don de la jeter encore dans les transes, une même protestation véhémente la soulève. De nouveau, elle émet de ces plaintes ! Les plaintes qu'on pousse dans son sommeil, la nuit.

– Non, je ne pense à rien !

– Il faut oublier.

Elle s'étonne du coup, irrésolue :

– Oublier ?...

Un objet de la pièce, s'il lui avait pris la fantaisie de parler, n'aurait pas eu une voix moins sèche.

Nous en restons là de guerre lasse.

Oublier.

Le silence qui a toujours raison de nous, chargé de clameurs qu'il garde pour soi, loin d'avoir oublié, lui, il a déjà, comme aux objets à l'entour, imposé à Nina une expression de surprise, chagrine d'abord, puis indifférente et, bientôt, détachée. Une emprise, après un bref répit, propre à lui parfaire un masque inhumain d'idole, le même masque derrière lequel rien ne se passe.

Je rassemble toute ma force de conviction et fais :

– Il ne faut plus y penser. Il faut oublier.

Assise de l'autre côté de la table, qui pousse, accule tous les meubles contre les murs, Nina, aussi acculée, l'attention braquée sur le carré de la fenêtre, répand son mutisme.

De sa place, qu'aperçoit-elle, vingt dieux, si elle s'en aperçoit ? Parant le béton, une verticalité hallucinante de briques et de baies grises qui l'éventrent ? Ces briques, ces baies dans leur châssis de métal béantes, caves, elles-mêmes se reproduisant à l'infini ? Mais pas le ciel.

Du ciel, on n'entrevoit que l'éclat de prunelles mortes, plombées, qu'en reflètent les vitres d'en face.

Le silence dure.

J'erre, moi-même perdu entre ces murs en me demandant, sans qu'à nouveau je sois fichu de pincer le bout d'une réponse, comment a été, sainte merde, possible une nuit comme celle d'il y a quinze ans : cette nuit ou la suivante, ou la précédente, aucune importance, étant supposé que l'une ou l'autre ait retrouvé sa place dans le temps, se soit rappelé où, à quel point elle se situe au fil de circonstances avérées, survenues. J'erre, y laissant une mémoire en faillite, y épuisant mon latin.

Je nourris le rêve, au-dessus de nos moyens, j'avoue, *d'une grâce*, serait-elle laïque. Sans la rechercher, nous en portons le désir par défaut.

De confins paumés, Nina me répond dans un souffle :

– Quoi ? Oublier ?...

– Tout, dis-je.

– Tout ?

Tout. Pensée à ruminer. Le temps d'y voir clair, avant de donner une suite ad hoc :

– Tout ce qui s'est passé, maintenant est passé, est mort.

Et, bien parti, je poursuis :

– On n'en parle plus. Une nouvelle vie commence. Je veux dire, on recommence, on prend un nouveau départ.

Elle me rechante :

– ... On recommence... un nouveau départ...

Elle ne peut se défaire de cette manie qu'elle a maintenant de répéter la moindre parole qui m'échappe ; un mot ou deux à chaque coup, jamais une phrase entière.

Et je la soupçonne de pleurer en dedans ; pleurer d'avoir à renoncer au reste, dans la cave où elle s'use la figure à force de larmes versées.

Mais, me dis-je :

« Sans revenir, elle revient. Avec son silence, sur ces béquilles, ces mots défaillants, désemparés, qui ne sont pas d'elle pour la plupart, qu'elle ne fait que m'emprunter. »

Je la considère un moment et soutiens d'autorité :
– Oui, la vie recommence.
Encore une fois, l'écho, renvoyé, m'arrive, pitoyable :
– La vie recommence.
– Oui ! je m'écrie.
Et j'insiste :
– Elle recommence ! On prend un nouveau départ !
– Un nouveau départ...
– Une nouvelle vie nous attend, nous appelle. Tiens, ça me remet une chanson en tête.

Je me redresse, me cambre, prends une profonde inspiration, m'apprêtant à... Et ne réussis à dégurgiter à grand-peine qu'une bouillie de sons. Et moi qui croyais n'avoir qu'à ouvrir la bouche pour que ça me revienne ! Puis, tout de même, elle sort, la chose que j'ai toujours tirée de moi sans mal, elle sort mais à nouveau dans une horrible confusion d'écume et de vocalises blanches, poisseuses.

Je m'écoute, autant dire graillonner, plutôt que chanter :

Une hirondelle ne fait pas le printemps
Mais deux trains de banlieue...
... deux trains de banlieue...
... deux trains de banlieue...

Quand le chant n'est plus le chant et que, rien moins que beau, il vous porte au-delà de ce qui est humainement tolérable, se faisant brame, hoquets, râles de bronches, vieille cire qui s'obstine à couiner autant qu'à s'enrayer, eh bien moi, je m'acharne, je continue. Et continue jusqu'à ce que, à bout de forces, la parole en vienne à me manquer et que, dans ma déconfiture, il ne me reste que les yeux, non pour pleurer mais pour les écarquiller dans le vide.

Dans le vide. Sans pensées.

Sans pensées ? Non. J'en ai conservé une encore, de pensée, *je la vois* plantée devant moi : « Nous abandonnerons nos trophées et partirons. »

Dès lors, pour parler, je vais me redécouvrir le registre contrit, geignard, du cacochyme, cette voix prompte aux explications, que j'attrape quand je m'y attends le moins et que j'abhorre : nom d'une pipe, il n'y a rien que j'abhorre davantage que cette voix avec ses explications dont personne ne veut et qu'elle croit quand même devoir donner. Mais ici, donner à qui d'autre que Nina ? Mieux vaut alors s'adresser aux meubles.

C'est sur ce ton suspect de servilité, pourtant sincère, que je lui confie :

– Voilà que je ne retrouve plus la suite. Ma tête est une passoire. Elle laisse tout filer.

L'impuissance qui a l'air de m'avoir eu, prendrai-je son parti ?

– Je ne réussirai jamais à retrouver la suite, dis-je.

Nina ne m'écoute pas, je le sais et ça m'est égal, je lui corne aux oreilles :

– Figure-toi qu'elle me revenait tout le temps en tête, *là-bas*. Cette chanson. Je me la fredonnais tant de fois que... pardon, ce n'est pas ce que je voulais dire. Tu n'aimerais pas que... M'entends-tu, Nina ?... Nina !

Je doute que de mes bavasseries elle ait perçu le premier mot. Et moi, j'ai perdu le fil de toute façon. C'est la déroute. Une trahison de plus après celle, il y a quinze ans, d'une certaine nuit, et de chaque jour qui a suivi depuis ce jour.

Infâme, sale nuit que celle qui, sans arrêt, revient avec son mal aux os. Une nuit d'opprobre, sitôt que j'y repense, sitôt mon tic se réveille et me disloque la gueule. Je souffre mille morts à en repousser le cauchemar, et une mort me suffit pourtant à digérer le souvenir de ce qu'a été, autre cauchemar, ma vie *là-bas*.

Mais à présent se lèvent des temps nouveaux, à ce qu'il semble. Un monde règne déjà autour de nous, où tout devient possible, et d'abord la misère. Où chaque chose prenant le masque de l'autre, c'est carnaval à tout moment, où le richard avec le clochard danse le gopak et la gueuserie naturelle des vieux tend la main à la gueuserie fringante des jeunes. Pour ce qui est des masques, nous n'en avons pas besoin, Nina ou moi, je n'ai qu'à me regarder et à la regarder. Chacun se voit dans chacun d'ailleurs, et plus personne n'a quoi que ce soit à envier à personne, n'a le dernier mot.

Reste seulement à nous montrer comment faire son trou dans cette marmelade, faire son trou et y poser ses fesses, comment le bien peut s'asseoir dans la place toute chaude du mal. Je ne demande qu'à voir. Y aurait là de quoi s'amuser un tantinet.

Moi, un ergoteur ? Je ne cherche qu'à convaincre Nina, un peu de vive force, il est vrai :

– L'important, puisqu'il y a du neuf, c'est de savoir où en faire emplette, et s'il n'y a pas des chausse-trapes creusées d'avance quelque part entre le mot et le sens du mot, entre le nom et ce qu'il désigne, de ces trompe-l'œil qui ne sont que mots aussi, d'autres mots, dissimulant des trous à loups. Hein, tu as dit ?

Je dresse l'oreille. Une fausse alerte : telle qu'elle est

plongée dans son rêve, telle Nina demeure. Sans me formaliser, je reprends :

– Des trous à loups. C'en est moins fini qu'hier ou qu'en aucun temps, si tu veux mon avis. Les vannes à bluff sont aussi grandes ouvertes qu'elles l'ont toujours été. Nina, m'entends-tu ?

Ma phraséologie la laisse de marbre. Je perds, en plus, tout espoir de la décider à sortir.

Bon gré, mal gré, je me ramasse membre à membre et me lève, fais le tour de la table en m'y appuyant d'une main. Arrivé près de Nina, sans cesser de m'appuyer sur la table, je l'embrasse. Lâche, le tissu de cette joue, inconsistante, cette chair avec ses creux violâtres laissés comme par des doigts, mais la peau est infiniment tendre, douce. Effleuré par la mèche rebelle qui lui barre le front, j'ai senti des fourmis me courir sur la tempe.

Face à la glorieuse beauté, sous la fascination de son éclat, on peut tout aussi bien subir l'expérience de l'horreur. Mais pas avec Nina. Pas avec moi, dans ce geste, qui va rester un secret inviolable entre nous. Certes, la joue n'a pas frémi sous le baiser que j'y ai collé mais, l'instant d'après, une larme y a fait tout du long son chemin.

M'étant remis d'aplomb, droit sur mes pieds je la dévisage, puis je vais me poster devant la fenêtre.

C'était un baiser d'adieu. Je retourne à Thèbes.

J'entre, je repère, à leur place inchangée, frontons, coupoles, façades à colonnes, alignements de hautaines perspectives ; cela qui, ordonné par l'intelligence, à son tour ordonnant l'espace, nie la nature.

comme un bruit d'abeilles

Échiquier immense de l'âme, sublime reflet du cosmos, la Ville des Villes règne dans les quatre âges du monde. Et il n'importe que les forums, les palais et les maisons de rapport à étages, ou les abords des fontaines, des bassins, soient infréquentés, déserts.

Parcourue, frayée par un évasif, équivoque bruit de ruche ventilant, en pleine maturation, elle semble prête à donner le jour au dernier Dieu, lui-même prêt à dicter sa loi. Et le mystère tient ses assises, requiert l'attente, le silence. Plus question de mémoire, abolie la quatrième fin de l'homme ; les trois précédentes : trépas, jugement, paradis, l'une après l'autre, déjà forcloses.

Dominant du haut d'une terrasse ces merveilles dont je suis le maître désormais, j'écoute les âmes des morts virevolter comme un essaim d'abeilles.

Le sourire de l'icône, 1 9
La figure sous le voile noir 35
Néa 51
Le sourire de l'icône, 2 99
Le ciel sur la tête 123
Rosées de sang 145
Le sourire de l'icône, 3 161
Le prophète 185
Karma 225
Le sourire de l'icône, 4 267

DU MÊME AUTEUR

Grand Prix de la Francophonie
de l'Académie française

Grand Prix du Roman de la Ville de Paris

Aux Éditions Albin Michel

L'INFANTE MAURE, 1994
LA NUIT SAUVAGE, 1995
SI DIABLE VEUT, 1998
L'ARBRE À DIRES, 1998

Chez d'autres éditeurs

LA GRANDE MAISON, éd. du Seuil, 1952
L'INCENDIE, éd. du Seuil, 1954
LE MÉTIER À TISSER, éd. du Seuil, 1957
UN ÉTÉ AFRICAIN, éd. du Seuil, 1959
QUI SE SOUVIENT DE LA MER, éd. du Seuil, 1962
LE TALISMAN, éd. du Seuil, 1964
COURS SUR LA RIVE SAUVAGE, éd. du Seuil, 1966
LA DANSE DU ROI, éd. du Seuil, 1968
DIEU EN BARBARIE, éd. du Seuil, 1970
FORMULAIRES, éd. du Seuil, 1970
LE MAÎTRE DE CHASSE, éd. du Seuil, 1973
OMNEROS, éd. du Seuil, 1975
HABEL, éd. du Seuil, 1977
FEU BEAU FEU, éd. du Seuil, 1979
MILLE HOURAS POUR UNE GUEUSE, éd. du Seuil, 1980

AU CAFÉ, éd. Gallimard, 1956
OMBRE GARDIENNE, éd. Gallimard, 1961
BABA FEKRANE, éd. de la Farandole, 1959
L'HISTOIRE DU CHAT QUI BOUDE, éd. de la Farandole, 1974
LES TERRASSES D'ORSOL, éd. Sindbad, 1985
Ô VIVE, éd. Sindbad, 1987
LE SOMMEIL D'ÈVE, éd. Sindbad, 1989
NEIGES DE MARBRE, éd. Sindbad, 1990
LE DÉSERT SANS DÉTOUR, éd. Sindbad, 1992
TLEMCEN OU LES LIEUX DE L'ÉCRITURE, éd. de la Revue noire, 1994
L'AUBE, ISMAËL, éd. Tassili, 1996
L'ENFANT-JAZZ, éd. de La Différence, 1998
LE CŒUR INSULAIRE, éd. de La Différence, 2000
SALEM ET LE SORCIER, éd. Yomad, 2000

Cet ouvrage, composé
par I.G.S. - Charente Photogravure
à L'Isle-d'Espagnac,
a été achevé d'imprimer sur Roto-Page
par l'Imprimerie Floch à Mayenne,
pour les Éditions Albin Michel
en mars 2001.

N° d'édition : 19606.
N° d'impression : 51027.
Dépôt légal : avril 2001.
Imprimé en France.